大家小书

细说红楼

周绍良 著

北京出版集团公司
北京出版社

图书在版编目（CIP）数据

细说红楼 / 周绍良著 . — 北京 ：北京出版社，2016. 7

（大家小书）

ISBN 978-7-200-11982-4

Ⅰ. ①细… Ⅱ. ①周… Ⅲ. ①《红楼梦》研究 Ⅳ. ①I207. 411

中国版本图书馆CIP数据核字（2016）第064894号

总策划：安 东 高立志 责任编辑：陶宇辰 张 娟

· 大家小书 ·

细说红楼

XISHUO HONGLOU

周绍良 著

*

北京出版集团公司
北京出版社 出版

（北京北三环中路6号 邮政编码：100120）

网 址：www.bph.com.cn

北京出版集团公司总发行

新华书店经销

北京华联印刷有限公司印刷

*

880毫米×1230毫米 32开本 11.875印张 184千字

2016年7月第1版 2022年9月第5次印刷

ISBN 978-7-200-11982-4

定价：38.00元

质量监督电话：010-58572393

序　　言

袁行霈

“大家小书”，是一个很俏皮的名称。此所谓“大家”，包括两方面的含义：一、书的作者是大家；二、书是写给大家看的，是大家的读物。所谓“小书”者，只是就其篇幅而言，篇幅显得小一些罢了。若论学术性则不但不轻，有些倒是相当重。其实，篇幅大小也是相对的，一部书十万字，在今天的印刷条件下，似乎算小书，若在老子、孔子的时代，又何尝就小呢?

编辑这套丛书，有一个用意就是节省读者的时间，让读者在较短的时间内获得较多的知识。在信息爆炸的时代，人们要学的东西太多了。补习，遂成为经常的需要。如果不善于补习，东抓一把，西抓一把，今天补这，明天补那，效果未必很好。如果把读书当成吃补药，还会失去读书时应有的那份从容和快乐。这套丛书每本的篇幅都小，读者即使细细地阅读慢慢地体味，也花不了多少时间，可以充分享受读书的乐趣。如果把它们当成补药来吃也行，剂量小，吃起来方便，消化起来也容易。

我们还有一个用意，就是想做一点文化积累的工作。把那些经过时间考验的、读者认同的著作，搜集到一起印刷出版，使之不至于泯没。有些书曾经畅销一时，但现在已经不容易得到；有些书当时或许没有引起很多人注意，但时间证明它们价值不菲。这两类书都需要挖掘出来，让它们重现光芒。科技类的图书偏重实用，一过时就不会有太多读者了，除了研究科技史的人还要用到之外。人文科学则不然，有许多书是常读常新的。然而，这套丛书也不都是旧书的重版，我们也想请一些著名的学者新写一些学术性和普及性兼备的小书，以满足读者日益增长的需求。

“大家小书”的开本不大，读者可以揣进衣兜里，随时随地掏出来读上几页。在路边等人的时候，在排队买戏票的时候，在车上、在公园里，都可以读。这样的读者多了，会为社会增添一些文化的色彩和学习的气氛，岂不是一件好事吗？

“大家小书”出版在即，出版社同志命我撰序说明原委。既然这套丛书标示书之小，序言当然也应以短小为宜。该说的都说了，就此搁笔吧。

非关《红楼梦》

——周绍良作《〈红楼梦〉研究论集》代序

舒　芜

“我从来说的是《红楼梦》，不是《石头记》。”——这是我写的对话体论文《谁解其中味？》里面的一句话。对话是这样的：

甲：所以很清楚，［《红楼梦》的］艺术形象里面，并没有什么四大家族的兴衰。……《红楼梦》实际上只写了一个贾府的兴衰，这才是合乎事实的说法。

乙：这是不用说的。不过说到贾府的兴衰，这就牵涉到后四十回的问题了。

甲：先不谈后四十回的问题。你知道我从来说的是《红楼梦》，不是《石头记》。……

（舒芜：《说梦录·谁解其中味？》）

这句话其实是老友周绍良先生说的。他是知名的《红楼梦》研究专家，我只是《红楼梦》的普通爱读者。我对各位“红学家”都很尊敬，却敬而难亲，因为他们学问都很高深，非我所能领解。只有绍良平昔所作关于《红楼梦》的论文，尽管同样专门，同样不易领解，却觉得气味上比较能够受入，虽然读过的并不多，也不曾认真细读。为什么会有此感觉，不曾深想。直到“文化大革命”中，我们一同下放文化部咸宁干校。同属于最末一批才勉强召回北京之列。那最后一段时光，管理上倒宽松起来，只剩下“一小撮”，原来七八个人挤住的一间，只住一个人，居住条件大为改善，还剩许多房间空锁着。绍良是炊事班副班长，我在他领导下管烧火，我们的房间又相近，常有机会闲谈。恰好毛泽东号召至少读五遍《红楼梦》，《红楼梦》成为时髦话题，我们也就能够畅言无忌地谈。某次，不记得怎么引起，他说道：“我从来谈的是《红楼梦》，不是《石头记》。”一句话使我豁然开朗，顿时明白了我对他的《红楼梦》研究，为什么独能受入的原因。

我这个普通平凡的《红楼梦》读者，像千千万万普通平凡读者一样，是先读了一百二十回的《红楼梦》，喜欢它，特别喜欢它那黛死钗嫁的大悲剧结局，然后，才慢慢听说有《石头记》，有脂砚斋评语，有前八十回与后四十回的问题，有高鹗所补后四十回的优劣真伪问题，等等。不管专家对于后四十回如何评价，我们总还是要读一百二十回的《红楼梦》，不想用未完本的《石头记》代替它。也听说有人抛开原来四十回而重续四十回的，至今为止，还没有看到成功的，并且不相信其为可能。这是普通平凡之见，然而也是牢固难破之见。我坚信，对于任何小说特别是成为传世经典的小说的评价，千千万万普通平凡读者，永远是最高最后的裁决人。当然，《石头记》也大大应该研究，但是只能包括在《红楼梦》研究之内，而不是用《石头记》否定《红楼梦》。我不知道这个见解上不上得了学术殿堂，我也无意求上，但是我不想改变。所以，听到绍良这样的大专家的话，不禁欣然有同心之感，也许绍良会认为我把他的话理解得太浅也顾不得了。

其实，我与绍良五十年的交谊中，与《红楼梦》研究有关的，也就是这么一点点。我没有认真做《红楼梦》研究，所以没有在这方面多向他请教。而且他的学识面极广，据我所知，敦煌学，佛学，碑志学，中国小说史研究，他都曾深入，著作等身，世所共见。特别是，集《红楼梦》研究与佛学于一身，二者“跨距”如此之大，我曾开玩笑说：真是“由色悟空”了。他还玩过邮票，玩过宜兴壶，玩过墨；别的方面不清楚，我知道他在专题藏墨方面已经是名家，专藏年号墨，已经艺而进于道，出过两本有特色的专门论著。现在大家都知道王世襄先生以“大玩家”称，黄苗子先生品题为“玩物不丧志”，我看绍良同样足以当之。可惜我在这些方面都是外行，都没有资格与他“对话”。

那么，我们五十年的交谊，主要是哪些内容？以什么为基础呢？

细想起来，应该说，我们有“世交”关系作为基础。

现在什么时代了，还说什么世交不世交，岂不可笑？但是，这是确实的。

绍良是秋浦周氏。秋浦周氏自清季以来，与南通张氏并称“南张北周”（秋浦虽在江南，但周氏后来，主要生息繁衍于北方），为国内两大高门；而周氏之世泽绵长，于今未艾。我的外祖父马其昶（通伯）先生，以桐城派名家，曾被周府礼聘为宾师，其所著书《三经谊诂》《老子诂》即由秋浦周氏敬慈堂刊刻。后来还有桐城几位老先生相继到周府设帐。绍良还赶不上受教于我外祖父，但是家学风气的熏陶，使他非常熟悉桐城派的人、文、事、论，我们谈起来有个能相通的话题。先父方孝岳先生，与绍良令尊周叔迦先生，曾在佛学方面有所交流。这是我们“世交”关系之始。更重要的是，绍良论文能破桐城派之壁，对于至今仍然唯知“天下之文章其在桐城乎”者，甚不谓然。这是最与我有同心的。历代桐城派作家，作为乡先辈，我都很尊敬，我承认桐城派在文学史上有过重要地位，应该认真研究；但是我个人不喜欢桐城派的力载程朱之道，特别不赞成至今仍然口口声声不离“天下之文章其在桐城乎”者，如果这才算是对桐城派的继承，我宁愿承认自己是桐城派的不肖子孙。我常向同乡说，孟子讥讽万章道：“子诚齐人也，知管仲、晏子而已矣。”夫管、晏皆是伟人，万章之言必称管、晏，犹为孟子所讥，我们如果被讥为“子诚桐城人也，知方、姚而已矣”，岂非更等而下之？我与绍良在这个基本趋向上相同，使我们的“世交”关系具有新内容，这才是我们五十年交谊的最可贵的基础。

绍良没有多接触新文学，但是他对新文学的双峰周氏兄弟，都很宗仰，而且议论常有独到，我就颇得教益。拙著《周作人的是非功过》里面，有这样的话：“周作人晚年许多读书笔记之类，常常通篇十之八九都是抄引古书，但加上开头结尾，加上引文中间寥寥数语的连缀点染，读起来正是一篇贯穿着周作人特色的文章，可谓古今未有的一种创体，当时曾被人讥为‘文抄公’，其实是很不容易做到的，也曾有追随学步者，一比起来高下就太悬殊了。”（《周作人的是非功过·以愤火照出他的战绩》）黄开发在《人在旅途》中对这个问题有详细论证和发挥，但是他的一条注解云：“在八十年代以来的周作人研究中，舒芜在《周作人概观》（《中国社会科学》一九八六年第四期、第五期）一文里最早肯定周的抄书之作为古今未有的一种创体，他后来在别的文章中继续申明这个观点。”（人民文学出版社“猫头鹰学术文丛”一九九九年版第145页）如果公开文字里我确如所云是第一个，实际上我却是得之于绍良。我一向不赞成对于周作人的所谓“文抄公”文章的笼统否定。有一次在小饭馆吃饭时与绍良谈起，我说：周作人从浩如烟海的书中抄出来的，恰恰都像他自己的文章，真所谓“六经注我”，这种功夫就谈何容易。绍良赞同，进一步说：“他把抄来的加上头，加上尾，中间加几句联络，就成了一篇好文章，真是古今未有的创体。”我立刻觉得大有提高。我只看到每段抄文如同周作人自己的文章，绍良进一步看到他把抄文连缀起来而成的创体，确实比我高明。于是我把“创体”云云直接用入论文，侥幸成为立此论者第一人。其实我是有所师承的。那次谈话，印象深刻。至今还记得是崇文门东大街一家湖南饭馆，绍良点的“水煮牛肉”，我第一次知道有这样的菜，是如此的美味。后来我想起周作人的“创体”

文章，总是与水煮牛肉联系着，虽然文章风味与水煮牛肉的浓辣毫无共同之处。

我与绍良五十年交谊中，同下小馆的次数太多了。我自被划“右派”后，工资扣减一半，手头拮据，所以揩绍良的油居多。只有一次，我请他到我家来便餐。那是一九六六年，机关给我调整了宿舍，搬到崇文门外豆腐巷，居住条件略有改善。我高起兴来，邀请了绍良与老友柴德赓（青峰）来我家便餐。他们同出陈援庵先生门下，互相知名而不相识，我介绍他们相识。这是一九五七年“反右”以后我第一次在自己家里举办的“文酒之会”。那天他们谈得很高兴，饭后还下了围棋。临走，柴德赓说：“你这新居很有意思，我搭八路汽车来不用换车，以后可以常来。”他原来从北师大调到江苏师范学院，那时正借调回北京帮助陈援庵先生整理《旧五代史》，谁知这竟是我与他最后一面。不久，听说他被江苏师范学院叫回苏州去参加“文化大革命”，就断了消息。直到“文化大革命”后期，我与绍良同在文化部咸宁干校，他有机会回了一趟北京，参加了陈援庵先生追悼会。我问，见到柴青峰没有？绍良说，柴早已在“文化大革命”初期去世了，是被江苏师范学院当作“文化大革命对象”首先抛出来，狠批恶斗之后，在劳动中拉大车时心脏病突发无救的。柴、周二位那次在我的豆腐巷新居初识，同时也就是诀别。其实那时批《海瑞罢官》、批《燕山夜话》已经开始，“文化大革命”狂飙已经吹起来。我们却毫无预感，还以为不过是历次学术批判运动那样的规模，我们还谈着“清官贪官”之类的问题，并没有影响欢聚的高兴，真是“鱼游沸鼎之中，燕巢飞幕之上”似的糊涂了。

“文化大革命”起来，我与绍良同入牛棚，同下干校，同为最后北京确定不要的一小撮。只是由于干校结束，我们同被勉强招回。绍良已五十八岁，被动员提早两年退休，还说是退休工资折扣与正式六十岁退休的同样算，是特别优待。我则与另几位问题人物，不能信任做编辑工作的，一同放在校对科，暂时废物利用，等候再处理。那几年，绍良郁郁家居，我天天低头上下班。好在他当时的流水东巷住宅距离人民文学出版社不远，有空我便溜到他家，闲谈一阵，然后又是揩他的油去下小馆，真所谓相濡以沫。我是改革开放以后才恢复编辑部的工作。绍良则转入中国佛教协会，担任关键性领导要职，充分发挥他这方面的绩学长才，为赵朴初先生首席助手。我们并没有相忘于江湖，特别是，他年长于我，却以他来看我为多，甚至因为我当时住在地下室，他介绍我用负氧离子发生器来净化空气，还特地替我买了一座，挺沉重地亲手提着送来，使我非常感动。就是那一次，我请他下小馆，谈起周作人的“创体”文章的。

最近十多年，我们都迁移了住宅，相去越来越远，彼此又都年力日衰，相见机会很少了。绍良的团结湖新居和双旭花园新居，我都没有去过，因为不良于行，恐怕永远不可能去了。可是我们通信通电话不断，文章切磋不断。现在绍良要出版他的《红楼梦》研究论文集，命序于我。我当然不应该推辞，可是这个方面，我这个外行，又实在没有说话的资格。回想人民文学出版社古典部的老同人，聂绀弩、张友鸾、顾学颉、陈迩冬等俱已先后归道山，存者寥落，五十年交谊保持至今者，只有绍良与我而已。这中间可谈的事，比《红楼梦》研究为多。不如漫谈一番，且充代序。知堂自称只作“不切题”的序，此亦其创体也。

二〇〇二年九月四日于碧空楼

目　录

《红楼梦》系年

《红楼梦》叙事的年月次序，是相当有条理的。从中可以看出作者在创作上的认真功夫。过去大梅山人（姚燮）评点《红楼梦》时，他就在每回的尾批上注明“此回是某年某月事”，这对读者是有一定帮助的。但这只是一点提醒作用，并未真正地把《红楼梦》故事排比一下，使故事与时间和书中人物的年纪联系起来，使读者在阅读时更有一个清醒的轮廓。过去还有苕溪渔隐（范锴）写过一篇《槐史编年》，附在他的《痴人说梦》里，编写颇为简略，可惜流传不广，很少有人能看到。近来周汝昌同志在他的《红楼梦新证》中有一篇《红楼纪历》，也是系年性质，不过他只对《红楼梦》中某些岁月可以编为年表的胪举出来，而没把故事经过大略编入，而且是以《脂砚斋重评石头记》做底本的，称为《石头纪历》倒更恰切些。

现在所以要给《红楼梦》编一年表，主要我个人认为《红楼梦》所给人们的影响，是由这一百二十回本产生的。为真正给读者以参考和帮助，须要把这一百二十回中故事，大致择出，排比起来，使人们更清楚地了解到每一故事发生的时间，这样才会对读《红楼梦》方便不少。

作者在创作《红楼梦》中间，也有一些疏漏的地方，在编系年中间也顺便提出来，以供参考。

红元年庚子　宝玉一岁　宝钗四岁

第一回　甄士隐梦幻识通灵　贾雨村风尘怀闺秀

炎夏时候　姑苏阊门外仁清巷葫芦庙旁住着一家乡宦，姓甄名费字士隐，嫡妻封氏，女英莲，年方三岁。一日炎夏，士隐梦一僧一道，携带顽石下凡历劫。

［按］顽石下凡历劫，自指宝玉降生而言，当即《红楼梦》之开始，故以此为“红元年”是为宝玉一岁。据第二十二回，该年宝钗十五岁，上推至本年应为四岁，长宝玉三岁。这里说“英莲年方三岁”，但第六十三回云：“香菱、晴雯、宝钗三人与他（袭人）同庚”，如依第二十二回，此时英莲应为四岁。

中秋节　甄士隐家宴毕，另具一席邀贾雨村于书房小饮，席间雨村赋诗，士隐大为称赏，因谈及明岁大比，促其入都应试，并赠送盘费五十两，冬衣两套。

十六日　贾雨村进京。

红二年辛丑　宝玉两岁　黛玉一岁　宝钗五岁

元宵节　士隐令家人霍启抱英莲去看社火花灯，将英莲丢失。

二月　士隐夫妻思女烦恼，先后构疾。

三月十五　葫芦庙炸供失火，士隐家被焚，田庄歉收，无法安身，携了妻女和两个丫环投靠丈人封肃家寄住。

［按］红六年黛玉五岁，逆推应生于本年。

红三年壬寅　宝玉三岁　黛玉两岁　宝钗六岁

红四年癸卯　宝玉四岁　黛玉三岁　宝钗七岁

士隐乃读书之人，不惯生理稼穑等事，勉强支持了一二年，越发穷了，可巧这日街前散心，遇跛足道人唱《好了歌》点悟，随之而去。

红五年甲辰　宝玉五岁　黛玉四岁　宝钗八岁

第二回　贾夫人仙游扬州城　冷子兴演说荣国府

甄士隐已出家一二年，贾雨村升任知县，迫娶娇杏为二房。

红六年乙巳　宝玉六岁　黛玉五岁　宝钗九岁

娇杏自归雨村，只一年便生一子，又半载，雨村便将她扶作正室夫人。

雨村任职不到一年，便以“貌似有才，性实狡猾”，徇庇蠹役，交结乡绅等款，被上司题参革职。他交代过公事，自己便担风袖月，游览天下胜迹。那日偶游至维扬，遇两个旧友，认得新盐政林如海，被荐进林府任西席，教黛玉功课，黛玉时年五岁。

红七年丙午　宝玉七岁　黛玉六岁　宝钗十岁

看看又是一载有余，黛玉之母贾氏夫人病亡。

贾雨村一日郊外闲游，巧遇冷子兴，得聆荣宁二府事。据冷子兴说，宝玉“如今长了十来岁”。

［按］北京方言“十来岁”，意指约十岁而不足，现以纪年排之为七岁，约相符。

第三回　托内兄如海荐西宾　接外孙贾母惜孤女

贾雨村郊游归途，又遇见当日一案参革的同僚张如圭，得知都中有奏准起复旧员之信。冷子兴献计，令雨村央求林如海，转向都中去央烦贾政。

次日　雨村面谋之如海，如海正因岳母念及外孙黛玉无人依傍，遣人来接，允为修书相荐，并拟定出月初二同行入都。

次月初二　黛玉离维扬入都。

次月　黛玉抵京。

黛玉入都，估计船行约一月以上，第十六回贾琏送黛玉葬父还都一段说：“贾琏这番进京，若按站走时，本该出月到家。”可见由维扬到京，途程绝不是短期可到。黛玉初见熙凤时，凤姐“身上穿着镂金百蝶穿花大红云缎窄褙袄，外罩五彩刻丝石青银鼠褂”是在穿薄皮衣时令的十月，则黛玉自维扬启程，当在九月。

黛玉到荣宁二府，分别谒见和会见贾母以次诸人，晚间宿于原宝玉所住的碧纱橱内。

次日　黛玉在王夫人处，正值王夫人与熙凤在看金陵来的信，议论金陵城中居住的薛姨妈之子——薛蟠，倚财仗势，打死人命，并将来京等事。

不上两月　贾雨村得到贾政帮助，谋了一个复职，选了金陵应天府，择日赴任去了。

［按］雨村系以知县官职被参革，既然“谋了一个复职”，不应当擢升应天府。

以时间计算，雨村离京赴任应是这年年底时光。

红八年丁未　宝玉八岁　黛玉七岁　宝钗十一岁

第四回　薄命女偏逢薄命郎　葫芦僧乱判葫芦案

贾雨村应天府到任。

［按］以时间推断，雨村自离京到应天，路程约需一月，到任当在是年春初。

雨村一到任，薛蟠打死人命的官司便详至案下。正要签差拿问凶犯家属，为一个原来是葫芦庙里的小沙弥蓄发后充当的门子所止，告知雨村不能按理处断，并给了雨村一张护官符。

次日　雨村坐堂，便徇情枉法，胡乱判断了此案，修书告知贾政和王子腾，又恐小沙弥说出他贫贱时事来，后来借故把他远远充发了。

薛姨妈带领薛蟠、宝钗、英莲入京。被王夫人留住贾府梨香院内。不上一月，薛蟠便和贾氏族中一些纨绔子弟聚赌嫖娼，无所不至，比前更坏十倍。

王子腾升了九省统制，奉旨出都查边。

第五回　贾宝玉神游太虚境　警幻仙曲演红楼梦

梅花盛开时候　贾珍之妻尤氏治酒，请贾母、邢夫人、王夫人在宁府会芳园赏花。

［按］此处梅花盛开当是春梅，应是二月光景。宝玉

在秦可卿房中午睡，梦游太虚幻境。

第六回　贾宝玉初试云雨情　刘姥姥一进荣国府

宝玉把梦中之事告诉袭人，遂与袭人同领警幻所训之事。

“袭人本是个聪明女子，年纪比宝玉大两岁。”

［按］据第六十三回，袭人、香菱、晴雯、宝钗同庚，此云“年纪比宝玉大两岁”，依第二十二回推宝钗年龄，则应大三岁方合。

秋尽冬初　天气渐冷，刘姥姥家中冬事未办，其婿狗儿托她携带板儿来贾府求助。

贾蓉向凤姐借玻璃炕屏。

刘姥姥得到凤姐帮助二十两银子，欢喜而去。

第七回　送宫花贾琏戏熙凤　宴宁府宝玉会秦钟

周瑞家的送走刘姥姥后，来到梨香院向王夫人回话，因奉薛姨妈之命到迎春、探春、惜春、黛玉及凤姐处分送宫花。

［按］刘姥姥之来，书中交代是“秋尽冬初”，此处周瑞家的在惜春处向智能儿询问：“十五的月例香供银子可得了没有？”可见此时是在十月初之后，十五之前。

次日　凤姐应尤氏之约到宁府，宝玉同去，因得与秦钟相会，遂约秦钟同进家塾读书，凤姐与尤氏又订了后日再来宁府之约。

第八回　贾宝玉奇缘识金锁　薛宝钗巧合认通灵

后日　凤姐又到宁府，贾母这天高兴，也带了王夫人、黛玉、宝玉一同过来看戏。至晌午，宝玉送贾母回来歇息，到梨香院看望宝钗，二人交换看了各人的宝玉和金锁。

次日　贾蓉带秦钟来会宝玉，这时秦钟十二岁。

［按］这一年宝玉当是八岁，根据秦氏说与宝玉同年（见第五回），下一回宝玉也对秦钟说："咱们两个人一样的年纪。"不符。

第九回　训劣子李贵承申饬　嗔顽童茗烟闹书房

后日　宝玉、秦钟同入家塾。自此后，二人同来同往，同起同坐，愈加亲密。不上一两月工夫，秦钟在荣府里便惯熟了。

红九年戊申　宝玉九岁　黛玉八岁　宝钗十二岁

一日　贾代儒有事回家命贾瑞管理家塾，因秦钟与金荣口角，贾瑞偏向金荣，引起贾蔷不平，调唆焙茗，大闹书房，由金荣赔礼，始告罢休。

第十回　金寡妇贪利权受辱　张太医论病细穷源

金荣姑母贾璜之妻金氏为了金荣受辱，来到宁府打算和秦氏理论，听尤氏说可卿病况，未敢提出。

次日　冯紫英举荐的太医张友士来为可卿诊病。

第十一回　庆寿辰宁府排家宴　见熙凤贾瑞起淫心

次日　是日为贾敬生辰，宁府大排家宴，王夫人问及可卿病情，尤氏说："上月中秋还跟着老太太、太太玩了半夜，回家来好好的。到了二十日以后，一日比一日觉懒了，又懒怠吃东西：这将近有半个多月。经期又有两个月没来。"

[按]以上一段，可以确定茗烟闹学，贾敬寿辰皆在九月上旬。

凤姐饭后来看秦氏，可卿自云："我自想着，未必熬得过年去。"凤姐别了秦氏，回来绕进宁府园子的便门，贾瑞猛然从山石后走出，言语不端，凤姐明知其意，心中暗恨，把他敷衍走了。

次日　众族人又热闹了一天。

十一月三十日冬至　贾母、王夫人、凤姐在交节的那几天，日日差人去看望秦氏，都说病势没有增减。

十二月初二　凤姐奉贾母之命来看秦氏。回到尤氏上房，谈到秦氏病况不好，让尤氏给她料理料理后事。

凤姐别过尤氏回到家中，平儿告诉说：“瑞大爷使人来打听奶奶在家没有，他要来请安说话。”

第十二回　王熙凤毒设相思局　贾天祥正照风月鉴

凤姐正和平儿在谈论九月里遇见贾瑞时的情况，贾瑞又来了。凤姐约他起了更在西边穿堂相候。在谈话时，贾瑞问凤姐道：“二哥怎么还不回来？”“别是路上有人绊住了脚，舍不得回来了罢？”

贾瑞晚间趁掩门时，钻入穿堂，被反锁在内，腊月天气，夜长风大，一夜几乎不曾冻死。

过了两日　贾瑞邪心不死，不知受骗，又来找凤姐。这次凤姐约他晚间在夹道中空屋里等他，贾瑞如约而来，黑暗中有一人影，当是凤姐，丑态百出，不料却是贾蓉、贾蔷二人，被逼写了五十两银的借据，才狼狈而走，在台阶下，又被人从头顶上泼下一桶尿粪。贾瑞两回冻恼奔波，不觉就得了一病。

红十年己酉　宝玉十岁　黛玉九岁　宝钗十三岁

贾瑞得病，不上一年，一应黑夜发烧、下溺遗精、嗽痰带血诸症，都添全了，百般请医疗治，诸如肉桂、附子等药，吃了有几十斤下去，也不见效。

冬底　林如海染病，修书接黛玉回去，贾母叫贾琏送去，仍叫带回来。

［按］林如海患病，贾琏送黛玉回南。书中叙在贾瑞身亡之后，当系倒叙笔法。

第十三回　秦可卿死封龙禁尉　王熙凤协理宁国府

凤姐自贾琏送黛玉往扬州去后，这日和平儿睡下，屈指计算行程，不觉已交三鼓，只听云板连叩四下，正是丧音，人回是“东府蓉大奶奶没了”。

可卿停灵于会芳园，准备停灵七七四十九日。

首七第四日　大明宫掌宫内监戴权来吊祭。贾珍为贾蓉贿买五品官职。在丧事期间，贾珍因尤氏犯了旧疾，不能料理事务，请凤姐协理宁国府。

第十四回　林如海灵返苏州郡　贾宝玉路谒北静王

五七正日　“苏州去的昭儿来了。”报说林如海于九月初三去世，贾琏和黛玉同送灵到苏州，大约赶年底回来。并叫把大毛衣裳带几件去。

［按］书中在十二回中交代，“这年冬底”，如海染

病，写信接黛玉回去。显然“冬底”二字是错误的，因为（一）这里已经明白交代如海是九月初三去世，可以肯定荣府绝不可能到冬底才收到如海病重的书信；（二）既然是“冬底”贾琏、黛玉才动身，那么又怎样解释“大约赶年底回来”呢？（三）如果是冬底动身，就不会叫昭儿回来带大毛衣裳去了。当然，我们也不排除贾琏和黛玉南行是头一年“冬底”，而如海是在次年九月才去世的这样一个设想，这从上年十二月初二贾瑞和凤姐谈话中可以看到端倪。不过要把贾瑞由受骗到去世，可卿由得病到停灵铁槛寺，贾琏、黛玉由南行到回京这三件事都联系起来，根据书中叙述按时间排比，矛盾是无法解决的。前面也谈到本书叙事很有条理，可以看出作者创作的认真，何以这里出现这样无法解释的矛盾？我在后面另有说明。再有，这里“苏州去的昭儿来了”这一句中的“苏州”二字，我认为也是错误的，理由是昭儿原是随同贾琏去扬州的，如果如海不死是不会到苏州的。事实很清楚，荣府在昭儿未回来前，并不知道如海死讯和贾琏、黛玉送灵到苏州情事，即使说昭儿又随同送灵到苏州然后由苏州返京，也应当说是“昭儿从苏州回来”，而不能说“去苏州的昭儿回来了”。两句话，一个是“去苏州”，一个是“从苏州”，一字之差，含义是完全不同的。从情理上说，昭儿是在如海死后就从扬州回京报丧请示（按照旧习惯和礼节，以贾、林二家的门阀和关系，不可能等送灵到苏州后才报丧）。从时间排比来说，昭儿如果是送灵到苏后再回京，然后贾琏又赶在十二月前回来，时间就不够安排了。因此，这“去苏州的”“苏”字似应改为“扬”字为是。根据以上推断，昭儿到京日期约在九月底，其时正是可卿五七正日，则可卿死期当在八月下旬。

可卿七七出殡　北静王在路祭棚里接见宝玉。

第十五回　王凤姐弄权铁槛寺　秦鲸卿得趣馒头庵

秦可卿权殡于铁槛寺。

做三日道场　凤姐带着宝玉、秦钟住宿于馒头庵，受老尼静虚请托，转求节度使云光强逼张姓女儿金哥与守备之子退婚，得贿银三千两。

秦钟与小尼智能私会。

第十六回　贾元春才选凤藻宫　秦鲸卿夭逝黄泉路

铁槛寺道场结束，宝玉、秦钟跟凤姐回府。

次日　宝玉收拾外书房，约秦钟同读夜书，谁料秦钟在郊外感受风霜，不能上学。

云光回信凤姐，已将金哥退婚之事办妥，但男女双方都自尽身亡。

贾政生日　贾元春晋封凤藻宫尚书。

贾琏与黛玉回来，贾雨村也因王子腾保荐，偕同作伴来京，候补京缺。

修盖省亲别墅。

秦钟死，宝玉往别。

第十七回　大观园试才题对额　荣国府归省庆元宵

宝玉往吊秦钟，七日后便送殡掩埋了。

红十一年庚戌　宝玉十一岁　黛玉十岁　宝钗十四岁

倏又腊尽春回，贾瑞病更加沉重，百药无效，以正照跛足道人所给名叫风月宝鉴的一面镜子，生出许多幻象，而迅速死去。

［按］贾瑞之死这一段情节，书中系在十二回里叙述，但从年时排比，应在这一年。

省亲别墅工程告竣，贾政进园观看，并带了宝玉，令其试题园内匾额对联。

［按］书中没有明说省亲竣工时日，但从贾政眼中看

到的园里景致，“苔藓斑纹”，“藤萝掩映”，“有几百株杏花，如喷火蒸霞一般”，桑、榆、槿、柘，树稚新条，俱是春天景色，可见完工日期是在春天。

妙玉被邀请进荣国府。

据书云：“今年十八岁，取名妙玉。”按推算今年宝玉十一岁，黛玉十岁，宝钗十四岁，而妙玉竟十八，未免过大。

第十八回　皇恩重元妃省父母　天伦乐宝玉逞才藻

十月　省亲别墅设置全备，贾政题本请旨。“奉旨”于明年正月十五上元之日贵妃省亲。

红十二年辛亥　宝玉十二岁　黛玉十一岁　宝钗十五岁

转眼元宵在迩，自正月初八，就有太监出来布置关防，指示仪注，清扫街道等事。贾赦等监督匠人扎花灯烟火之类，至十四日俱停妥。

十五日　元妃归省，题名省亲别墅为“大观园”。命迎春等各题匾赋诗。当日还宫。

第十九回　情切切良宵花解语　意绵绵静日玉生香

十六日　元妃见驾，回奏归省之事。

袭人母接袭人回家吃年茶。宝玉在宁府看戏，和焙茗私下去袭人家。

次日　袭人生病，宝玉去看望黛玉，戏说耗子精偷香芋故事。

第二十回　王熙凤正言弹妒意　林黛玉俏语谑娇音

袭人卧病在床，晚上，宝玉回房，袭人已睡，晴雯、绮霞、秋纹、碧痕都玩耍去了，只有麝月一人在房。宝玉问为何不和她们去玩，麝月说："都乐去了，这屋子交给谁呢？"宝玉听了这话，公然又是一个袭人。

次日　袭人出了汗，觉得轻松了些。

史湘云来。

第二十一回　贤袭人娇嗔箴宝玉　俏平儿软语救贾琏

次日　宝玉有感续《胠箧》篇。

次日　巧姐出痘，贾琏搬出外书房。

十二日后　大姐毒尽癍回，合家祭天祀祖，还愿焚香，贾琏仍旧搬进卧房。

次日　平儿收拾贾琏在外边拿进来的衣服铺盖，不承望枕套中抖出一绺青丝来，几被凤姐看见，平儿为贾琏遮盖过去。

第二十二回　听曲文宝玉悟禅机　制灯谜贾政悲谶语

二十一日　宝钗生日，贾母为作生日。

凤姐说："……听见薛大妹妹今年十五岁，虽不算是整生日，也算得将笄的年份儿了……"如此可见宝钗比宝玉大三岁。

［按］元春以十五日省亲，至二十一日宝钗生日，中间只有五天时间，而插入巧姐出痘，显然时间安排不下，此本书疏漏处。

宝玉受了黛玉、湘云数落，写了一偈，又填一只《寄生草》。

次日　黛玉、宝钗、湘云同读宝玉所作，语言机锋，宝玉辞屈求罢。

元春送灯谜来，贾母命各人亦制灯谜相娱。

第二十三回　西厢记妙词通戏语　牡丹亭艳曲警芳心

元春令将省亲时在大观园所有题咏，勒石于园内。

贾芹母杨氏求凤姐，为贾芹谋得支领管理小道士、小沙弥的事。

元妃以大观园内无人居住，有负园中景致，传命宝玉及诸姊妹入园居住。

二月二十二日　贾政回明贾母，择了这天吉日，叫宝玉及诸姊妹搬进园里。宝钗住蘅芜院，黛玉住潇湘馆，迎春住缀锦楼，探春住秋掩书斋，惜春住蓼风轩，李纨住稻香村，宝玉住怡红院。

宝玉在园里作《四时即事》诗。

三月中浣　宝玉在沁芳闸桥下读《会真记》，遇到黛玉在那里葬花，因共赏《会真记》。

黛玉回房，路过梨香院，听到女孩子在演习《牡丹亭》戏文，心痛神伤，有感落泪。

第二十四回　醉金刚轻财尚义侠　痴女儿遗帕惹相思

宝玉出门遇到贾芸，因戏言认贾芸做儿子，又嘱他有空时来看他。

贾芸向舅舅卜世仁求借未遂，路上巧遇街邻倪二，慷慨相借。

次日　贾芸买了冰麝，送与凤姐，求请派差事。顺便来候宝玉，未得见。

次日　凤姐派贾芸在园里种花种树。

次日　贾芸将领得种花木的钱还了倪二借款。

小红夜梦贾芸。

第二十五回　魇魔法叔嫂逢五鬼　通灵玉蒙蔽遇双真

次日　小红去潇湘馆，路过翠烟桥，见山坡高处，拦着帷幕，贾芸正在监工种树。

过了一日

次日　王子腾夫人寿诞。薛姨妈、凤姐、贾家三姊妹、宝钗、宝玉都去拜寿，至晚方回。

晚间王夫人命贾环抄《金刚经咒》，贾环因见宝玉和彩霞玩耍，心上有气，故意将一盏油汪汪的蜡烛，推倒在宝玉脸上，将宝玉烫伤。

次日　宝玉见贾母，承认是自己烫伤。

过了一日　宝玉寄名的干娘马道婆来，见到宝玉被烫，在贾母面前说能许愿免灾，募去每天五斤油钱。又到赵姨娘屋里，因话搭话，知道赵姨娘痛恨凤姐、宝玉二人，因说她会魇魔法，诈去赵姨娘一些首饰银子和一张五十两的借据，写了二人年庚，回去作法。

马道婆走后一日，凤姐、宝玉相继中魔发狂。看看三日的光阴，二人连气息都微了，至第四日早，忽来一癞头和尚同一个跛道人相救，说“三十三日之后，包管好了”。

［按］书中说那和尚把通灵宝玉擎在掌上，长叹一声道："青埂峰下别来十三载矣。"是宝玉当十三岁，但按书中事实排比，仅十二岁。相差一年。

第二十六回　蜂腰桥设言传心事　潇湘馆春困发幽情

三十三天后　宝玉脸上疮痕平复，仍回大观园。

贾芸来看宝玉，宝玉隔着纱窗笑说："快进来罢，我怎么就忘了你两三个月。"

［按］此处云："两三个月"不符。宝玉初见贾芸是三月中浣的事，距此时最多也不过一个半月。

四月二十五日　贾芸走后，宝玉来潇湘馆，因对紫鹃戏说《会真记》上"若共你多情小姐同鸳帐，怎舍得叫你叠被铺床"引起黛玉生气，正赔礼告饶时，袭人进来说："老爷叫你呢。"宝玉急忙穿衣出园，原来是薛蟠骗他出来，邀请宝玉五月初三吃他的生日酒。宝玉来到书房，冯紫英也来了。宝玉见他脸上有些青伤，便问"又和谁挥拳来"？紫英说："是前日打围，在铁网山叫兔鹘捎了一翅膀。"宝玉道："几时的话？"紫英道："三月二十八去的。"宝玉道："怪道前儿初三四儿我在沈世兄家赴席不见你呢！"

［按］这里宝玉所说"初三四儿"当然是四月初

三四，彼时宝玉正被魇魇，岂能外出赴宴。

黛玉听见贾政叫宝玉去了一日未回，晚饭后来看宝玉，看见宝钗进了宝玉园内，随后来叩门，晴雯不知是黛玉拒不开门，黛玉动了身世之感，悲切呜咽而回。

第二十七回　滴翠亭杨妃戏彩蝶　埋香冢飞燕泣残红

次日四月二十六　芒种节祭饯花神，宝钗偶至滴翠亭，听到坠儿与小红私语，恐被发觉，便装着追寻黛玉，“金蝉脱壳”而去。

黛玉作“落花”诗。

第二十八回　蒋玉函情赠茜香罗　薛宝钗羞笼红麝串

二十七日　冯紫英请宝玉、薛蟠吃酒。蒋玉函赠宝玉茜香罗。

元春打发夏太监送银，嘱于五月初一至初三在清虚观打三天太平醮，并分赏各人端午节礼。

第二十九回　享福人福深还祷福　多情女情重愈斟情

五月初一　贾母在清虚观打醮，贾母携宝玉、宝钗、黛玉同去，当天即回。

次日　因黛玉昨日中暑，宝玉来看望，因误会，二人口角，宝玉气得要摔通灵宝玉，黛玉要把穿玉的系她所编的穗子剪掉。

初三　薛蟠生日，家中摆酒唱戏，贾府诸人都去了，宝玉因得罪黛玉，心中正自后悔，推病未去。

第三十回　宝钗借扇机带双敲　椿龄画蔷痴及局外

宝玉过潇湘馆安慰黛玉，二人和好如初。

初四　早饭后，宝玉来到王夫人上房里，正值王夫人在凉床上睡着，宝玉调戏金钏儿，被王夫人发觉，打了金钏儿一个嘴巴，叫金钏儿母亲领了出去。宝玉自觉无趣，走进大观园，刚到蔷薇架隔着药栏看见一个女孩子蹲在花下，痴痴的在地上画“蔷”字。

宝玉冒雨回怡红院，叩门不开，误踢伤袭人。

［按］书中本回描绘五月初情景，多与时令不合，如“赤日当空，树阴匝地，满耳蝉声”“伏中阴晴不定，片云可以致雨”“目今盛暑之际”……姑不论节令再早，也不会五月初就入伏，即赤日蝉声，亦非初夏景色。

第三十一回　撕扇子作千金一笑　因麒麟伏白首双星

端阳节　王夫人治酒，请薛家母女。晚，晴雯撕扇。

次日　史湘云来，在园中蔷薇架下拣得金麒麟。

第三十二回　诉肺腑心迷活宝玉　含耻辱情烈死金钏

贾雨村来，贾政教宝玉出来相见。

金钏儿投井而死。

第三十三回　手足眈眈小动唇舌　不肖种种大承笞挞

忠顺王府以琪官三五日不见回来，因闻与宝玉相厚，来向宝玉追问下落，贾政大怒，送客回来，又遇见贾环诉说，金钏为宝玉强奸不遂，投井死了，更气上加气，痛责宝玉，经贾母来救，已是遍体鳞伤。

第三十四回　情中情因情感妹妹　错里错以错劝哥哥

袭人至王夫人处取木樨清露和玫瑰清露，因说起“如今二爷也大了……”“怎么变个法儿，以后竟还叫二爷搬出园外来住，就好了。”王夫人听了，正触起金钏儿之事，大为赏识袭人，因说：“我索性就把他交给你了，好歹留心点儿。”

宝玉叫晴雯去看望黛玉，并带去两条旧绢子，黛玉左思右想，领会其意，一时五内如焚，在绢上题诗三首。

宝钗疑心宝玉被责是薛蟠教唆人来告的，正值薛蟠吃酒回来，说起宝玉被责，薛姨妈说："都是你闹的。"引起薛蟠发性子，与薛姨妈顶撞，宝钗相劝，又被薛蟠以"金玉"相讥，气得宝钗拉着薛姨妈哭。

第三十五回　白玉钏亲尝莲叶羹　黄金莺巧结梅花络

次日　黛玉立在花阴之下，看见贾母、邢夫人、王夫人以次园内诸人都到怡红院中，去看望宝玉，不觉想起有父母的好处来，回到屋里，自叹命薄。

宝玉要吃莲叶羹，玉钏儿和莺儿奉命送来，宝玉看见玉钏儿因金钏儿事，满脸娇嗔，又是伤心，又是惭愧，因对她低声下气，着意温存，骗她尝了莲叶羹。

贾政门生傅试，因为其妹傅秋芳有点才貌，想与豪门攀亲，因遣两个婆子来探望宝玉。

莺儿为宝玉打汗巾络子。

第三十六回　绣鸳鸯梦兆绛芸轩　识分定情悟梨香院

宝玉伤一日好似一日，贾母怕贾政又叫宝玉，传话出去“……过了八月，才许出二门”。

王夫人把自己月例二十两银子里拿出二两银子一吊钱给袭人，并嘱咐：“以后凡事有赵姨娘、周姨娘的，也有袭人的。”

湘云归去。

一日，宝玉到梨香院，看见龄官和贾蔷的情况，才明白那天“画蔷”的缘由，又有所感。

薛姨妈生日。

［按］据书中叙述“吃西瓜”“洗澡”，此时当仍系端阳之后，盛暑时候。

第三十七回　秋爽斋偶结海棠社　蘅芜院夜拟菊花题

八月二十日　贾政被点学差，起身赴任。

探春发起组织诗社，正值贾芸送来两盆白海棠，因起名“海棠社”。各人都起了别号，互推了社长、监场，限韵做了咏海棠诗，公评宝钗第一，黛玉第二，宝玉压尾。

次日　宝玉求贾母把湘云接来，也做了海棠诗。湘云又要作东邀一社，晚间宝钗给他出主意，找薛蟠要几篓螃蟹，请老太太在园里赏桂花吃螃蟹。又拟了咏菊十二题。

第三十八回　林潇湘魁夺菊花诗　薛蘅芜讽和螃蟹咏

次日　贾母带了王夫人、凤姐又请了薛姨妈在藕香榭赏桂花，宝钗、宝玉、黛玉、湘云、探春分作了咏菊十二题。宝玉又首唱了螃蟹诗，宝钗、黛玉也和了。

第三十九回　村姥姥是信口开河　情哥哥偏寻根问底

刘姥姥带了板儿来，不想投了贾母缘，留他过两天，晚饭后，刘姥姥和贾母闲话，因说他村上小祠堂供的一个小姐成了精，宝玉听了，信以为真。

次日　宝玉一早就要焙茗按刘姥姥说的地名方向去找，焙茗晚上回来说找到一座破庙，供的却是瘟神爷，宝玉才罢休。

第四十回　史太君两宴大观园　金鸳鸯三宣牙牌令

贾母和王夫人、众姐妹商议给史湘云还席。

八月二十五日　在大观园设席，刘姥姥初次进园游览，在晓翠堂入座，刘姥姥陪贾母共食，席间滑稽梯突，风趣横生，鸳鸯笑道："咱们今儿也得了个女清客了。"又在缀锦阁听戏吃酒，席间由鸳鸯行酒令，刘姥姥居然也凑趣说了。

第四十一回　贾宝玉品茶栊翠庵　刘姥姥醉卧怡红院

席终，贾母带刘姥姥来到栊翠庵吃茶。

贾母身上疲倦，往稻香村休息。刘姥姥误入怡红院，醉卧宝玉床上。

第四十二回　蘅芜君兰言解疑癖　潇湘子雅谑补余香

刘姥姥“明日一早定要回去”，来向凤姐告辞，凤姐以大姐儿常有病，教刘姥姥给他起个名字，借借寿，刘姥姥给他起名叫“巧姐”。

次早　刘姥姥告辞。贾母生病，请王太医来诊。

宝钗、黛玉等聚在一起嘲笑刘姥姥，称之为“母蝗虫”。大家又商议给惜春假，画《大观园图》。

第四十三回　闲取乐偶攒金庆寿　不了情暂撮土为香

次日　贾母命人找王夫人来，为初二是凤姐生日，要大家凑份子给凤姐做寿，唱戏、吃酒热闹一天。于是请了邢夫人、薛姨妈来，又叫请姑娘们并宝玉和宁府的尤氏，叫了一些有头脸的管事媳妇，传了众丫头婆子，共凑了一百五十两有零，交由尤氏主办。

次日　尤氏敛钱，将平儿、鸳鸯、周姨娘、赵姨娘出的份子钱，还了各人。

九月初二　凤姐生日，又是诗社的社日，李纨和众姐妹不见宝玉来。原来这日也是金钏生日，一早宝玉就带了焙茗出了北门，来到水仙庵，在一个井台上焚香，含泪施礼，焙茗竟不知是祭祝什么人，在水仙庵用了素斋，赶回，正值开宴，宝玉一径往花厅上来，只见玉钏儿独坐在廊檐下垂泪。

第四十四回　变生不测凤姐泼醋　喜出望外平儿理妆

园中唱戏作乐，凤姐被众人劝酒，多喝了两盅，自觉酒沉了，要往家去歇歇。才至廊下，只见一个小丫头子站在那里，见他来了，回头就跑。凤姐喝住逼问，得知贾琏和鲍二家的偷情事。忙来家，至窗前又听里面在赞平儿，气得凤姐回身先打了平儿，踢开房门，抓着鲍二家的撕打，贾琏气得拔出宝剑来，说："我真急了，一齐杀了，我偿了命，大家干净。"凤姐跑至贾母跟前，贾琏持剑跟来，被邢夫人喝退。平儿被李纨等拉进大观园劝解。凤姐只跟着贾母睡。

次日　贾琏想起昨日之事，后悔不来。一早邢夫人叫他过贾母这边来，在贾母前跪下，贾母教他与凤姐作揖赔不是，又命贾琏和凤姐安慰平儿。三人回房，正说着，人报"鲍二媳妇吊死了”。贾琏许了二百两银子发送才罢。

第四十五回　金兰契互剖金兰语　风雨夕闷制风雨词

凤姐正在抚慰平儿，忽见众姐妹走了进来。探春笑道：“我们起了个诗社，必得你去做个监社御史。”凤姐笑道：“你们别哄我，我早猜着了，那里是请我做监察御史，分明叫了我去做个进钱的‘铜商’罢咧！”众人正要回去，赖嬷嬷来了，为他孙子选了知县，请贾母合府众人于十四日去赖家吃酒。

黛玉又犯旧疾，这日宝钗来看望，两个人闲话起来，黛玉叹道：“你素日待人，固然极好，然我最是个多心的人，只当你藏奸……我长了今年十五岁，竟没一个人像你前日的话教导我的……”

> ［按］这里黛玉自云十五岁，但以事按年排比，应是十一岁。再则这一年宝钗是十五岁，黛玉不可能和宝钗同岁。

宝钗走后，黛玉听到雨滴竹梢，倍感凄凉，仿“春江花月夜格”作了《代别离》一首，名其词为《秋窗风雨夕》。吟罢，方欲就寝，宝玉又来，看到诗，不觉叫好，黛玉忙夺来在灯上烧了。宝玉刚走，宝钗差婆子送燕窝和梅片雪花洋糖与黛玉。

第四十六回　尴尬人难免尴尬事　鸳鸯女誓绝鸳鸯偶

贾赦想向贾母要鸳鸯为妾，邢夫人叫了凤姐来商议，凤姐劝阻不行，遂与邢夫人同来贾母屋找鸳鸯直接谈，鸳鸯不答，邢夫人又找鸳鸯的嫂子来说，也讨了没趣而去。

次日　鸳鸯的哥哥金文翔接他回家，鸳鸯咬定不嫁，金文翔无法，少不得回复贾赦，贾赦怒恼起来说："他必定嫌我老了……多半是看上宝玉？"金文翔回家，告诉了鸳鸯，鸳鸯即刻带了他嫂子来见贾母，诉说原委，并表示不嫁之意，贾母听了，气得浑身打战。

第四十七回　呆霸王调情遭苦打　冷郎君惧祸走他乡

邢夫人来见贾母，受了申斥。

九月十四　贾母、王夫人、薛姨妈及宝玉等至赖大家赴宴。薛蟠误把柳湘莲当作风月子弟，被湘莲诱至北门外，一个人烟稀少的苇塘边，痛打了一顿，湘莲径自骑马走去，随后贾蓉带小厮寻来，才为他雇了一乘小轿送回家去养伤。

第四十八回　滥情人情误思游艺　慕雅女雅集苦吟诗

薛蟠三五日后，疼痛虽愈，伤痕未平，只装病在家，愧见亲友。

十月　薛蟠因挨了打，难以见人，计划随自己当铺内揽总张德辉外出贸易，躲避一年半载。

十三日　薛蟠去辞了他母舅，又到贾府向众人告别。

十四日　薛蟠和张德辉起身长行。

薛蟠走后，香菱搬进园内蘅芜院和宝钗作伴。

贾赦叫贾琏去购买石呆子家藏的二十多把扇子，石呆子坚决不卖，贾赦无法，天天骂贾琏没能力。后被贾雨村知道，设了法，讹石拖欠官银，把扇子抄了，做了官价，送了来。贾赦问贾琏："人家怎么弄了来了？"贾琏说："为这点子小事，弄的人家倾家败产，也不算什么能！"贾赦说拿话堵他，又加上几件小事，凑在一处，把贾琏打得动不得。

香菱要拜黛玉为师，学做诗，天天苦心揣摩，也写出两首诗来。

第四十九回　琉璃世界白雪红梅　脂粉香娃割腥啖膻

邢夫人的嫂子带了女儿岫烟进京来投邢夫人，可巧凤姐之兄王仁也进京，两亲家一处搭帮来了。路上遇见李纨寡婶带了两个女儿李纹、李绮也上京，三家一路同行。后有薛蟠从弟薛蝌送胞妹宝琴进京聘嫁，随后赶来，所以今天会齐来访投各人亲戚。

王夫人认了宝琴做干女儿，住在贾母房内，薛蝌住在薛蟠书房中，岫烟和迎春住一起，李纨寡婶她们就住在稻香村，当下安插定了。探春来找宝玉说："咱们诗社可兴旺了。"宝玉笑道："明儿十六，咱们可该加社了。"

［按］薛蟠十月十四长行，后夹叙香菱学诗，绝非一日之事，下文又有凤姐忙于发放年例，"离年又近了"之语，故此处"十六"绝非十月，可以肯定。

忠靖侯史鼎迁委了外省大员，不日要携眷上任，贾母舍不得湘云，便留下她，接来与宝钗同住。

十七日　众人商议做诗，李纨说："昨儿的正日已自过了……可巧又下雪……"建议凑份子，给新来姐妹接风，又可以做诗。

十八日　大家在芦雪庭赏雪、吃烧鹿肉。

第五十回　芦雪庭争联即景诗　暖香坞雅制春灯谜

众人赋"即景联句"排律，凤姐起了句"一夜北风紧"便走了，接着众人抢着联下去，诗成，公评宝玉又落第了，因罚他到栊翠庵去折一枝红梅，湘云又抢着要做“红梅诗”。李纨分派用红梅花三个字做韵要邢岫烟、李纹、宝琴三人做三首七律。

贾母也来凑趣，教大家做些灯谜，预备正月里好玩。说笑一会，带了众人到惜春屋里，忽见凤姐赶来笑说：“……老祖宗年下的事也多一定是躲债来了……”

贾母回房，饭后，薛姨妈来，说：“好大雪，一日也没过来望候老太太。……”贾母笑道：“这才十月，是头场雪，往后下雪的日子多着呢。……”

[按]此时不可能是十月已如上述，则“这才十月”显然是错了，以书中这一段的情景，如发放年例、制灯谜、咏红梅都像是腊月，可是又与下文“因此诗社一事……便空了几社”。接不上笋，所以，自芦雪庭赏雪至晴雯补裘，似为十一月的事。

次日　雪晴。李纨把她和李纹、李绮编的灯谜给大家猜，又教宝琴制灯谜。

第五十一回　薛小妹新编怀古诗　胡庸医乱用虎狼药

宝琴做了十首怀古绝句，内隐十物，众人都称奇妙。

袭人母亲病重，花自芳接他妹妹回去。

袭人走后，宝玉半夜要吃茶，麝月起来和晴雯在屋外玩耍，晴雯未加衣，受了凉。

次日　晴雯鼻塞声重，请了大夫来看，开的都是枳实、麻黄之类药，宝玉不用，又请王大夫来看。

第五十二回　俏平儿情掩虾须镯　勇晴雯病补雀金裘

平儿来，告诉麝月说坠儿偷了她的虾须镯，被宝玉听见又转告晴雯，晴雯服了药，仍未见效。

次日　王太医又来诊视，晴雯虽然稍减了热，仍是头痛。

宝玉来到潇湘馆，听到宝琴给大家念外国女孩子做的五言律诗。

次日　宝玉出门给舅老爷拜寿，贾母给他一件雀金裘。晴雯乘宝玉不在家，把坠儿打发出去了。

宝玉回来，因为雀金裘后襟上烧了一个指顶大的眼，嗐声顿脚，麝月拿出去织补，又都说不能补，宝玉说："明儿正日，老太太、太太说了，还叫穿过这个去呢！"晴雯带病起来织补，自鸣钟敲了四下，才补好。

第五十三回　宁国府除夕祭宗祠　荣国府元宵开夜宴

次日　舅老爷生日正日，宝玉又去，至下半天，说身上不好，就回来了。

晴雯加倍培养了几日，渐渐地好了。袭人送母殡后回来。只因李纨亦因时气感冒，邢夫人正害火眼，迎春、岫烟皆过去朝夕侍药，李婶之弟又接了李婶娘、李纹、李绮家去住几天，宝玉又见袭人常常思母含悲，晴雯又未大愈，因此诗社一事，皆未有人作兴，便空了几社。

腊月　离年日近，王夫人和凤姐儿治办年事。

王子腾升了九省都检点，贾雨村补授了大司马，协理军机。宁府门下庄头乌进孝送来田租和礼物。

十二月三十日　贾府在宗祠祭祖。

红十三年壬子　宝玉十三岁　黛玉十二岁　宝钗十六岁

正月初一　五鼓，贾母等人按品上妆，进宫朝贺，兼祝元春千秋。

王夫人和凤姐天天忙着请人吃年酒，亲友络绎不绝，一连忙了七八天。

十一日　贾赦请贾母等年酒。

次日　贾珍请贾母年酒。

十五日　晚上，贾母在大花厅上摆几席酒，定一班小戏，满挂各色花灯，带领荣宁二府各子侄孙男孙媳等家宴。

第五十四回　史太君破陈腐旧套　王熙凤效戏彩斑衣

十七日　祀祭已完，掩了祠门，收过影像。是日，薛姨妈家请吃年酒，贾母坐了半日，便回来了。

第五十五回　辱亲女愚妾争闲气　欺幼主刁奴蓄险心

荣府中刚将年事忙过，凤姐因年内外操劳太过，便小月了。王夫人将家中琐碎之事，暂令李纨协理，又命探春合同李纨裁处，谁知凤姐一月之后，又添了下红之症，直到三月间才渐渐地起复过来。

季春　湘云病。

第五十六回　敏探春兴利除宿弊　贤宝钗小惠全大体

探春理家，把园子里生长的，都发交给一些老妈妈收拾料理，一年里要他们孝敬一些东西。

江南甄府家眷到京，派人来给贾母请安，贾母问到甄宝玉："几岁了？"来人回说："今年十三岁。"

［按］甄宝玉年岁与宝玉正合。

宝玉听见甄宝玉事，心中闷闷，回来昏昏睡去，不觉梦入幻境。

第五十七回　慧紫鹃情辞试莽玉　慈姨妈爱语慰痴颦

王夫人带宝玉去拜甄夫人，竟日方回，又吩咐预备上等席面，定名班大戏，请过甄夫人母女。后二日，他母女便不作辞，回任去了。

湘云病渐愈。

宝玉来看黛玉，紫鹃戏说黛玉要回苏州，宝玉惊得发起呆症，两眼发直，口角流涎，不省人事，拉到怡红院，贾母、王夫人都来了。还是紫鹃来解说，宝玉病才渐好起来，紫鹃一直陪他病大好，才回潇湘馆，悄向黛玉说："宝玉的心倒实，听见咱们走，就这么病起来。"黛玉不答。

薛姨妈生日。自贾母起诸人皆有祝贺之礼。

[按] 第三十六回，薛姨妈生日是在端阳之后，八月之前，此则在季春之后，清明节前，前后不符。

次日　薛姨妈又命薛蝌陪诸伙计吃了一天酒。

薛姨妈请贾母作保山，讨邢岫烟与薛蝌为媳。

第五十八回　杏子阴假凤泣虚凰　茜纱窗真情揆痴理

老太妃薨逝，凡诰命等皆入朝随班，按爵守制，贾母婆媳祖孙等俱每日入朝随祭，在大偏宫二十一日后，方请灵入先陵，地名孝慈县，这陵离都来往得十来日之功，如今请灵至此，还要停放数日，方入地宫，故得一月光景。

尤氏等议定经回明王夫人，把学戏的十二个女孩子遣发，愿去的只四五人，不愿去的分在园中使唤，贾母留下文官，芳官给了宝玉，蕊官给了宝钗，藕官给了黛玉，葵官给了湘云，豆官给了宝琴，艾官给了探春，茄官给了尤氏使唤。

清明　荣宁二府贾琏贾蓉各备年例祭祀去铁槛寺祭柩烧纸。

藕官在园内烧纸钱，为婆子揪住，宝玉给他遮掩过去。

第五十九回　柳叶渚边嗔莺咤燕　绛芸轩里召将飞符

贾母等往孝慈县给老太妃送灵。

［按］贾母等送灵，书中未叙明时月，如果以清明为三月下旬，则“在大偏宫二十一日后方请灵入先陵”则已在四月中旬以后。

一日清晓，宝钗春困已醒，搴帷下榻，微觉轻寒。

［按］此时季春已过，而云“春困”情景不符。

莺儿、藕官在柳堤上采些柳条鲜花编花篮，这里是春燕姑妈的管界，看见采了柳条鲜花心疼，责骂春燕，春燕哭告袭人，一场风波，平儿来了才告平息。

第六十回　茉莉粉替去蔷薇硝　玫瑰露引出茯苓霜

贾环向宝玉讨蔷薇硝，芳官拿茉莉粉代替。贾环回屋，给了彩云，被发觉是茉莉粉。赵姨娘生气叫贾环找芳官闹去，贾环不敢，顶撞了几句，气得赵姨娘自己来打骂芳官，芳官哭闹不服，后来报知探春，才来平息下去。

芳官向宝玉要了玫瑰露送给管厨房柳家的女儿五儿，柳家的分了半盏给他哥哥，又从他哥哥那里带回一包茯苓霜。

第六十一回　投鼠忌器宝玉瞒赃　判冤决狱平儿行权

柳五儿把茯苓霜拿到怡红院来送给芳官，恰巧芳官不在，走回来，偏遇着林之孝家的，问她“怎么跑到这里来”。恰巧小蝉说：“太太耳房里的柜子开了，少了好些零碎东西。琏二奶奶打发平姑娘和玉钏儿姐姐要些玫瑰露，谁知也少了一罐子。”莲花儿道：“今日我倒在厨房里看见一个露瓶子。”因此搜了厨房，取出露瓶，又得了一包茯苓霜，于是把五儿软禁起来。

袭人问芳官，知露是她送的，宝玉说："露虽有了，若勾起茯苓霜……岂不是反陷害了人家！"晴雯走来笑道："太太那边的露，分明是彩云偷了给环哥儿去了。"宝玉道："也罢，这件事我应起来……"这才放了五儿，一场大事，风流云散。

第六十二回　憨湘云醉眠芍药裀　呆香菱情解石榴裙

宝玉生日，原来宝琴、平儿、岫烟也是这日，大家因谈起正月初一是元春生日，二月十二是黛玉、袭人生日，三月初一是王夫人生日，探春道："平儿的生日，这也是才知道的。"于是吩咐内厨房单为平儿预备两桌席请她，大家齐集红香圃，谁知湘云吃醉，在一块青石板磴上睡着，四面芍药花飞集一身。饭后，香菱和芳官等在斗草，宝玉也寻了来，忽见众人都跑了，只剩下香菱一个人，原来玩笑中香菱的裙子被水洼里泥水污了，宝玉连忙回去问袭人要了一条新的给她换上。

第六十三回　寿怡红群芳开夜宴　死金丹独艳理亲丧

晚间，怡红院里的人凑份子替宝玉置酒做寿，邀了黛玉、宝钗、探春、李纨等人来，吃酒行令。

［按］宝玉生日，书中也没有明确月日，但清明节后，又经过园中一系列琐碎情事，夜宴时，以及次日平儿还席，都一再提到天气热，似是四月下旬初夏天气。在夜宴行令时，点出香菱和宝钗、晴雯同庚，但按年排比，香菱比宝钗小一岁。

次日　平儿还席，妙玉以槛外人的具名，写帖给宝玉贺寿，宝玉便写了“槛内人宝玉熏沐谨拜”的回帖亲自到栊翠庵从门缝中投进去。贾敬死，尤氏命人飞马报信，计算贾珍至少也得半月方能来到。故把贾敬装裹好，用软轿抬至铁槛寺，择日入殓。

三日后　破孝开吊，一面且做起道场来。

贾珍父子星夜驰回。

第六十四回　幽淑女悲题五美吟　浪荡子情遗九龙佩

初四日　贾敬灵柩进城。

［按］贾敬之死在宝玉生辰之次日，贾珍接信赶回又是半个月，故此处的“初四日”显非五月而是六月，其取此日，盖取贾敬五七之期，以此推之，则贾敬死日当为四月二十九（小建）或卅日（大建）。

七月七日　黛玉索瓜果，宝玉心内细想：“大约必是七月，因为瓜果之节，家家都上秋季的坟，林妹妹有感于心，所以在私室自已祭奠。”

［按］既云“瓜果之节”自必是七月七日。

次日　贾母送老太妃葬事回。

［按］贾母等送老太妃灵，事在清明节后宝玉生日前，根据五十八回交代“故得一月光景”，绝不该迟至七月七日之后。

过数日　贾敬出殡，贾赦、贾琏、邢夫人、王夫人等都送至铁槛寺，至晚方回，贾珍、尤氏并贾蓉仍在寺中守灵，等过百日后，方扶柩回籍，贾琏托词相伴贾珍，亦在寺中住宿。

［按］贾敬出殡，按清代官宦人家通例为七七日，秦可卿之丧可证。故应为六月十八日。

第六十五回　贾二舍偷娶尤二姨　尤三姐思嫁柳二郎

初二日　先将尤老娘和三姐儿送入新房。

初三日　贾琏偷娶尤二姐。

［按］此处“初三日”既不是六月，因为事在六月十八日贾敬出殡之后，且亦不是七月，因为已过了“瓜果之节”。

当下十来人，倒也过起日子来，十分丰足，眼见已是两月光景，这日贾珍在铁槛寺做完佛事，晚间回家。

［按］“两月光景”很难断定是从贾珍铁槛寺伴灵或是从贾琏娶二姐儿时起算，但不论是如何计算，都和以后情节时日不符。

贾珍趁贾琏不在家，来探望尤氏姐妹，贾琏忽闯了进来，和贾珍把话讲开，不承想三姐儿看穿了他们的鬼打算，嬉笑怒骂，反把他弟兄二人噤的搭不上话，一时酒足兴尽，竟把贾珍弟兄撵了出去，自己关门睡去了。

一日二姐备了酒，贾琏也不出门，特请他妹妹和他母亲上坐，三姐儿便知其意，就说：“不是我女孩儿家没羞耻，必得我拣个素日可心如意的人才跟他。”正说着，贾琏的心腹小厮兴儿来说：“老爷那边紧等着叫爷呢。”贾琏问：“昨日家里问我来着么？”兴儿说：“小的回奶奶，爷在家庙里和珍大爷商议做百日的事，只怕不能来。”贾琏忙命拉马去了。

［按］如以贾敬之丧定在四月廿九或三十，则百日应在八月十日左右，此时虽未到，当距百日不远。

第六十六回　情小妹耻情归地府　冷二郎一冷入空门

次日　贾琏来告诉尤二姐说：“偏偏的又出来了一件远差，出了月儿就起身，得半个月工夫才来。”尤二姐因告诉贾琏，尤三姐择定的人就是柳湘莲。

至起身之日，贾琏一早出城，竟奔平安州大道，方走了三日，遇见薛蟠和柳湘莲。原来薛蟠自春天起身往回里走，在平安州地面遇盗，幸亏柳湘莲来救了，因此弃嫌修好结为兄弟，一路进京，并说将在前面分手去看他姑妈。贾琏乘便为尤三姐提亲，湘莲应允，把鸳鸯剑交给贾琏为定。并说："不过一月内，就进京的。"

贾琏到平安州，见了节度，完了公事，又嘱咐他十月前后务要还来一次。

次日　贾琏取路回家。

贾琏至家，先到尤二姐处，把路遇柳湘莲一事说了一遍，又将鸳鸯剑取出送给三姐儿，住了两天，回复父命。

谁知八月内湘莲方进京。

［按］贾琏路遇湘莲，最早也应在八月上旬，则湘莲当在九月上旬进京，何况书中"谁知""方"，从文义来看，似归期较所约为晚，更不会是八月了。

次日　湘莲来见宝玉，谈话间引起湘莲疑心，辞了宝玉便去找贾琏要毁约退婚。三姐在退回鸳鸯剑之际，饮剑而亡，湘莲见她如此烈性，悔之不及，抚棺痛哭一场，随一道士截发而去。

第六十七回　见土仪颦卿思故里　闻秘事凤姐讯家童

薛姨妈和薛蟠说："你回家半个多月了，同你去的伙计们，陪着你走了二三千里的路，受了四五个月的辛苦，也该摆桌酒，给他们道道乏才是。"

［按］薛蟠南行是上年十月十四日的事，及今归来，不止四五个月。

宝钗把薛蟠特给她买的南方土产，分送给贾母、王夫人及众姐妹，黛玉看了，触景生情，又伤心起来。

贾琏又去平安州。

薛蟠请伙计们吃酒。

凤姐听得贾琏在外头弄了人，讯问旺儿、兴儿，得知底细。

第六十八回　苦尤娘赚入大观园　酸凤姐大闹宁国府

十五日　凤姐回明贾母说要到姑子庙进香去，带了平儿、丰儿、周瑞媳妇、旺儿媳妇至尤二姐处，劝其搬入荣国府，二姐儿被花言巧语所惑，随其前来，暂安顿在李纨处。

凤姐教唆二姐儿的未婚女婿张华到都察院喊冤，控告贾琏国孝家孝期中，背旨瞒亲，仗势依财，强逼退亲，停妻再娶。

凤姐到宁府和尤氏撒泼吵闹。

第六十九回　弄小巧用借剑杀人　觉大限吞生金自逝

凤姐带二姐儿去见贾母，又见过邢夫人、王夫人，过了明路，一面暗地调唆张华，叫他索要原妻。

贾琏到平安州，值节度公出，候了一个月方回，等事办妥，回来已将近两个月了。

［按］贾琏二次去平安州是在十月左右，回来当系十一月。

贾琏先到新房，已是人去屋空，问知原委，只是蹬足，见了贾赦，贾赦十分欢喜，赏他一百两银子，又将丫环秋桐赏他为妾。

尤二姐受了一个月的暗气，便恹恹得了一病，等贾琏来看时，无人在侧，哭着和贾琏说："我来了半年，腹中已有身孕，倘老天可怜，生下来还可，若不然，我的命还不能保，何况于他。"

二姐儿误服胡太医的药，将三个月的胎儿堕下，因萌短见，吞金自杀。

［按］以事排比，二姐儿之死，是十二月间事。

第七十回　林黛玉重建桃花社　史湘云偶填柳絮词

尤二姐死后，贾琏自在梨香院伴宿七日夜，就在尤三姐之上，点了一个穴，破土埋葬。

红十四年癸丑　宝玉十四岁　黛玉十三岁　宝钗十七岁

三月初一　众姊妹因看桃花诗商议重起诗社，便改“海棠社”为“桃花社”，黛玉社主。

王子胜夫人来。

［按］三月初一是王夫人生日，书中此处，何以未提？

初二　探春生日。

贾政信来，说六月准进京。袭人乘机劝宝玉收收心，做点功课，黛玉把诗社更不提起，可巧贾政又奉旨放账，计算至七月底方回。宝玉听了，把书字又丢过一边，照旧游荡。

时值暮春，湘云见柳花飞舞，偶成一小词，给宝钗、黛玉看了，又派人分请众人，以“柳絮”为题，限调填词，接着又放风筝为戏。

第七十一回　嫌隙人有心生嫌隙　鸳鸯女无意遇鸳鸯

七月　贾政回京复命，赐假一月，在家歇息。

八月初三　贾母八旬大庆，自七月二十八日起，至八月初五止，宁、荣两府齐开筵宴。

鸳鸯至园，撞上司棋与其表兄幽会。

第七十二回　王熙凤恃强羞说病　来旺妇倚势霸成亲

司棋一夜不曾睡着，又后悔不来，挨了两日，忽有个婆子来悄悄告诉道：“你表兄竟逃走了。”

贾琏在东屋里看见鸳鸯，贾琏说：“这两日因老太太千秋，所有的几千两都没了，几处房租、地租统在九月才得，说不得姐姐担个不是，暂且把老太太查不出的金银家伙，偷着运出一箱子来，暂押千数两银子，支腾过去，银子来了，我就赎了交还。”

鸳鸯走后，贾琏来看凤姐，凤姐说：“后日是二姐的周年，我们好了一场，到底给她上个坟，烧张纸。”

［按］二姐儿死在去年腊月，此时才八月，有误。

来旺媳妇求凤姐做主，把彩霞配与她的儿子。

夏太监来借银，凤姐将金项圈押了四百两，一半打发夏太监，一半与了旺儿媳妇，命他拿去办八月中秋之节。

第七十三回　痴丫头误拾绣春囊　懦小姐不问累金凤

宝玉怕贾政盘考，读书至深夜，只听春燕、秋纹从后面跑进来说："不好了！一个人打墙上跳下来了！"晴雯因见宝玉读书苦恼，便生计向宝玉道："趁这个机会，快装病，只说吓着了。"又叫起上夜的各处寻找，并无踪迹，都说："风摇的树枝儿，错认了人。"贾母听说，责备上夜的不小心，又听说园内有斗牌、聚赌情事，怒命盘查，查得大小头家十一人，为首的打了四十大板，撵出去，从者打二十大板，革去三月工钱。

傻大姐在山石背后，拣了一个五彩绣香囊，正要拿给贾母看，被邢夫人撞见，接来一看，连忙攥住，吓唬她："快别告诉人。"

迎春的攒珠累金凤被乳母拿去当了银子放头儿去，迎春怕多事不欲追问，绣橘立意去回凤姐，才把迎春乳母之媳吓住。

第七十四回　惑奸谗抄检大观园　避嫌隙杜绝宁国府

凤姐正在房里，王夫人气冲冲地进来，把傻大姐捡的香囊扔给她，以为是她丢的东西，凤姐加以解释，于是商议教周瑞家的、吴兴家的、郑华家的、来旺家的、来喜家的在园里暗地查访，正说着，王善保家的来了，在王夫人面前说晴雯“妖妖调调”大不成体统，触动了王夫人，立刻叫人唤晴雯来，训斥一顿，要明儿回老太太再撵他，王夫人又接受了她的意见叫她会同周瑞家的等，抄检了大观园，惹起一些风波，最后在司棋那里查出她表弟约她相会并送香囊的私信。

第七十五回　开夜宴异兆发悲音　赏中秋新词得佳谶

次日　贾母听王夫人在说甄家获罪抄家，来京治罪等话，心中甚不自在，叹道：“咱们别管人家的事，且商量八月十五赏月是正经。”

次日十四　贾珍因居孝过不得节，晚上要应个景儿，在汇芳园丛绿堂中，煮猪烧羊，带领姬妾开怀作乐赏月。三更时分，听得墙下有人长叹，恍惚又听得祠堂内槅扇开阖之声，只觉得风气森森，十分凄惨。

十五　贾珍带领众子侄开祠行朔望之礼。晚饭后，贾母在凸碧山庄赏月。行击鼓传花酒令，大家讲笑话，贾赦、贾政都参加了。

第七十六回　凸碧堂品笛感凄清　凹晶馆联诗悲寂寞

行令后，贾赦、贾政带领贾珍等散了，贾母因见薛姨妈母女在家赏月未来，李纨、凤姐又病了，不似往年热闹，不觉长叹。

贾母对尤氏说：“可怜你公公已死了二年多了。”

［按］贾敬之死，实一年多事。云“二年多”，误。

湘云、黛玉即景联句，妙玉来了，邀二人至栊翠庵，并为完成三十五韵。散后，湘云遂宿于潇湘馆中。

第七十七回　俏丫环抱屈夭风流　美优伶斩情归水月

中秋已过，凤姐病也比先减了，王夫人问起前日园中搜检之事，周瑞家的一字不隐回了。王夫人吃了一惊，依照周瑞家的建议，把司棋打发了，又亲自到园里查人，把晴雯、四儿撵了出去，芳官等唱戏的女孩子都交各人干娘领去。

一日　宝玉私探晴雯。

次日　有人请贾政赏菊作诗，贾政带宝玉、贾环、贾兰同去。芳官等三人不愿跟她们干娘，闹死闹活要出家，正好水月庵的智通、地藏庵的圆信来听见，想拐去做活使唤，便讨了去。

第七十八回　老学士闲征姽婳词　痴公子杜撰芙蓉诔

王夫人把撵晴雯、逐芳官事向贾母回明。

迎春回宁府，有人来相亲。

宝玉归来，聆知晴雯已死，遂一人出园，往前次看望之处来，谁知已抬往化人厂焚化了，只得复身进入园中，到了蘅芜院才知道宝钗搬出去了，到潇湘馆，黛玉也不在家，正在茫无所之，贾政来唤，命作姽婳词。

晚间宝玉回至园中，看见池上芙蓉，想起了小丫环说晴雯做了芙蓉之神，因用晴雯素日所喜的冰鲛縠，作了一首《芙蓉女儿诔》写上。

[按]《芙蓉女儿诔》中云："窃思女儿，自临人世，迄今凡十六载。"照习惯计年，正符合与宝钗同岁（十七岁）。

第七十九回　薛文起悔娶河东吼　贾迎春误嫁中山狼

宝玉在花下读了诔文，只听花阴中有人声，倒吓了一跳，细看却是黛玉，口内说道："好新奇的祭文！只是'红绡帐里'未免俗滥些，何不说'茜纱窗下，公子多情'呢？"宝玉不禁跌脚笑道："好极！好极！我又有了，这一改恰就妥当了，莫若说'茜纱窗下，我本无缘，黄土垅中，卿何薄命！'"黛玉听了，陡然变色。

次日　迎春许嫁孙绍祖，宝玉过宁府相会。听说娶亲的日子甚近，不过今年，就要过门，因此邢夫人回了贾母，将迎春接出园去。

一日，宝玉在园中遇见香菱，得知薛蟠要娶桂花夏家女儿为妇。

次日　宝玉病，医生要“好生保养过百日”。百日内，院门前皆不许到，只在屋里玩笑。过些时，闻得迎春出了阁。

薛蟠娶夏金桂。

第八十回　美香菱屈受贪夫棒　王道士胡诌妒妇方

夏金桂给香菱改名“秋菱”，又撮弄薛蟠把秋菱打了一顿，气得薛姨妈赌气要卖掉秋菱，后来宝钗说：“哥哥嫂子嫌他不好，留着我使唤。”秋菱跟宝钗去了。

［按］薛蟠娶金桂迄责打秋菱，皆是宝玉百日养病期间的事，其时应已近年尾。

红十五年甲寅　宝玉十五岁　黛玉十四岁　宝钗十八岁

第八十一回　占旺相四美钓游鱼　奉严词两番入家塾

宝玉闻得迎春夫妻不和，想回明贾母接她回家，被王夫人申斥，不许在贾母前说起半个字，憋了一肚子闷气，一迳来潇湘馆看望黛玉，说起迎春之事并园中光景，大不如前，二人相对感伤。

午后，宝玉来到园中，看探春、岫烟、李纹、李绮四人在钓鱼。

马道婆事发，被送到锦衣府治罪。

次日　宝玉奉命重入家塾。

第八十二回　老学究讲义警顽心　病潇湘痴魂惊恶梦

宝玉入塾后，怡红院中清净闲暇。袭人想到自己终身，只怕便是尤二姐、香菱的后身，便到黛玉处想探探口气。谈话中，提到尤二姐、香菱，袭人说："想来都是一个人，不过名分里头差些，何苦这样毒？"黛玉心里一动，便说："这也难说，但凡家庭之事，不是东风压了西风，就是西风压了东风。"

是夜，黛玉想到身世和与宝玉的关系，缠绵辗转，无情无绪，做了一个噩梦，醒后，咳嗽起来，吐了一盒子痰血。探春、湘云在惜春那边评论惜春所画的《大观园图》，又议着题诗，请黛玉来商议。忽见翠缕、翠墨二人回来，神色匆忙，报说黛玉病况，二人俱来潇湘馆看望。

［按］《大观园图》是惜春在元妃省亲那年八月，奉贾母之命开始绘制，且贾母又急于要早日画好，何以两年

多尚未完成？

第八十三回　省宫闱贾元妃染恙　闹闺阃薛宝钗吞声

探春将黛玉病情告知贾母，贾母叫王大夫诊治，说是肝阴亏损，心气衰耗，是平日郁结所致。

元妃患病，奉旨宣亲丁四人，进里头探问。

次日　贾母、王夫人、邢夫人、凤姐入宫探病，元妃赐宴。

夏金桂和宝蟾争吵，薛姨妈过来解劝。宝钗被金桂奚落了一顿，薛姨妈万分气不过，宝钗只得把母亲劝了出来，顶头看见贾母身边的丫头，那丫头说："叫来请姨太太安……还给琴姑娘道喜。"

［按］书中并未提到宝琴有何喜事，此处道喜来得突兀。

第八十四回　试文字宝玉始提亲　探惊风贾环重结怨

元妃病愈，过了几日，有几个老公公，带了东西银两，宣贵妃之命，因家中省问勤劳，俱有赏赐。

贾母嘱咐贾政，留神看一个好孩子，给宝玉定下，摆上晚饭，贾政王夫人等，才都退出各散。贾政回到房中，传话叫宝玉放学后吃了晚饭再过来。

宝玉吃饭后，来到内书房，贾政问道："那一日，你说你师父叫你讲一个月的书，就要给你开笔，如今算来，将两个月了，你到底开了笔了没有？"宝玉说："已做过三次。"叫焙茗取来与贾政看了，贾政又让宝玉做破题。

宝玉做完破题，听说薛姨妈来了，连忙回到贾母处，见宝钗未来，大为失望，说着话儿已摆上饭来。

[按]贾母开晚饭后，宝玉才放学吃饭，然后贾政又问了一会功课，这里薛姨妈来了，何以又开饭？接着薛姨妈还同王夫人去凤姐处看巧姐，明明是夜晚事，而云"那天已经掌灯时候"。时间错乱。可能是两日事，误混为一天。

次日　邢王二夫人陪贾母到凤姐房中看望巧姐，只见奶子抱着巧姐，用桃红绫子小棉被儿裹着，脸皮铁青。

[按]巧姐至少也四岁了，何以犹若婴孩？

贾母谈起宝玉亲事，凤姐笑说："现放着天配的姻缘，何用别处去找？一个宝玉，一个金锁，老太太怎么忘了？"

巧姐惊风，正在熬药，贾环听说药中有牛黄，一定要看，把药锅倒了，两人结怨更深一层。

第八十五回　贾存周报升郎中任　薛文起复惹放流刑

北静王生日，贾赦、贾政带了贾珍、贾琏、宝玉去拜寿。宝玉蒙单独赐饭，又送他一块仿制的玉。

次日　贾芸写了一个帖儿给宝玉，晚间宝玉看了帖儿，皱一回眉，又笑一笑儿，后来竟不大耐烦起来，把帖子撕了。

次日　宝玉往家塾，出院门遇见贾芸。贾芸说："叔叔大喜了！"宝玉才知道贾政升了郎中。

二月十二　王子胜和亲戚家送过一班戏来，就在贾母正厅前，搭起行台。摆下酒席，湘云等都让黛玉上首坐，薛姨妈问："今日林姑娘也有喜事么？"贾母笑道："是他的生日。"众人正在饮酒看戏高兴时，忽报薛家有事，把薛姨妈、薛蝌叫回去，原来是薛蟠在外打死人命，被县里拿去了。

［按］黛玉生日是二月十二（见六十二回），但自晴雯死，宝玉病，重入家塾，中间许多情节，按时排比，早应过了二月。

第八十六回　受私贿老官翻案牍　寄闲情淑女解琴书

薛蝌去料理薛蟠人命事，过了两日，派人回报，知因吃酒打人致死。这里薛姨妈忙着在当铺里兑了银子，又恳求贾政托人与知县说情，又花上几千银子，把知县买通，定了个误伤。周贵妃薨逝。

宝玉来潇湘馆，黛玉正在看琴谱，因谈起乐理来。宝玉正要走出门来，只见秋纹送来一盆兰花。

黛玉回到房中，看着花，想到“草木当春，花鲜叶茂，想我自己年纪尚小，便像三秋蒲柳，怎禁得风吹雨送”，不禁又滴下泪来。

第八十七回　感秋声抚琴悲往事　坐禅寂走火入邪魔

宝钗以家运多艰，感时伤事，赋古诗四首附小启送给黛玉。

> ［按］宝钗送诗启来，紧接黛玉看花伤春，自感身世之后，而宝钗诗首句“悲时序之递嬗兮，又属清秋……”。景事倏息而变，费解。

黛玉触物伤情，感怀旧事，看到案上宝钗诗启，也赋了四章，又翻出琴谱，借《猗兰》《思贤》两操，合成音韵，然后写出，以备送与宝钗。

一日贾代儒有事，放了一天学。宝玉回来就往潇湘馆，正值黛玉打盹儿，便信步走到蓼风轩来。看见惜春在和妙玉下棋，一时妙玉要回庵，宝玉送他出来，经过潇湘馆，听黛玉抚琴，忽听君弦“嘣”的一声断了，妙玉连忙就走，宝玉问故，妙玉说：“日后自知，你也不必多说。”

当夜，妙玉打坐走火入魔，吃了降伏心火的药，稍稍平复些。

第八十八回　博庭欢宝玉赞孤儿　正家法贾珍鞭悍仆

鸳鸯来找惜春，惜春笑问道：“什么事？”鸳鸯道：“老太太因明年八十一岁，是个暗九，发心要写三千六百五十另一部金刚经……”把《心经》分发家中亲丁写。

［按］贾母明年应是八十二岁。

鸳鸯回报贾母，忽见宝玉进来，手中提了两笼蝈蝈儿，贾母笑道：“你别瞅着你老子不在家，你只管淘气。”

次日　贾珍过来料理诸事，周瑞和鲍二不和，受了贾珍申斥，谁知周瑞的干儿子何三又和鲍二打了起来，贾珍道：“给我拿了来，这还了得了。”正嚷着，贾琏也回来了。

［按］此时贾政并未外出，总办陵工，公务较忙而已。贾琏也未出都，贾珍为何来荣府料理家务，书中毫无交代，大是漏笔。

贾芹来求凤姐，想承办点陵工，凤姐回掉了，正说着，只见奶妈子带了巧姐儿进来，那巧姐儿身上穿得锦团花簇，笑嘻嘻走到凤姐身边学舌。

第八十九回　人亡物在公子填词　蛇影杯弓颦卿绝粒

部里来报，河南一带决了河口，工部司官又有一番照料。从此，直到冬间，贾政天天有事，常在衙门里。

十月中旬　这日天气陡寒，宝玉在塾中，只见焙茗拿进一件衣裳来，原来是晴雯所补的雀金裘。宝玉见了，不禁神痴，放学时托病告假一天。

次日　宝玉焚了一炉香，做了一首词，祭奠晴雯。祭毕又来潇湘馆，黛玉正在写经。

黛玉送走宝玉，回来，闷闷的坐着，听见外面雪雁告诉紫鹃说："姐姐，你听见了么，宝玉定了亲了。"黛玉听了，千愁万恨堆上心来。

次日　黛玉立定主意，自此以后，有意糟蹋身子。从此一天一天的减，到半月之后，果然粥都不能吃了。

第九十回　失绵衣贫女耐嗷嘈　送果品小郎惊叵测

黛玉病了十几天，贾母等轮流看望，一日竟至绝粒，紫鹃料无指望，出来偷向雪雁说："你进屋里来，好好儿的守着他，我去回老太太、太太和二奶奶去。"

紫鹃走后，侍书奉探春之命来看黛玉，告诉雪雁说宝玉没有定亲，又听见二奶奶说：“宝玉的事，老太太总是要亲上加亲的，凭谁来说亲，横竖不中用。”原来黛玉虽则病重，心里却还明白，听见侍书雪雁说话，才明白前头的事情原是议而未成，心神顿觉清爽许多，自此病渐减退。

邢、王二夫人和凤姐在贾母房中说起黛玉的病，病得奇，好得也奇，王夫人因说：“男大当婚，女大当嫁，老太太想，倒是赶着把他们的事办办也罢了。”贾母不同意说：“只有宝丫头最妥。”又吩咐众丫头，宝玉定亲的话，不许乱嚷嚷，不许叫黛玉知道。

一日，凤姐到园中，听说岫烟丢了衣服，又见岫烟衣着半新不旧，未必能暖和，回去后便取了一包皮棉衣裙派平儿、丰儿送给岫烟。

薛姨妈家被夏金桂搅得翻江倒海，听到岫烟情况，宝钗母女很是伤感。大家又说了一会闲话，薛蝌回到自己屋里，只见宝蟾送来酒菜，说是金桂叫他亲自悄悄儿地送来，又笑说：“他还只怕要来亲自给你道乏呢。”薛蝌见宝蟾这种鬼鬼祟祟的光景，也觉了几分。又一转念：“那金桂素性为人，毫无闺阁理法……又怎么不是怀着坏心呢？不然，就是他和琴妹妹也有了什么不对的地方儿，所以设下这个毒法儿，要把我拉在浑水里……”

［按］“不然”以后几句，费解。

第九十一回　纵淫心宝蟾工设计　布疑阵宝玉妄谈禅

宝蟾见薛蝌不理睬，回报金桂，二人想设策再去挑逗。金桂一心笼络薛蝌，倒无心混闹了。薛姨妈十分欢喜。这日，到金桂房里，见一个男人和金桂说话，金桂说是他过继兄弟夏三，从此夏三过了明路，往来不绝，生出无限风波来。

薛姨妈带着宝琴来了，岫烟、宝钗都没有来，宝玉甚是纳闷。一时除了凤姐托病告假，其余众人都来到。大家序次坐下，吃了饭，围炉子闲谈。

司棋被撵出后，一天，他表兄来了。他母亲恨他害了司棋，拉住要打，司棋出来说，已然失足了，不再嫁别人。他母亲不同意，司棋便一头撞死了。他表兄也用刀抹了脖子。坊里要报官，托人求凤姐说个人情。

一日，冯紫英来见贾政，带来“鲛绡帐”“母珠”，连同没有带来的两件洋货索价二万两，要卖给贾政。贾政回却了，留冯紫英晚饭，因谈起雨村提升，甄家被抄没等事，不胜荣枯聚散之感。

第九十三回　甄家仆投靠贾家门　水月庵掀翻风月案

次日　临安伯来请贾政等吃酒看戏，贾政以衙门有事未去。贾赦带着宝玉去了，席间，宝玉看见琪官。

甄应嘉写信给贾政说："待罪边隅，家人星散。"把奴子包勇荐给贾政使唤。

一日贾政看见门上贴了一张贴儿，又收到无头榜一张，内容一样写道："西贝草斤年纪轻，水月庵里管尼僧，一个男人多少女，窝娼聚赌是陶情……"贾政气得头昏目晕，立刻唤贾琏查问，又叫赖大去把女尼女道全用车拉回来。

平儿报告凤姐，误把水月庵说为馒头庵，把凤姐吓怔了。平儿忙说："水月庵里，不过是女沙弥女道士的事，奶奶着什么急呢？"凤姐才定了神。

第九十四回　宴海棠贾母赏花妖　失宝玉通灵知奇祸

次日　贾政在部里一时不能回家，叫人告诉贾琏去回明王夫人查明办理水月庵事。依照王夫人的主张，发落了贾芹，把女孩子的文书查出，送到本地，交他们本家儿领去。

一日，怡红院里本已萎了的几棵海棠，忽然开了花，哄动全园。贾母、王夫人等都来瞧花儿。大家讲究花开得古怪，有说是喜事，有说是花妖作怪的，议论纷纷。贾母道：“这花儿应在三月里开的，如今虽是十一月……因为和暖，开花也是有的。”

宝玉在贾母来看花时，匆匆换衣服，未将“通灵宝玉”挂上。贾母等走后，各处找寻，踪影全无。宝玉也吓怔了，袭人急得只是干哭，闹得连王夫人、凤姐都知道了，又是测字，又要叫岫烟转请妙玉扶乩。

第九十五回　因讹成实元妃薨逝　以假混真宝玉疯颠

妙玉焚香书符，只见那仙乩疾书道：“噫！来无迹，去无踪，青埂峰下倚古松，欲追寻，山万重，入我门来一笑逢。”众人争看，都解作玉不会丢，但仙机隐语，谁也不知青埂峰在哪里。

一连闹了几天，总无下落。还喜贾母、贾政未知，宝玉也好几天不上学，只是怔怔的。王夫人正在纳闷，忽见贾琏来报说：“舅太爷升了内阁大学士，奉旨来京，已定于明年正月二十日宣麻，有三百里的文书去了。”

元春忽发痰疾，四肢厥冷，汤药不进，传旨贾氏椒房进见。贾母、王夫人进宫，元妃已是目不能视。不多时，贾妃薨逝，是年甲寅年十二月十八日立春，元妃薨日，是十二月十九日，存年四十三岁。

红十六年乙卯　宝玉十六岁　黛玉十五岁　宝钗十九岁

宝玉自失玉后，终日懒怠走动，说话也糊涂了。过了几日，元妃停灵寝庙，贾母等送殡去了几天，更一日呆似一日。直至元妃事毕，贾母惦记宝玉，到园看视，见宝玉直是一个傻子似的，怀疑追问，王夫人只得说了。贾母急得眼泪直流，立刻叫贾琏写出赏格，又把宝玉搬到自己房中。

贾政当晚回家，路上听见说荣府贴赏格帖儿，心里诧异，到里面忙问王夫人，知是老太太主意，又不敢违拗。

过了些时，竟有人造了假玉来蒙混领赏，被发觉轰了出去。

第九十六回　瞒消息凤姐设奇谋　泄机关颦儿迷本性

正月十七日　王子腾回京途中，得病死了。贾琏打听明白，回来禀告王夫人，王夫人悲女哭弟，又为宝玉担忧，心口疼得坐不住。

二月　贾政京察一等，放了江西粮道。

贾母因贾政不日就要赴任，叫贾政来哽咽着说道："我今年八十一岁的人了……你这一去了，我所疼的只有宝玉，偏偏的又病得糊涂，……必要冲冲喜才好。"

［按］贾母今年应为八十二岁（见七十一回贾母八旬大庆）。

贾政提出薛家怕不同意，宝玉有贵妃九个月的功服，不能娶亲，再则赴任日期已经奏明，不敢耽搁。商议结果，贾母和王夫人去商求薛姨妈，挑个娶亲日子，一概鼓乐不用，只说冲冲喜，过了功服再摆席请人。吩咐家下众人，不许吵嚷得里外皆知，贾政虽是不愿意，只是贾母做主，不敢违命。

袭人知道了，想到往昔宝玉和黛玉的情景，只怕不是冲喜，竟是催命，因悄悄地把这个意思禀告了王夫人和贾母，最后凤姐想了一个偷梁换柱的法儿，贾母也依了。

一日　黛玉在园中看见傻大姐在那里哭，问他为什么伤心，傻大姐说是因为谈了宝二爷娶宝姑娘，被珍珠打了，又说："赶着办了，还要给林姑娘说婆婆家呢。"

第九十七回　林黛玉焚稿断痴情　薛宝钗出闺成大礼

黛玉听了宝玉宝钗的事情，这本是他数年的心病，一时急怒，回到潇湘馆，吐出血来，几乎晕倒，此时反不伤心，惟求速死。贾母闻知，带了王夫人凤姐来看视，黛玉喘吁吁地说道："老太太！你白疼了我了！"

次日　凤姐来看宝玉，笑道："宝兄弟大喜……"又说："给你娶林妹妹过来，好不好？"宝玉大笑起来，凤姐看着，也断不透他是明白，是糊涂。

当晚，薛姨妈过来，王夫人和凤姐把贾母的意思，要叫贾政看着宝玉成了家，二则也给宝玉冲冲喜，向薛姨妈说了。薛姨妈见这般光景，唯恐宝钗委屈，也没法儿，只得满口应承。薛姨妈回家，把这边的话，细细地告诉宝钗，又叫薛蝌明日起身，告知薛蟠。薛蝌去了四日，回来说："哥哥的事，上司已经准了误杀，叫咱们预备赎罪的银子。妹妹的事，叫妈妈不用等我，该怎么办就怎么办。"

次日　贾琏过来见了薛姨妈，请了安，便说："明儿是好日子，就是明日过礼罢。只求姨太太不要挑饬就是了。"

次日　凤姐把过礼的物件一件一件地点明给贾母瞧，又吩咐过礼不必走大门，只从园里便门送去。宝玉认以为真，心里大乐，上下人等虽都知道，都不敢走漏风声。

黛玉病日重一日，紫鹃天天三四趟去告诉贾母。贾母这几日的心都在宝钗宝玉身上，只请太医调治。黛玉见贾府上下人等，都不过来，连一个问的人都没有，自料万无生理，挣扎着叫紫鹃把诗稿和一块题诗的旧帕取来烧了。

次日　饭后黛玉又嗽又吐，紫鹃看着不好，去到贾母处和宝玉屋里，都静悄悄地没有人。正在徘徊，听见墨雨说今日夜里贾琏另外收拾了屋子，给宝玉娶亲。紫鹃听了，发了一回呆，一面哭，一面走，回到潇湘馆。黛玉已是肝火上炎，两颧红赤，因想李纨寡居，宝玉结亲，自然回避，便着人请了来。接着，平儿和林之孝家的忽然来了，原来是叫紫鹃的。紫鹃不肯去，平儿让林之孝家的去办黛玉的后事，自己带着雪雁走了。黛玉就在这天宝玉与宝钗成亲的时辰溘然去世。宝玉虽因失玉昏愦，但听见娶黛玉为妻，乐得手舞足蹈，一时傧相请了新人出轿，雪雁扶着新人，拜了天地，请出贾母、贾政夫妇等，登堂行礼毕，送入洞房。贾政原不信冲喜之说，哪知今日宝玉居然像个好人，倒也喜欢。

宝玉揭了盖头，睁眼一看，好像是宝钗，心中不信，又见莺儿立在旁边，不见了雪雁，自己反以为是梦中了，呆呆地只管站着，两眼直视，半语全无。定了一回神，问袭人道："林姑娘呢？"袭人道："老爷作主娶的是宝姑娘，怎么混说起林姑娘来？"宝玉原有昏愦的病，这会子更加糊涂了，口口声声只要找林妹妹去。贾母等又不好明说，只得点起安息香，扶他睡下，宝玉便昏沉睡去。

次日　贾政辞了宗祠，拜别贾母，宝玉没有远送，出来磕了头，一班子弟及晚辈亲友直送至十里长亭。

宝玉回来，旧病陡发，更加昏愦，连饮食也不能进。

第九十八回　苦绛珠魂归离恨天　病神瑛泪洒相思地

到了回九之期，用两乘小轿，叫人扶着，从园里过去，应了回九的吉期。回家，宝玉越加沉重，日重一日，只有一个穷医叫毕知庵的说是“悲喜激射，冷暖失调，忧忿滞中，正气壅闭；乃内伤外感之症”，服药后，果然省些人事。宝玉自料难保，见诸人散后，追问袭人为何林妹妹换了宝姐姐，又叫袭人去回贾母要与黛玉活在一处死在一处。袭人听了，又急、又笑、又痛。恰好宝钗过来，也听见了，便说：“老太太一生疼你一个……太太更不必说了，一生的心血精神，抚养了你这一个儿子，我虽是薄命，也不至于此……所以你是不能死的。”又说：“那两日你不知人事的时候，林妹妹已经亡故了。”宝玉听了，大哭晕倒，恍惚见一人，问道：“借问此是何处？”，那人道：“此是阴司泉路，你寿未终，何故至此。”宝玉告以寻访黛玉，那人道：“黛玉已归太虚幻境，汝若潜心修养，自然有时相见，如不安生，即以自行夭折之罪，囚禁阴司，除父母之外，图一见黛玉，终不能矣。”说毕，取出一石，向宝玉心口掷来，宝玉定神一想，竟是一场大梦，觉得心内清爽，仔细一想，真正无可奈何，不过长叹数声。

宝玉病势一天好似一天，痴心总不能解，必要到潇湘馆亲去哭一场。贾母等只得叫人抬了竹椅子，扶宝玉坐上，一齐来到潇湘馆。见到黛玉灵柩，宝玉号啕大哭，又叫来紫鹃，问明黛玉死前情景，更哭得气噎喉干，贾母逼着才勉强回房。一日，贾母请薛姨妈来商量说："如今宝玉调养百日，身体复旧，又过了娘娘的功服，正好圆房，要求姨太太作主，另择个上好吉日。"

第九十九回　守官箴恶奴同破例　阅邸报老舅自担惊

择了吉日，宝玉圆了房，重新摆酒、唱戏、请人。

[按] 此时宝玉满了功服，已是九月间事。又根据宝玉调养百日，则宝玉成亲、黛玉死期，当在四五月间。

宝玉常要到园里去逛。此时黛玉之柩虽已寄放城外，贾母怕他睹景伤情，勾起旧病，不使他去。宝琴已回薛姨妈那边，史湘云因史侯回京，也回家待嫁。迎春出嫁后岫烟便随了邢夫人过去。李家姊妹也另住在外。园内只有李纨、探春、惜春，贾母还要将他们挪进来，现今天气一天热似一天，想等到秋天再挪。

[按] 宝玉圆房已经九月，这里何以又说"天气一天热似一天"？

贾政到任以后，一清如水，幕友胥吏、长随、家人等一个钱也捞不到，那些长随便都怨声载道而去，以致出门的轿夫、站班衙役、衙前仪仗，常常没有人。至后，家中带来的银子都用光了，连送节度的礼金也拿不出，有个管门的叫李十儿向贾政进言说："这样下去，那些乡民不说老爷好，反说不谙民情。"又说："老爷常说是清官的，如今名在那里，老爷向来说他们不好的，如今升的升，迁的迁，只要做的好就是了。"贾政被说得心无主见，道："我是要性命的！你们闹出来不与我相干。"此后李十儿便内外一气地哄着贾政办事，于是漕务事毕，尚无陨越。

一日，贾政接到镇海总制周琤的信，请求联姻。

一日，贾政看邸报，看到节度提本薛蟠殴死人命一案，府县承审不实，改拟绞监侯，正在烦恼，李十儿来催去见节度。

第一百回　破好事香菱结深恨　悲远嫁宝玉感离情

贾政见了节度回来，便打发家人进京，打听薛蟠之事，顺便将总制求婚事回明贾母，如愿意，即将三姑娘接到任所。家人赶到京中，回明了王夫人，又打听了薛蟠事没有牵累贾政，即写了禀帖回去。薛姨妈为了薛蟠官司，不知花了多少银钱，依旧定了死罪，等候秋天大审。薛姨妈又气又疼，日夜啼哭，宝钗过来劝解，正说着，金桂哭闹进来，披发撞头，寻死觅活，亏得人多拉住了。若是薛蝌在家，他便抹粉施脂，描眉画鬓，妖调娇痴，嘘寒问暖。一日薛蝌吃酒回来，金桂竟要强拉进房，恰巧香菱走来，金桂一吓松了手，薛蝌脱身跑了，从此把香菱恨入骨髓。

是日，宝钗在贾母屋内，听见王夫人告诉贾母要聘探春一事，贾母道："有他老子作主，你就料理妥当，拣个长行的日子送去，也就完了一件事。"宝钗回到自己房中，说与袭人，谁料被宝玉听见，哭倒在炕上，旧病又发。贾母知道了，叫袭人劝说他不用胡思乱想。贾母叫凤姐料理探春运行一应动用之物。

第一百一回　大观园月夜警幽魂　散花寺神签惊异兆

凤姐回至房中，便分派人办理探春行李妆奁。天有黄昏以后，想去看看探春，进园往秋爽斋这条路来，只见园中月色明朗，树影重重，风吹落叶，宿鸟惊飞，只觉身上发噤，便叫丰儿去取银鼠坎肩。丰儿走后，凤姐刚走了不远，只觉身后似有闻嗅之声，回头一看，只见黑油油的一个东西，却是一只大狗，吓得心惊肉跳，急往秋爽斋来，方转过山子，恍惚似有人说道："婶娘连我也不认得了？"只看一人形容俊俏，十分眼熟，想起是死去的秦氏。凤姐啐了一口，转身要走，不防绊了一跤，犹如梦醒一般，心中却也明白，见丰儿来了，便搀扶着回去。

［按］自宝玉圆房后，一切情节，都没有明确写明年月，但铺叙至此，根据宝玉圆房以后，常要进园逛逛时指出“天气一天热似一天”不可能是宝玉成亲的当年，这里凤姐来看探春，园中景色，显然是已凉天气未寒时的深秋气象。由此可以肯定，贾政修书进京迄一百回以后各节皆是宝玉成亲之次年的事。

红十七年丙辰　宝玉十七岁　宝钗二十岁

次日　贾琏早起看抄报，见到刑部题奏人犯有镇国公贾化和世袭三等职衔贾范的家人，心中很不自在。

凤姐尚未起来，听见那边大姐儿哭了，李妈骂道：“真真的小短命鬼儿！……”一面说，一面便向那孩子身上拧了一把。

［按］凤姐只有巧姐儿一女，书中从未提到她有两个女儿，则此处的大姐儿，当是巧姐无疑。但巧姐最小也有五岁，且已知书识字，绝非孩提，描述殊不当，更遑论带凤姐孩子的奶妈敢于这样跋扈了。

凤姐见鬼后，心中疑疑惑惑，听了姑子大了的话，到散花寺进香求签。签上写的是：“去国离乡二十年，于今衣锦返家园，蜂采百花成蜜后，为谁辛苦为谁甜？”

第一百二回　宁国府骨肉病灾祲　大观园符水驱妖孽

王夫人唤宝钗来，说宝玉因探春远嫁，哭得了不得，叫宝钗劝劝他，又告诉宝钗，把柳五儿补在他屋里。

次日　探春上轿登程，水陆舟车而去。

大观园中，自贾妃薨后，也不修葺，况兼天气寒冷，李纨姊妹、探春、惜春等俱挪回旧所，只有几家看园的人住着。那日，尤氏送探春起身，便从园里开通宁府的那个便门里走过去，回到家中，身上发热，便病倒了，挣扎一两天，竟谵语绵绵发起狂来。

［按］此处照应前文“李纨等秋天再挪出园”之说。可是凤姐在探春启程前夕的一个晚上，还到秋爽斋来看望探春，可见探春并未挪出园，再有李纹、李绮早就另外居住了。前后情节不符。

尤氏病了，贾珍发急，各处请医问卦，有说是客撞了的，贾珍便命人买些纸钱，送到园里烧了，果然那夜出了汗，便安静些，渐渐地好起来。由此，都说园中有了妖怪。过些时贾珍、贾蓉又相继而病，如此接连数月，闹得两府俱怕。那些看园的，各要搬出，再无人敢到园中，以致崇楼高阁，琼馆瑶台皆为禽兽所居，只有贾赦不信。

［按］探春启程，时在秋冬之交，今又隔了数月，以下所叙，是又一年了。

红十八年丁巳　宝玉十八岁　宝钗二十一岁

一日，贾赦无事，正想要叫几个家下人搬住园中看守，贾琏进来回说："听见一个荒信，说是二叔被节度使参进来，为的是失察属员，重征粮米，请旨革职的事。"贾赦吃惊道："前日你二叔带书子来说，探春到了任所，已择吉送到海疆，还说节度认亲，那里有做了亲倒提参起来的。"

贾琏又到吏部打听明白，回说贾政果然被参，亏得皇上恩典，没有革职，仍以工部员外上行走，并令即日回京。

第一百三回　施毒计金桂自焚身　昧真禅雨村空遇旧

次日　贾琏到了部里，打点停妥，回来又到王夫人处将打点吏部之事告知王夫人。才要出来，只见薛姨妈家的老婆子慌慌张张地来说："我们大奶奶死了，要求太太打发几位爷们去料理料理。"

贾琏来见薛姨妈。薛姨妈说金桂有一天来要香菱去作伴，香菱带着病去了，谁知金桂相待很好，亲自做汤给他吃，被香菱不慎打翻了。前天金桂又叫宝蟾做两碗汤，一碗给香菱一碗自己吃。不多时便听宝蟾和香菱叫嚷，忙去看时，金桂鼻眼流血，在地下乱滚，话也说不出来，闹了一会子就死了，看是服了毒的。正说着，宝钗也来了，便商议把香菱、宝蟾都捆了，一面报刑部相验，一面报知夏家。一时，金桂母亲来了，撒泼哭闹，幸得贾琏带了七八个家人来了，又听说刑部来验，才把夏母镇住。查问情由，宝蟾说出夏金桂隐事，又说买过砒霜，夏母气得说是宝蟾害死的。宝蟾也气得说了做汤换汤经过。原来金桂想害香菱，结果害了自己，真相大白，于是放了香菱和宝蟾，夏母与其子具呈刑部拦验，薛姨妈买棺成殓，一场风波，才告平息。

贾雨村升了京兆府尹，一日，出都路过知机县，到了急流津，下轿待渡，见一破庙，闲步进去，一个老道在打坐，看来甚是眼熟，原来却是当年的甄士隐，复又心疑，离别来十九载，必是修炼有成，未肯将前身说破，正要下礼，从人禀说："天色将晚，快请渡河。"只得辞了道人出庙。

第一百四回　醉金刚小鳅生大浪　痴公子余痛触前情

雨村刚欲过渡，回头看那座小庙起火，只见烈焰烧天，飞灰蔽日，欲待回去，恐误了过河。雨村虽是狐疑不安，究竟是名利关心之人，那肯回去看视，使叫人等火灭了，进去瞧老道在与不在，自己过河去了。后来那人回报，小庙塌了，道士连影儿都没有了，雨村心知士隐仙去。

［按］“离别来十九载”应是十八载。

醉金刚倪二酒醉撒泼，挡了雨村的道，被打了几鞭带进衙去。倪二妻女因请贾芸到荣府去说个情，谁知贾芸去请见贾琏，门上不给通报。结果倪二另托了人情，才放出来。倪二以为贾芸不肯说情，扬言要闹起来，连两府里都不干净。

雨村进朝房，正好贾政被参回来，在朝内谢罪，两人相见，正在寒暄，忽听传旨来叫贾政。贾政即忙进去，等了好一会，才满头大汗出来，众人问：“有什么旨意？”贾政回说是询问贾化、贾范家人犯法的事。

贾政回到家中，拜见贾母，将许嫁探春的事禀明了，又说亲家今冬明春，大约还可调进京来。

贾政问起黛玉，王夫人答以有病，后来趁便才将黛玉已死的话告诉，贾政甚是伤感。

次日　贾政带领众子侄至宗祠行礼。

第一百五回　锦衣军查抄宁国府　骢马使弹劾平安州

贾政正在设宴请酒，忽报锦衣府堂官赵老爷来拜望。贾政抢步接去，见赵堂官后面跟着五六位司官。贾政等心里不得主意，让坐后，正要带笑叙话，又报："西平王爷到了。"贾政忙慌去接，已见王爷进来，叫亲友各散，独留本宅的人听候。不多一会，进来无数番役，各门把守。西平王慢慢地说道："小王奉旨，带领锦衣府赵全来查看贾赦家产。"贾赦等俯伏在地，王爷站在上头说："有旨意：贾赦交通外官，依势凌弱，辜负朕恩，有忝祖德，着革去世职。钦此。"赵堂官一叠声叫："拿下贾赦，其余皆看守。"

赵全叫番役分头按房，查抄登账，西平王要单查贾赦一房，赵全不同意，忽报北静王来宣旨，赵全接去，只见北静王已到大厅说："奉旨，着锦衣官惟提贾赦质审，余交西平王遵旨查办。钦此。"当下西平王与北静王坐下，着赵全提取贾赦回衙去了。

里面女眷正摆家宴，忽听就要进来抄家。邢、王二夫人，俱魂飞天外，凤姐听着，一仰身便栽倒地下。贾母吓得涕泪交流。又听一叠声嚷说："叫里头女眷们回避，王爷进来了。"正闹得天翻地覆，贾琏跑进来说："好了，好了！幸亏王爷救了我们了！"亏了平儿将凤姐叫醒。贾母也苏醒了，躺在床上，李纨再三宽慰。

贾政送走了二位王爷，进来看望贾母，说："老太太放心罢，蒙主上天恩，就是大老爷暂时拘质，等问明白了，主上还有恩典，如今家里一些也不动了。”

贾政在外，心惊肉跳，等候旨意。忽见薛蝌气嘘嘘的跑进来，贾政忙问外面讯息。薛蝌说：“风闻是珍大哥引诱世家子弟赌博，还有一大款强占良民之妻为妾，凌逼致死，还将鲍二拿去，又拉出一个姓张的来……”

隔了半日，薛蝌又进来，说：“李御史今早又参奏平安州奉承京官，迎合上司，虐害百姓，好几大款。”贾政只是跺脚叹气。

第一百六回　王熙凤致祸抱羞惭　贾太君祷天消祸患

北静王派长史来告知贾政，说：“主上甚是悯恤，并念及贵妃溘逝未久，不忍加罪，着加恩仍在工部员外上行走，所封家产，惟将贾赦的入官，余俱给还，惟抄出借券，令我们王爷查核，贾琏革去职衔，免罪释放。”贾政请长史代为禀谢。

贾琏始则惧罪，后蒙释放，已是大幸。想起历年积聚并凤姐的体己，不下五七万金，一朝而尽，且父亲禁在锦衣府，凤姐病在垂危，一时悲痛。

孙绍祖来索要贾赦欠他的钱。贾政心内忧闷，只说：“知道了。”

次早　贾政进内谢恩，并到北静王西平王两处叩谢。

此时宁国府第入官，所有财产房地并家奴等俱已造册收尽。贾母指出房子一所，接了尤氏婆媳过来居住。

贾母见世职革去，子孙在监，邢夫人尤氏等日夜啼哭，凤姐病危，虽有宝玉宝钗在侧，只可解劝，不能分忧；思前想后，眼泪不干，一日叫鸳鸯各处佛堂上香，拄拐出到院中，焚起斗香，祷天求代，只求皇天怜念虔诚，饶恕儿孙，自己一人承当罪孽，早赐一死。

史侯家派两个女人来给贾母请安，又说，湘云本要自己来的，因不多几日就要出阁，所以不能来了。宝玉听了，伤心发怔，见贾母此时才安，又不敢哭，只得闷坐着。

贾政查点阖府家人名册，除去贾赦入官的人，尚有三十余家，男女二百十二名。又查考历年用度，才知道入不敷出，浮借甚多，收入不及祖上一半，用度比祖上加了十倍，想到这里，竟无方法。

一日，正在书房筹算，一人飞奔进来说："请老爷快进内廷问话。"

第一百七回　散余资贾母明大义　复世职政老沐天恩

贾政进内，北静王道："今日我们传你来，有遵旨问你的事。”贾政急忙跪下，众大臣便问他贾赦所犯各款，是否知道。贾政回道：“犯官自从学政任满，于上年冬底回家……日夜不敢懈怠……”

［按］贾政学政任满回京是四年前七月份的事，不应说去年冬底。

北静王据说转奏，不多时传出旨来，从宽将贾赦发往台站效力赎罪；贾珍亦从宽革去世职，派往海疆效力赎罪；贾蓉年幼，省释；贾政居官在外，尚属勤慎，免治治家不正之罪。贾政谢恩出来，回报贾母。贾母虽则放心，只是两个世职革去，贾赦、贾珍又分赴台站海疆，不免又悲伤起来。

贾母以东府已被抄没，问起银库还剩多少，预备贾赦、贾珍身带几千银子去使用。贾政正在没法，只得据实把亏空情况说了，贾母听了，又急得眼泪直淌。

贾母正在忧虑，只见贾赦、贾珍、贾蓉一齐进来请安。贾母见了大哭起来，贾政只得劝解：“倒先要打算他两个的使用，大约在家只可住得一两日，迟则人家就不依了。”贾母含泪叫贾赦、贾珍回房，又吩咐贾政道：“这件事，想来外面挪移，恐不中用，那时误了钦限，怎么好，只好我替你们打算罢了。”

贾母叫邢、王二夫人同着鸳鸯等开箱倒笼，将做媳妇到如今积攒的东西都拿出来，分派给贾赦三千两，贾珍三千两，凤姐三千两，又给贾琏五百两作为明年送黛玉灵柩回南的费用，把金子变卖偿还外欠，剩下的都给了宝玉。李纨、贾兰也分了些。

贾政送贾赦等到城外，挥泪话别，带了宝玉回家，只见门上有好些人在那里乱嚷，说："今日旨意：将荣国公世职着贾政承袭。"

包勇自到荣府，倒真心办事，看见那些人欺瞒主子，便时怀不忿。众人嫌他不肯随和，便在贾政面前说他坏话，一日包勇在街上听说贾雨村受两府好处，反而怕人说他回护，狠狠地踢了一脚，两府才被抄。包勇听了，心里怀恨，恰巧雨村坐轿喝道而来，包勇大声骂道："没良心的男女！怎么忘了我们贾家的恩了？"雨村也不理会，过去了。

荣府的人本嫌包勇，便回了贾政。贾政正怕风波，生气骂了包勇几句，罚他去看园。

第一百八回　强欢笑蘅芜庆生辰　死缠绵潇湘闻鬼哭

过了些时，贾赦、贾珍各到当差地方，写书回家，都言安逸。于是贾母放心，邢夫人、尤氏也略略宽怀。

红十九年戊午　宝玉十九岁　宝钗二十二岁

一日，史湘云出嫁回门，来贾母这边请安。

贾母道："如今的日子，在我也罢了，他们年青青儿的人，还了得！我正要想个法儿，叫他们还热闹一天才好。"湘云道："宝姐姐不是后儿的生日吗？我多住一天，大家热闹一天，不知老太太怎么样？"贾母一时高兴，拿出一百银子来，叫从明天起，预备两天酒饭。

次日　打发人去接迎春，又请了薛姨妈、宝琴，叫带了香菱来，又请李婶娘，不多半日，李纹李绮都来了。宝钗听说母亲来，便随身衣服过来相见，看见众人都在，才知是给自己做生日。一时，迎春也来了，谈起孙家的事，又哭起来，怕招贾母烦恼，才不敢作声。凤姐虽勉强说了几句有兴的话，终不似先前爽利。又把邢夫人、尤氏、惜春请来，也是无精打采的。

一时，摆下果酒。宝玉虽然是娶过亲的人，因贾母疼爱，在贾母身旁设着一个座儿，但不与湘云、宝琴等同席。席间，贾母想热闹，叫鸳鸯来行令。轮到李纨，掷出的是"十二金钗"。宝玉忽然想起十二钗的梦来，又看到湘云宝钗都在，只是不见了黛玉，一时按捺不住，眼泪便要下来，恐人看见，推说换衣，出席去了。众人也不理会，吃毕饭，大家散坐闲话。

宝玉一时伤心，走出来，正无主意，袭人赶来了。宝玉要进园，袭人苦劝不住，也不便相强，只得跟着进来。远远看见一丛翠竹，宝玉一想说："我自病时出园，住在后边，一连几个月不准我到这里，瞬息荒凉，你看独有那几竿翠竹菁葱，这不是潇湘馆么？"

[按] 宝玉病时出园，此时已有三年。

宝玉要去潇湘馆，婆子赶上说道："二爷快回去罢，听见人说，这里打林姑娘死后，常听见有哭声，所以人都不敢走的。"宝玉道："可不是？"说着，便滴下泪来，说："林妹妹，林妹妹！是我害了你了！……"愈说愈痛，便大哭起来。袭人正在没法，秋纹带了些人赶来，两个人拉了宝玉回去。

第一百九回　候芳魂五儿承错爱　还孽债迎女返真元

宝钗和袭人闲谈，说些生死梦幻的话。宝玉在外间听着，想道："我知道林妹妹死了，哪一日不想几遍，怎么从没梦见？我如今就在外间睡，或者他知道我的心，肯与我梦里一见。"主意已定，便在外间睡了。宝钗也不强他，只嘱咐不要胡思乱想。

宝玉见袭人进去了，轻轻地坐起来，暗暗地祝赞了几句，方才睡下。心一静，谁知竟睡着了，却倒一夜安眠，直到天亮，方才醒来，想了一回，并无有梦，便叹口气道："正是‘悠悠生死别经年，魂魄不曾来入梦’！”

一月二十一日　宝钗梳洗了，到各处行过礼，仍到贾母处。众人都来了，只见小丫头进来说：“二姑奶奶要回去了。听见说，孙姑爷那边人来，到大太太那里说了些话……”贾母众人听了，心中好不自在。说着，迎春进来，泪痕满面，因是宝钗的好日子，只得含泪而别。大家送了出来，仍回贾母那里，从早至暮，又闹了一天。

薛姨妈辞了贾母，来到宝钗处，商议要给薛蝌岫烟成亲。

宝玉晚间回房，因想：昨夜黛玉竟不入梦，心仍不死，还想住在外间。宝钗明知是为了黛玉的事，想来他的呆性是不能劝的，况兼昨夜睡得甚好，也就不拦阻了，只是嘱咐麝月、五儿两人照料茶水。哪知宝玉越要睡越睡不着，忽然想起那年有一夜麝月、晴雯服侍他时的事来，又想到凤姐说五儿是晴雯脱了个影儿，因假装睡着，偷偷儿看那五儿，越瞧越像晴雯，不觉呆性复发，把五儿当作晴雯调逗。五儿走开不好，站着不好，坐下不好，倒没了主意，因道：“你别混说了，看人家听见，什么意思？你自己放着二奶奶和袭人姐姐都是仙人儿似的，只爱和别人混搅。我回了二奶奶，看你什么脸见人！”

正说着，里间宝钗咳了一声。宝玉听见连忙努嘴儿，五儿忙忙的熄了灯，悄悄地躺下了。宝玉胡思乱想，五更以后，才蒙眬睡去。

贾母两日高兴，略吃多了些，第二天便觉胸口饱闷。

这日晚间，宝玉回屋，见宝钗才从贾母王夫人处请安回来，想起早起之事，未免赧颜抱惭。宝钗看他这样，也知是没意思的光景，因想宝玉是痴情人，少不得仍以痴情治他的病，便问宝玉："你今夜还在外头睡去罢咧？"宝玉自觉没趣，便道："里头外头都是一样。"于是便依着搬进来，这宝玉固然是有意负荆，那宝钗自然也无心拒客，从过门至今日，方才是雨腻云香，氤氲调畅。

次日　宝玉宝钗同起，先过贾母这边来，贾母给宝玉一块祖传的汉玉玦。

自此，贾母两日不进饮食。贾政请安出来，请大夫看了脉，说是停食，感冒风寒。服了药，一连三日，不见稍减。

贾母病时，合宅女眷无日不来请安。一日，妙玉也来了。

贾母病日重一日，医治不效，又添腹泻。一日，看见老婆子在外面探头，王夫人叫彩云去问，婆子道："二姑娘不好了！前儿闹了一场，姑娘哭了一夜，昨日痰堵住了。他们又不请大夫，今日更厉害了！"贾母病中心静，偏偏听见，悲伤起来。说是："不打量他年青青儿的就要死了！留着我这么大年纪的人活着做什么！"

那婆子刚到邢夫人那里，外头的人已传进来，说："二姑奶奶死了。"邢夫人哭了一场，只得叫贾琏快去瞧看，贾母病重，众人都不敢回，可怜一位如花似月之女，结缡年余，不料被孙家揉搓，以致身亡，竟容孙家草草完结。

[按]迎春出嫁已四年多，怎说"结缡年余"。

贾母病势日增，一时想起湘云，便打发人去瞧他。回来的人悄悄的找了琥珀，说："史姑娘哭的了不得，说是姑爷得了暴病，大夫都瞧了，只怕不能好，所以史姑娘心里着急，又知道老太太病，只是不能过来请安。"琥珀听了也不便回，想告诉鸳鸯叫他撒谎去，来到贾母床前，贾母神色大变，地下站着一屋子的人，叽叽喳喳地说："瞧着是不好。"也不敢言语了。

贾政叫贾琏准备贾母后事。

第一百十回　史太君寿终归地府　王凤姐力诎失人心

贾母去世，享年八十三岁。

[按]根据七十一回贾母八旬大庆，按年排比，享年应是八十五岁。

贾政报了丁忧，主上深仁厚泽，念及世代功勋，又系元妃祖母，赏银一千两，谕礼部主祭。众亲友虽知贾家势败，今见圣恩隆重，都来探丧。择了吉时成殓，停灵正寝。

丧中内外各事，仍是贾琏凤姐分掌。凤姐叫周瑞家的传话，取来花名册，统共男仆只有二十一人，女仆只有十九人，余者俱是些丫头，连各房算上，也不过三十多人，又将庄上的弄出几个，也不敷差遣。

鸳鸯哭求凤姐说："这种银子是老太太留下的，必得求二奶奶体体面面的办一办才好！"又说："老太太疼二奶奶和我这一场，临死了还不叫他风光风光？故此我请二奶奶来，作个主意，我生是跟老太太的人，老太太死了，我也是跟老太太的。"

凤姐请贾琏进来，把鸳鸯的话和他说了。贾琏道："他的话算什么！刚才二老爷叫我去，说'老太太的灵是要归到南边去的，留这银子在祖坟上盖起些房屋来，再余下的，置买几顷祭田……'据你的话，难道都花了罢？"

凤姐要钱无钱，要人无人，勉强应付，各事显得慌乱。那知邢夫人一听贾政的话，正合着将来家计艰难的心，巴不得留一点子作个收局，况且老太太的事原是长房做主，素知凤姐手脚大，贾琏的闹鬼，所以死拿住不放松。鸳鸯只道已将这项银两交了出去了，故见凤姐掣肘如此，却疑为不肯用心，便在贾母灵前唠唠叨叨哭个不了。史湘云因他夫婿病着，贾母死后，只来了一次，屈指算后日送殡，不能不去，又见他夫婿的病已成痨症，暂且不妨，只得坐夜前一日过来，想起贾母素日疼他，又想自己命苦，刚配了一个才貌双全的夫婿，偏又得了冤孽症候，于是更加悲痛，直哭了半夜，鸳鸯再三劝慰不止。

宝玉不好去劝，见湘云淡妆素服，更比未出嫁时犹胜几分；回头又看宝琴等也都是淡素妆饰，丰韵嫣然。独看到宝钗浑身挂孝，那一种雅致，比寻常穿颜色时更自不同。但只这时若有林妹妹，也是这样打扮，更不知怎样的丰韵呢！想到这里，不觉心酸起来，趁着贾母的事，不妨放声大哭。众人只道是想到贾母疼他的好处，所以悲伤，谁知他们两个人各自有各自的眼泪，还是薛姨妈李婶娘等劝住。

次日　乃坐夜之期，凤姐竟支撑不住，到了下午，亲友更多了，事情也更繁了，瞻前不能顾后，正在着急，只见一个小丫头跑来说："二奶奶在这里呢！怪不得大太太说：'里头人多，照应不过来，二奶奶是躲着受用去了！'"凤姐听了这话一口气撞上来，往下一咽，眼泪直流，只觉得眼前一黑，嗓子里一甜，便喷出鲜红的血来，幸亏平儿过来扶住，只见凤姐吐血不止。

第一百十一回　鸳鸯女殉主登太虚　狗彘奴欺天招伙盗

平儿扶凤姐回房，安放在炕上，斟上一杯开水，凤姐呷了一口，昏迷仍睡。平儿叫丰儿去回了邢、王二夫人，邢夫人打量凤姐推病藏躲，心里却不全信，只说："叫他歇着去罢。"家下人等见凤姐不在，也有偷闲歇力的，乱乱吵吵，已闹得七颠八倒，不成事体了。

二更多天，便预备辞灵，鸳鸯哭得昏晕过去，大家扶住，捶闹了一阵才醒过来。

贾政和贾琏商议，派芸儿在家照应，不必送殡，派了林之孝的一家子照应拆棚等事，凤姐病了不能去，留惜春陪凤姐带领几个丫头婆子照看上屋。

鸳鸯哭了一场，想到贾母已死，瞧不上邢夫人的行为，贾政是不管事的人，今后谁收在屋子里，谁配小子，不愿受这样折磨，倒不如死了干净，走到贾母的套间里上吊死了。琥珀辞了灵，和珍珠一同来找鸳鸯，发现鸳鸯上吊死了，大嚷起来。外头的人都听见了，也嚷着报与邢、王二夫人知道。众人都哭着来瞧。宝玉吓得双眼直竖，死命的才哭出来。贾政进来，着实嗟叹，说："好孩子，不枉老太太疼他一场！"即命贾琏买棺盛殓，明日便跟着老太太的殡送出，也停在老太太棺后，全了他的心志。

王夫人即传了鸳鸯的嫂子进来，遂与邢夫人商量了，在老太太项内赏了他嫂子一百两银子。

贾政因为鸳鸯为贾母而死，要了香来，上了三柱，作了个揖。又说："他是殉葬的人，不可作丫头论，你们小一辈的都该行个礼儿。"宝玉喜不自胜，恭恭敬敬磕了几个头，宝钗拜了几拜，狠狠地哭了他一场。

次日　贾母出殡，灵柩出了门，便有各家的路祭，一路风光，到铁槛寺安灵，所有孝男俱应在庙伴宿。

周瑞的干儿子何三，自因和鲍二打架，被贾珍打了一顿，终日在赌场过日。这日赌输了与一些人谈论贾母死了，留下好些金银，现下送殡，家里只剩下几个女人等话。谁知这些人都是海盗，于是两下商量，起意捞一把，下海去受用。

妙玉听说惜春没有去送殡，前来看望，两人谈得投机，下棋到四更，才要去歇，猛听东边上屋内上夜的人一片声喊起，吓得惜春心胆俱裂。妙玉道："必是这里有了贼了。"赶忙得关上屋门，掩了灯光，在窗户眼内往外一瞧，只见几个男人站在院内，吓得不敢作声。这些贼人明知贾家无人，在院内偷看惜春房内，见有个绝色尼姑，便顿起淫心，正要踹门进去，因听外面有人进来追赶，便上了房，见人不多，还想抵挡，被包勇打下一人，余贼都跑了。一查点，上房老太太的东西都空了，打下的一人已经死了，众人细看，好像是周瑞的干儿子何三。林之孝便开了门，报了营官。贾芸、凤姐、惜春都来到上房，因为鸳鸯已死，别人都不知数儿，只好等贾政等回来商议开失单。

第一百十二回　活冤孽妙姑遭大劫　死雠仇赵妾赴冥曹

次日　贾政在铁槛寺上祭，忽见贾芸进来，将昨夜被盗，老太太上房东西都偷去，及包勇赶贼，打死了一个，已呈报文武衙门的话说了一遍。贾政听了发怔，忙叫来贾琏让他赶回家去料理，又叫带两个老太太的丫头回去，查对东西，开失单报官。

且说那伙贼原是何三邀的，获赃而逃，不见了何三。第二天打听，知道何三被打死，便商量归入海洋大盗一处去。内中一个人，胆子极大，见妙玉美丽，丢舍不下，夜间四更，越墙进园，用薰香闷了，将妙玉劫了，奔南海而去。后来海疆拿住一贼，说是从内地犯案逃走，抢了一个女人，因不从，被贼杀了，想来正是妙玉。

贾琏回到铁槛寺，把查点了上夜的人，开了失单报去的话，回了贾政。因为家里像乱麻一样，和邢、王二夫人商议，劝贾政早些回家。贾政依了，一时忙乱套车备马。众人在贾母灵前辞别，都起来正要走时，只见赵姨娘口吐白沫，爬地不起，满嘴胡说乱道，原来已是疯了。当下留周姨娘、贾环照应赵姨娘，派了鹦哥一干人伴灵，周瑞家的等人派了总管。贾政、邢夫人等到家，凤姐那日发晕了几次，竟不能出接。

次日　林之孝见贾政，跪着将被盗的事说了一遍，又说："衙门拿住了鲍二，身边搜出失单上的东西，现在夹讯，……"贾政听了，大怒道："家奴负恩，引贼偷窃家主，真是反了！"立刻叫人到城外将周瑞捆了，送衙门审讯。

第一百十三回　忏宿冤凤姐托村妪　释旧憾情婢感痴郎

赵姨娘在铁槛寺暴病死了。派人赶回家中，禀知贾政，即派人去照例料理，陪着环儿住了三天，一同回来。

凤姐病重，只求速死，心里一想，恍惚如有所见，邪魔悉至，心里害怕，和平儿说："我神魂不定，想必是说梦话，替我捶捶。"只见人报说刘姥姥来了，凤姐倒想和他说说话，因叫平儿请刘姥姥进来。

平儿带了刘姥姥和他的外孙女儿青儿进来，引到炕边，与凤姐说了些别后的话。刘姥姥说起屯里什么菩萨灵，什么菩萨有感应，凤姐因托他回乡许愿祈祷，刘姥姥忙忙地赶出城去，青儿留下住几天陪巧姐儿。

宝玉听了妙玉之事，想到园中今昔，不觉大哭。袭人百般解劝，怎奈宝玉抑郁不解。晚间，宝玉想起紫鹃，打算找他谈句知心的话儿。谁料紫鹃拒不开门，宝玉伤心得呜咽起来。麝月找来，把宝玉劝走。

第一百十四回　王熙凤历幻返金陵　甄应嘉蒙恩还玉阙

宝玉问宝钗：邢妹妹成亲，你们家这么一件大事，怎么就草草的完了。宝钗说："王家没有什么正经人了，咱们家遭了老太太的大事，所以也没请。"正说着，王夫人打发人来说："琏二奶奶咽了气了。"宝玉跺脚要哭，二人一直到凤姐那里，都大哭起来。

贾琏想起凤姐的好处，悲哭不已，传了赖大来，叫他办理丧事，又请了王仁过来。

凤姐停灵十余天，送了殡。

红二十年己未　宝玉二十岁　宝钗二十三岁

甄宝玉之父甄应嘉，蒙恩起复，赐还世职，安抚海疆，行取来系陛见，特来拜望贾政。贾政因说起探春与镇海统制少君，结缡已经三载，拜恳带去家书，请甄关照。甄应嘉以钦限迅速，不能等候家眷到京，也托贾政将来为甄宝玉留意姻事。

［按］自贾母去世以后，书中铺叙各事，无从分清年月，此处才看到贾政说："探春结缡已经三载。"则此时当系贾母去世的第二年无疑。

第一百十五回　惑偏私惜春矢素志　证同类宝玉失相知

惜春与尤氏不和，早萌出家之念，又听了地藏庵的姑子说什么"荣华富贵，不能到头，讽经念佛，修修来世"等话，更定了主意。彩屏知道了，怕耽不是，告诉邢王二夫人，劝了好几次，无奈惜春执迷不解。

甄太太带了宝玉来到，王夫人等见了甄宝玉和宝玉相貌身材都是一样，十分喜爱，想做媒把李绮配他，甄夫人也愿意。宝玉自见了甄应嘉之父，知道甄宝玉来京，朝夕盼望，原想得一知己。谁知谈了半天，竟有些冰炭不投，大负所望，闷闷地回到自己房中，和宝钗谈到甄宝玉，说："相貌倒还是一样的，只是言谈间看起来，不过是个禄蠹。"又说："我想来有了他，我竟要连我这个相貌都不要了！"宝钗见他又说呆话，便说道："做了一个男人，原该要立身扬名的，谁像你一味的柔情私意，倒说人家是禄蠹。"宝玉原不耐烦，又被宝钗抢白了一场，心中更加不乐，闷闷昏昏，不觉将旧病又勾起来了。

过了几天，宝玉更糊涂了，甚至饭食不进。恰又忙着脱孝，家中无人。贾琏请了王仁来在外帮着料理。那巧姐儿是日夜哭母，也是病了，所以荣府又闹得马仰人翻。

［按］脱孝期应为二十七个月，此时贾母去世仅一年，似有未合，若说已届脱孝期，但书中情节，显然不足二年。

一日，脱孝来家，王夫人看宝玉人事不醒，急得众人手足无措，一面哭着，一面告诉贾政说："大夫说了，不肯下药，只好预备后事！"贾政叫贾琏办去。贾琏只得叫人料理，手头又短，正在为难，忽见小厮飞跑进来说："门上来了一个和尚，手里拿着二爷的这块丢的玉，说要一万赏银。"说着，那和尚已是闯了进来。王夫人回避不及，只见那和尚手拿着玉，在宝玉耳边叫道："宝玉！宝玉！你的'宝玉'回来了。"果然宝玉醒过来了。里外众人都喜欢得念佛。贾琏也走过来看，心里一喜，疾忙躲出去了。那和尚赶来拉着贾琏，到了前头，告诉贾政，和尚索要银子。贾政说："略请少坐，待我进内瞧瞧。"贾政进来和王夫人商议折变所有，给赏银，叫贾政先去款留着他再说。

宝玉吃了一碗粥，渐渐地神气好过来了，便要坐起来。麝月喜欢得忘了情，说道："真是宝贝！才看见一会儿，就好了。亏的当初没有砸破！”

第一百十六回　得通灵幻境悟仙缘　送慈柩故乡全孝道

宝玉听了麝月的话，身往后仰，复又死去，急得王夫人哭叫不止，赶着叫人出来找和尚救治，岂知和尚在贾政进内时，已不见了。宝玉恍恍惚惚又到了幻境，及至醒来，见众人正在哭泣，心想：“是了！我是死去过来的！”想到神魂所历，似有所悟，笑道：“是了！是了！”

宝玉死而复生，一天好似一天，渐渐的复原起来。

贾政见宝玉已好，想起老太太灵柩久停寺内，意欲趁着丁忧，扶柩回南安葬，干了这件大事。叫贾琏筹措银钱，又因连同秦氏、黛玉的棺一齐带回南，叫贾蓉同去照应。

贾政告诉王夫人，叫他管了家，又叫贾琏管教宝玉、贾兰念书，今年大比之年，好去入场应考。于是择日带了林之孝等去了。

一日，紫鹃送了黛玉灵柩回来，想到宝玉无情，见黛玉灵柩回南，并不伤心，又看到宝玉待宝钗、袭人也是冷冷儿的，正想着，只听院门外乱嚷，说：“外头和尚又来了，要那一万银子呢……”

第一百十七回　阻超凡佳人双护玉　欣聚党恶子独承家

宝玉听说和尚来了，出来相见，便问道："师父可是从太虚幻境来？"和尚道："什么幻境，不过是来处来，去处去罢了，我且问你，那玉是从哪里来的？"宝玉一时回答不出。那和尚笑道："你自己的来路还不知，便来问我。"宝玉本来颖悟，一经点破，早把红尘看破，便说道："我把那玉还你罢。"说毕，便忙到自己床边取来那玉。出来正遇袭人，知道宝玉要还玉，死命拉住宝玉，紫鹃也把素日冷淡宝玉的主意，忘在九霄云外，也帮着抱住宝玉。正在难分难解，王夫人、宝钗赶来，才喝住了宝玉。宝玉坚决要与和尚谈谈，王夫人只好依他。一会儿，宝玉进来说："那和尚与我原认得的，他何尝是真要银子呢？他已飘然而去了。"

贾赦派人连夜赶回送信，说是病重，叫贾琏就去，贾琏回了王夫人，说："家里没人照管，蔷儿、芸儿虽说糊涂，到底是个男人，还可传个话，侄儿家里倒没有什么事，秋桐不愿意在这里，已打发他娘家的人领了去了。"

贾琏叫了众家人来，交代清楚，收拾了行装。平儿不免叮咛了好些话，巧姐儿惨伤得了不得，贾琏又想托王仁照应，巧姐不愿意。

贾芸、贾蔷送了贾琏，他两个倒替着在外书房住下，有时找几个朋友吃酒聚赌，里头哪里知道。不久邢大舅、王仁以及赖林两家子弟，连同贾环都伙同一起，日常设局赌钱吃酒，把个荣国府闹得没上没下，没里没外。

贾雨村被参了个“婪索属员”的几款，有旨拿问审讯。

惜春合尤氏拌嘴，把头发铰了，赶到邢、王二夫人那里去磕了头，一定要出家。

第一百十八回　记微嫌舅兄欺弱女　惊谜语妻妾谏痴人

惜春矢志不移，邢、王二夫人料难挽回，允许他带发修行，就把他的住房算做静室，所有服侍惜春的人，若愿意跟的，就讲不得说亲配人，不愿意跟的，另打主意。彩屏等回道：“太太们派谁就是谁。”王夫人知是不愿意，正在想人，紫鹃出来说道：“求太太们派我跟着姑娘，服侍姑娘一辈子。”王夫人允了，彩屏等后来指配了人家，紫鹃终身服侍，毫不改初。

宝钗、袭人想惜春出家，宝玉一定要伤心，谁料宝玉也像有出尘之想，只叹“真真难得”！

贾芸连日输了钱，和贾环借贷，贾环那里有钱，想起凤姐待他刻薄，趁贾琏不在家，要摆布巧姐出气，因道：“前儿听说外藩要买个偏房，你们何不和王大舅商量，把巧姐说给他呢？”恰好王仁走来说道：“这倒是一宗好事，又有银子。若是你们敢办，我是亲舅舅，做得主的。”贾环等商议定了，王仁便去找邢大舅，贾芸便去回邢、王二夫人，说得锦上添花。王夫人不信，邢夫人问了邢大舅，被邢大舅一番假话哄得心动，倒叫人出去追着贾芸去说。

外藩不知底细，派人来看了巧姐。平儿看着不对路，打听明白，吓得没有主意，赶着告诉了李纨宝钗求二人告诉王夫人。

王夫人便和邢夫人说知。怎奈邢夫人听信了兄弟和王仁的话，反疑心王夫人不是好意，便说：“这件事，我还做得主，倘有什么不好，我和琏儿也抱怨不着别人。”

王夫人想到烦恼，一阵心痛，叫丫头扶着，回到自己房中躺下。只见贾兰进来请安，说贾政有信来，王夫人看了信，问道：“你老娘来作什么？”贾兰说：“我三姨儿的婆婆家有什么信儿来了。”王夫人听了，想起来还是前次给甄宝玉说了李绮，后来放定下茶，想来此时甄家要迎娶，所以李婶娘来商量这件事情的。

八月初三　贾母冥寿，宝玉早晨过来磕了头，便回去，在静室内，冥心危坐。

第一百十九回　中乡魁宝玉却尘缘　沐皇恩贾家延世泽

过了几日，便是场期，李纨、宝钗打点多派人预备送叔侄二人入场。

次日　宝玉、贾兰过来见了王夫人，宝玉过来给王夫人跪下，满眼流泪，磕了三个头，转身给李纨作了个揖，又走到宝钗跟前，深深作了个揖，众人都笑道："快走吧！"独有王夫人和宝钗娘儿两个倒像生离死别的一般，几乎失声哭出。但见宝玉嘻天哈地，大有疯傻之状，遂从此出门而去。

贾环见他们考去，自己又气又恨，便自大为王，说："我可要给母亲报仇了！"想定主意，跑到邢夫人那边请了安说："巧姐这门亲事，那边都定了，只等太太出了八字。王府的规矩，三天就要来娶的。但是一件，只怕太太不愿意：那边说是不该娶犯官的孙女，只好悄悄地抬了去，等大老爷免了罪，再大家热闹起来。"邢夫人也无话说，让贾环叫贾芸写一个帖子，贾环答应出来，忙着和贾芸、王仁到那外藩公馆立文书，兑银子去了。

贾环和邢夫人说的话，被小丫头听见，赶到平儿那里都告诉了。巧姐屋内，人人瞪眼，都无方法。王夫人也难和邢夫人争论，只有大家抱头大哭。正闹着，后门上的人报说："那个刘姥姥又来了。”平儿将巧姐的事都告诉刘姥姥。把刘姥姥也吓怔了，等了半天，忽然笑道：“一个人也不叫他们知道，扔崩一走就完了事了。”又说：“你们要走，就到我屯里去，我就把姑娘藏起来，即刻叫人赶到姑老爷那里，少不得他就来了，可不好么？”

王夫人想了半天不妥当，但也没有别的办法，只好应允。平儿便料理要一辆车子将巧姐儿装作青儿模样，急急地去了，平儿也跨上车去了。家人明知此事不好，又都感念平儿的好处，所以通同一气，放走巧姐。

那外藩知道是世代勋戚，说：“这是有干例禁的。”便叫如有拿贾府的人冒充民女者，拿住究治，恰好贾芸王仁来送年庚，吓得抱头鼠窜而去，贾环听得此讯，急得跺脚，说：“如今怎么样处呢？这都是你们众人坑了我了！”

里头不见了巧姐和平儿，王夫人叫来贾环、贾芸，怒容满面说：“你们干的好事，如今逼死了巧姐和平儿了，快快的给我找还尸首来完事。”那贾环等急得恨无地缝可钻，只得各处亲戚家打听，毫无踪迹，这几天闹得昼夜不宁。

看看到了出场日期，盼到傍晚，见贾兰回来，众人喜欢，问道：“宝二叔呢？”贾兰不及请安，便哭道：“二叔丢了。”王夫人、宝钗、袭人听了大哭不已。如此一连数日，王夫人哭得饮食不进，命在垂危，忽有家人回道：“统制大人那里来人说：我们的三姑奶奶，明日到京了。”

次日　探春到家，看到家中情况，便也大哭起来。还亏探春能言，见解也高，慢慢儿地劝解了好些时，王夫人等略觉好些。从此上上下下的人，竟是无昼无夜，专等宝玉的信。一日五更，外头人进来报喜，说：“宝玉中了第七名举人，贾兰中了一百卅名。”王夫人等虽然欢喜，但想起宝玉，不禁又大哭起来，袭人哭得晕倒。王夫人看着可怜，命人扶他去了。

次日　贾兰只得先去谢恩，知道甄宝玉也中了。

皇上阅卷，见到宝玉一卷，问是贾妃一族，又听出场迷失，传旨五营各衙门用心寻访。

一日　甄老爷同三姑爷来道喜，贾兰出去接待，不多一时，贾兰进来说：“甄老爷听见有旨意，说是大老爷罪名免了，珍大爷不但免罪，仍袭了宁国三等世职。荣国世职，仍是爷爷袭了，俟丁忧服满，仍升工部郎中，所抄家产，全行赏还。”王夫人等这才大家称贺，喜欢起来。

贾琏赶到配所，父子见面，痛哭一场，贾赦的病渐渐的好起来。贾琏接到家书，索明贾赦回来。走到中途，听得大赦，今日到家，恰遇颁赏恩旨，又把巧姐儿接回府来，到王夫人处叩谢。

第一百二十回　甄士隐详说太虚情　贾雨村归结红楼梦

贾政扶贾母灵柩，贾蓉送了秦氏、凤姐、鸳鸯的棺木到了金陵，先安了葬。贾蓉自送黛玉的灵，也去安葬，贾政料理坟墓的事。一日接到家书，看到宝玉、贾兰中举及宝玉走失等事，心里又悲又喜，赶忙回来。在路上又听得有恩赦旨意，更是喜欢，便日夜攒行。一日，行到毗陵驿，那天下雪，泊在一个清静去处。贾政在船中写家书，抬头忽见船头上雪影里一个人，光头赤脚，身上披一领大红猩猩毡的斗篷，向贾政倒身下拜；迎面一看，却是宝玉。贾政吃一大惊，忙问："可是宝玉么？"那人只不言语，似喜似悲，忽见一僧一道上来央住宝玉道："俗缘已毕，还不快走。"说毕，三个人飘然登岸而去。贾政追之不及，只得回船。把看见宝玉的事和家人等说了，众人便要去寻找。贾政叹道："宝玉生下时，衔了玉来便也古怪，岂知是下凡历劫的，竟哄了老太太十九年，如今叫我才明白。"说着，掉下泪来。

[按]宝玉这一年二十岁，正合十九年。

薛姨妈得了赦罪的信，各处借贷，凑齐了赎罪银两，刑部准了，将薛蟠放出。母子弟兄见面，悲喜交集。薛蟠立誓不再犯前病，薛姨妈又叫薛蟠把香菱扶了正。

过了几日，贾政回家，见贾赦、贾珍已都回家，弟兄叔侄相见，各叙离悰，不免想起宝玉来，大家又伤了一回心。王夫人将宝钗有孕的话也告诉了贾政，并说打算把丫头们都放出去，贾政点头无语。

次日　贾政进朝谢恩，圣上问起宝玉，贾政据实回奏，圣上称奇，降旨赏了一个“文妙真人”的道号。

贾琏回贾政说：“巧姐亲事，父亲太太都愿意给周家为媳。”这周家是刘姥姥屯里的一个大财主，家财巨万，良田千顷，只有一子，生得文雅清秀，年纪十四岁，新近科试，中了秀才。因见巧姐，心里羡慕，托刘姥姥做的媒。贾政也知巧姐事的始末，便应允了。王夫人和薛姨妈商量，因为袭人虽是屋里人，到底和宝玉没有过明路儿，想放出去，叫他本家的人给他配一门正经亲事，怕袭人不愿意，又要寻死觅活，请薛姨妈去劝解。袭人说道：“我是从不敢违拗太太的。”薛姨妈知他是允了。

花自芳来回王夫人，已将袭人说与城南蒋家，把袭人接回家去。那日，已是迎娶吉期，袭人委委屈屈上轿而去。第二天，这姑爷开箱，看见一条猩红汗巾，方知是宝玉的丫头，故意把宝玉所换的松花绿的汗巾取出，袭人也才知道这姓蒋的原来就是蒋玉函。此时蒋玉函想起宝玉待他的旧情，倒觉满心惶愧，更加周旋。

贾雨村遇赦，递籍为民，一车行李，来到急流津觉迷渡口，又遇到甄士隐，两人执手话旧。

论《红楼梦》后四十回与高鹗续书

（一）

《红楼梦》各种版本中，在长时期内广泛流传的，是具有完整故事的一百二十回本。一百二十回本又有两种版本，其中影响最大的，是程伟元第一次排印本（所谓程甲本）。此本流传以后，不论翻印、复印，都是从它复制出来的。

程伟元第一次印过《红楼梦》之后一年，又重新排印过一次，即我们一般称为“程乙本”的。这个本子除了原刊一次外，一直到二十世纪三十年代才由上海亚东图书馆标点排印一次。它在这次排印之前，社会影响是极少的。

至于八十回《石头记》，自一百二十回本出现以后就被代替了，直到一九一二年，才有有正书局影印的《国初钞本原本红楼梦》一种出现，但也只是周转于少数研究《红楼梦》的人们手上，对于一般社会没起过什么影响。更别说脂砚斋本了，它在未经影印出版之前，根本没有公开过，只被三五个专家在那里剔骨拔刺式地开创，找一找曹雪芹是书中什么人，脂砚斋与作者有什么关系罢了。

所以总结起来，长时期内起过广泛社会影响的，毕竟只有这部一百二十回的程伟元第一次排印本。

（二）

由于程伟元第一次排印本的问题，因而发生了高鹗续书的问题。

这个问题，原来是没有的。一百二十回本一出现，就获得社会的一致承认。赞它的也好，骂它的也好，赞的骂的都是这部一百二十回的《红楼梦》，而不是八十回的《石头记》。尽管“经学家看见《易》，道学家看见淫，才子看见缠绵，革命家看见排满，流言家看见宫闱秘事”（鲁迅语），王国维看见叔本华哲学，阚铎看见变相《金瓶梅》，……总之都是把一百二十回当作一部完整的作品来看，并不怀疑后四十回的真伪。虽然也有两三个人说过后四十回不是原本，而是续作，但他们的意见没有起什么影响，不为广大读者所知。

直到胡适等新红学家出来，他们主张《红楼梦》只是自然主义的作品，只是作者老老实实写他自己和他家庭的一部自传。他们否定后四十回，指为高鹗的续作，说程、高所称得到后四十回残稿全是假话。实际上，他们是用矛盾斗争尚未展开的前八十回，来否定矛盾斗争充分展开并且达到悲剧顶点的后四十回。他们提出种种理由，否定后四十回的成就，指出里面某些某些地方，不符前八十回的预言和伏线，不符脂砚斋批语中提到的几处后文情节，歪曲了前八十回中的人物形象，等等，目的无非是要证明后四十回不仅不是曹雪芹的手笔，而且不符合曹雪芹的原意，不仅是“续貂”，而且是“狗尾”。胡适等的这一套主张，影响是极大的，几十年来几乎已成“定论”。

现在我们试从《红楼梦》全书前后来看，不论后四十回有多少毛病，一百二十回所包括的故事是协调的，互相衔接而没有矛盾的，循着合理的线索而发展下来的。即如前八十回中，贾母对薛宝钗和林黛玉的态度，就有着基本的不同。贾母对林黛玉表示某种好感，只是因为她与林黛玉是外祖母和外孙女的血统关系，只是维持一种祖孙之爱。至于薛宝钗，则大不相同，她只是贾母的儿媳的姨侄女，论亲戚关系远得很，贾母对她谈不到什么骨肉之情，她是完全作为一个合乎封建制度所要求的标准的孙媳妇候选人而得到贾母欢心的。在前八十回中，林黛玉和封建秩序不协调的性格愈来愈显露，而薛宝钗则愈来愈得到贾府上下各色人等特别是当权者的欢心。她们两人争夺一个宝玉，贾府当权者要在她们两人中挑一个做宝二奶奶，宝玉也要在她们两人之中挑一个做妻子，这就已经形成尖锐而复杂的矛盾。这个矛盾在后四十回里进一步得到了发展，封建势力无情地结束了宝黛相恋的不可终了的局面，使黛玉终于为情而死，而以一个卑劣的骗局来把宝钗安上宝二奶奶的宝座。这是前八十回中已经形成的矛盾的必然结果，任何别样的结局都是违反真实的，或者至少是不够真实的。所以，前八十回与后四十回是紧密相连的，后四十回在主要精神上完成了前八十回所要发展的故事，从而成为整个《红楼梦》故事的不可分的组成部分。这是不容否定的。

但是崇拜《石头记》的人们，却对后四十回百般指摘，说什么宝玉的政治思想前后不一致，说什么宝玉不该中举出家，等等。实际上，这种论断并不是有力的。

前八十回叙述宝玉的政治思想，他对读书上进的人都斥之为“禄蠹”，他看仕途经济的言论都是“混帐话”，有时宝钗等人拿这种“混帐话”来劝他，他说：“好好的一个清净洁白的女子，也学的钓名沽誉，入于国贼禄鬼之流，这总是前人无故生事，立意造言，原为引导后世的须眉浊物，不想我生不幸，亦且琼闺绣阁中亦染此风，真真有负天地钟灵毓秀之德了！”可是在后四十回里，宝玉却投身到科举场中，中了一个第七名举人，这似乎同他前八十回中的思想大相矛盾，为一般贬抑后四十回的人们所借口。其实这矛盾只是表面上的，看一个人，不仅要看他做了什么，而且更要看他是怎么做的，在生活中和文艺作品中都是一样。宝玉是怎样去考举人的呢？“中乡魁宝玉却尘缘”这个回目已经说得很清楚，原来他是把“博得一第”作为“却尘缘”的一个步骤。你们所期望于我的，不就是这个么？你们认为我“无能”“不肖”，不就是因为我没有满足这个期望么？原来你们看重的只是功名利禄，并不是我这个人，正如“阻超凡佳人双护玉”中宝玉所说：“原来你们是重玉不重人的！”现在我要同你们永别了，你们总算养育我一场，我也就给你们一点满足，了却我欠你们的情分吧！这就是宝玉当时的心情。所以，他的应试中举，不但不是顿易初衷，就仕途经济之范，反而正是贯彻初衷，向仕途经济最后告别。这原是十分清楚的。这样一个结局，正是后四十回写得最真实、最深刻的地方。

至于宝玉出家，这更不违背《红楼梦》前八十回的描写。

前八十回中宝玉一说话，不是“化灰化烟”，就是“出家做和尚”，林黛玉还为此同他吵过。要说“伏线”，这个“伏线”再清楚也没有了。为什么偏偏不信本书，却要从脂批中去找什么下狱、做乞丐之类的结局呢？

（三）

论者认定《红楼梦》后四十回是高鹗所续，证据是高鹗妻兄张问陶赠高鹗的一首诗的题下自注。诗见《船山诗草》卷十六《辛癸集》，其全文是：

赠高兰墅（鹗）同年（传奇《红楼梦》八十回以后，俱兰墅所补）

无花无酒耐深秋，洒扫云房且唱酬。侠气君能空紫塞，艳情人自说红楼。逶迟把臂如今满，得失关心此旧游。弹指十三年已去，朱衣帘下亦回头。

诗中“艳情人自说红楼”一句，原可通解为爱《红楼》一书而言。至于诗题下自注中的那一个“补”字，伸缩性就很大，可以作“补作”解，也可作“补缀”解。不过如果是作“补作”解，则不如径云“传奇《红楼梦》八十回以后俱兰墅所续”则更明白，今既不云“续”，则此“补”字仍以作“补缀”解为宜。

张问陶虽然明白揭出“传奇《红楼梦》八十回以后俱兰墅所补”的事，但这总归是第二手材料，我们不能放弃第一手材料而单单依据第二手材料便作出定论，这不是实事求是的办法。什么是第一手材料呢？当然是高鹗自己写的交代与合作者程伟元所作的交代了。

根据程伟元的序：

> ……原目一百廿卷，今所传只八十卷，殊非全本。即间称有全部者，及检阅仍只八十卷。读者颇以为憾。不佞以是书既有百廿卷之目，岂无全璧？爰为竭力搜罗，自藏书家甚至故纸堆中，无不留心。数年以来，仅积有廿余卷。一日偶于鼓担上得十余卷，遂重价购之，欣然翻阅，见其前后起伏，尚属接笋，然漶漫不可收拾，乃同友人细加厘剔，截长补短，钞成全部。

这里说明了他藏有八十回《红楼梦》，也另外看到过别的八十回本，他后来又收得八十回本后的二十多回，最后才算收齐，于是和友人一同整理，而并没有提这友人姓甚名谁。其工作只是编辑加工，“细加厘剔，截长补短”，以达到“钞成全部”。

另外一篇高鹗的序，他自己说参加这工作的就是他自己：

> 予闻《红楼梦》脍炙人口者几廿余年，然无全璧，无定本。向曾从友人借观，窃以染指尝鼎为憾。今年春，友人程子小泉过予，以其所购全书见示，且曰：“此仆数年铢积寸累之苦心，将付剞劂，公同好。子闲且惫矣，盍分任之！”予以是书虽稗官野史之流，然尚不缪于名教，欣然拜诺，正以波斯奴见宝为幸。遂襄其役。

他首先承认程伟元购得的是全书，而他对于《红楼梦》的工作，只是“襄其役”而已，并没有什么继续完成其不全部分的事。

并且程伟元第二次排印本上，程、高联名写的引言说：

> 书中后四十回，系就历年所得，集腋成裘，更无他本可考。惟按其前后关照者，略为修辑，使其有应接而无矛盾。至其原文，未敢臆改。俟再得善本，更为厘定，且不

欲尽掩其本来面目也。

这里说得更为明白，程、高只是把已经收得的后四十回各种不同残本，作了拼凑加工，为了不“掩其本来面目”，不敢随便改动一点。与他们第一次写的序言中所说的，是完全一致的。

根据两序一引言，可知这部一百二十回本《红楼梦》的出版，程、高只作了编辑加工，并没有什么续作的说法。这是《红楼梦》全书出版工作的亲身参加者的第一手交代，我们应该首先作为依据的。

（四）

这些第一手材料，本身是否可信呢？胡适等人已经完全否定了这些材料的真实性，斥为程、高作伪欺人之谈。现在我们却能够从程甲本和程乙本的比较当中，举出铁证，反驳胡适等人的论断。

程甲本付印，是乾隆五十六年辛亥（一七九一年）冬至，而程乙本付印，则在乾隆五十七年壬子（一七九二年）花朝，中间有三个月的距离。程、高二人在这三个月当中，对甲本作了一些修订。他们在乙本书前引言中说：

初印时，不及细校，间有纰缪，今复聚集各原本，详加校阅，改订无讹。

现在检查，确有一些是做到了“改订无讹”的程度。例如第九十三回，水月庵事情发作了，贾芹被叫回来，看了贾琏后跟赖大一起出来，赖大问他什么人和他不对，这在甲本上是：

贾芹想了一想，忽然想起一个人来。未知是谁，下回分解。

可是到第九十四回上，这个忽然想起的人并没下文。乙本则把九十三回之末改成这样：

贾芹想了一会子，并无不对的，只得无精打彩，跟了赖大走回。未知如何抵赖，且听下回分解。

这才与九十四回开端相衔接。这完全可以说明，甲本的脱节，是因为它所根据的曹雪芹的残稿就是这样，程、高据此残稿整理成甲本付印时未曾留心，所以留下这个毛病，后来在详加校阅时发现出来，所以在乙本上加以订正了。假如后四十回真的是高鹗续作，那么在这刚动笔的前十几回上就会发生这么明显的漏洞，这是什么缘故？况且，乙本此处的“改订无讹”，其实仍禁不起细想。试想，如果把乙本前回之末与下回之首连缀起来，就成了：“贾芹想了一想，忽然想起一个人来；想了一会子，并无不对的。”这是什么话！天下岂有此等文理？可见，乙本改订时，的确因为甲本所据的雪芹残稿就是那样前后脱节，无法大改，只好这么敷衍过去。如果甲本是高鹗自己的续作，那么乙本尽可大改，使上下接得通顺，又何必如此改了仍然禁不起细想呢？

也有一些地方，更是显然不能说做到了“改订无讹”。例如第一百十二回，贾母出殡，贾政等听到家中被劫，都预备回来，大家辞灵之时，赵姨娘中邪，甲本原文是：

> 赵姨娘醒来，说道：“我是不回去的，跟着老太太回南京去。”众人道：“老太太那用你来？”赵姨娘说：“我跟了一辈子老太太，大老爷还不依，弄神弄鬼的来算计我！……我想仗着马道婆要出出我的气，银子白花了好些，也没有弄死了一个。如今我回去了，又不知谁来

算计我？”众人听了，知道是鸳鸯附在身子。

赵姨娘的鬼话，明明包含着两个人，就是鸳鸯跟赵姨娘自己，怎么会“众人听了，知道是鸳鸯附在身子”呢？如果这完全是高鹗的续作，高鹗无论怎样卤莽灭裂，也断不至此。惟一合理的解释，仍是甲本所据的曹雪芹残稿就是如此，程、高据此残稿整理成甲本付印时，没有发现。所以乙本上把后尾处的话改了，成为：“众人先只说鸳鸯附着他，后头听说马道婆的事，又不像了。”这里含混得厉害，因为补缀的人也不明白曹雪芹为什么要这样写，下文又无交代，所以只好从字面上敷衍过去，只当它是鬼话罢了。可见不仅甲本的矛盾，是由曹雪芹的残稿而来，而且乙本的含混，也仍是因为有那个残稿限制着，否则，只要把鸳鸯口气的那几句删掉，改得既不矛盾，又不含混，并没有什么困难。

以上两例，是甲本后四十回中有些不应有的脱节，到乙本出版才改得衔接起来，有些无法弥缝的矛盾，乙本虽加以弥缝而仍然含混，都可以证明程、高确实据有曹雪芹的残稿。另一方面，还可以从反面找出证明。就是甲本原不误，程、高根本不领会作者原意，以致在改订时候发生可笑的纰缪。如第一百一回，凤姐夜遇秦可卿鬼魂之后，程甲本作：

贾琏已回来了，只是见他脸上神色更变，不似往常。待要问他，又知他素日性格，不敢突然相问，只得睡了。

这三个“他”字都指凤姐，如果我们今天来写都该写成“她”。凤姐因刚刚遇鬼，故脸色更变。凤姐素日性格刚强好胜，贾琏所深知，故“不敢突然相问”。文义原顺。但程乙本却把“只是”二字改成“凤姐”二字，使原来指凤姐的三个“他”字，成为指贾琏而言了。贾琏并未遇鬼，神色何以大变？凤姐素日玩贾琏于股掌之上，何以今夜突然对贾琏如此战战兢兢？这都是错得可笑的。高鹗如果是后四十回的续作人，自己改自己的作品，岂能闹此笑话？

乙本类似的改而反误的例子，还有第一百九回上《候芳魂五儿承错爱》，甲本原来是：

五儿此时走开不好，站着不好，坐下不好，倒没有主意了。因微微的笑道：“你别混说了，看人家听见什么意思。”

五儿来时是极不愿再和宝玉说话的，却又不敢过于得罪他，所以用微笑来敷衍。但乙本竟把“微微的”三个字改成“拿眼一溜，抿着嘴儿”八个字，不仅把五儿形容得十分不堪，而且同上文所写她来时的心理大相矛盾了。这也是程、高对甲本（亦即对甲本所根据的曹雪芹残稿）没有理解的证据。

甚至就像“姑娘”“小姐”的纠正，也是甲本确实有曹雪芹残稿作依据的证明。否则，为什么高鹗先认为“姑娘”是对的，等第二次重排时，就必须改成“小姐”呢？如果后四十回果真是他续的，在他心目中不习惯于“姑娘”这名词，应该早已感到使用的不方便，在最初时就通通改掉，何至经过几个月又多这一番麻烦呢？从这微末小节，也可以证明后四十回显然不可能是高鹗所续的。

（五）

现在不妨更从高鹗的思想行动来看他是不是有续后四十回的可能性？

高鹗的生活史料我们能看到的不多，他似有文集，我们也没看到过，可以看到的只一本《砚香词》，它是仅仅可以供我们了解高鹗生活背景的惟一材料。从这里面得知高鹗基本上是一个功名利禄之士，是一个相当庸俗的人。他对于封建社会，只有爱慕，没有憎恨，对于女性也只是轻薄，绝不能续写贾宝玉这样的人。

《砚香词》一名《簏存草》，包括小词四十四阕，是乾隆三十九年（一七七四）起至乾隆五十三年（一七八八）止一段时间的作品，结集于同年冬季，正是他中举的那年。其中〔满江红〕一阕，题下注云：

> 辛丑（乾隆四十六年，一七八一）中秋，是岁五月，丁先府君忧；六月，内人病，至是濒危……

据词意可知高鹗妻子就是在这一年死的。在妻丧不久，他就娶了张问陶的妹妹张筠。

张筠嫁给他不久也死了，从《船山诗草》卷五《松筠集》中看来，高鹗对待张筠是很不近人情的。张诗作于乾隆五十五年（一七九〇），全文如下：

> 冬日将谋乞假，出齐化门哭四妹筠墓。［妹适汉军高氏，丁未（乾隆五十二年，一七八七）卒于京师］
>
> 似闻垂死尚吞声，二十年人了一生。拜墓无儿天厄汝，辞家久客鬼怜兄。再来早慰庭帏望，一痛难抒骨肉

情。寄语孤魂休夜哭，登车从我共西征。

窈窕云扶月上迟（妹《江上对月》句），伤心重检旧乌丝。闺中玉映张元妹，林下风清道韫诗。死恋家山难瞑目，生逢罗刹早低眉。他年东观藏书阁，身后谁修未竟辞。

一曲桃夭泪数行，残衫破镜不成妆。穷愁嫁女难为礼，宛转从夫亦可伤。人到自怜天亦悔，生无多日死偏长。未知绵惙留何语？侍婢扪心暗断肠。

我正东游汝北征，五年前事尚分明。那知已是千秋别，犹怅难为万里行。日下重逢惟断冢，人间谋面剩来生。绕坟不忍驱车去，无数昏鸦乱哭声。

从诗里知道张筠死时相当年轻，只“二十年人了一生”。她婚后的生活，则因嫁奁不丰富，遭到高鹗的不满，备受虐待，这诗的第三首就是说明。从“似闻垂死尚吞声”“侍婢扪心暗断肠”等句中，她的遭遇和高鹗对她的情形都可想见。张筠是康熙时代名宰相张鹏翮的孙女，高鹗显然是羡慕她家是一位大官僚家庭而娶她做继室的，可是却因为她妆奁不丰竟加虐待，更显出高鹗思想的卑鄙，这哪能续写贾宝玉呢。

高鹗和一个女人有着长时期的暧昧关系。她的名字叫畹君，在《砚香词》里曾三次出现。一处在〔唐多令〕一阕的题目上作：《题畹君画箑》。第二次出现在〔金缕曲〕一阕，题目原很长，被高鹗自己改正，用纸贴去一半，从灯下照看，知道是：

不见畹君三年矣，戊申（乾隆五十三年，一七八八）秋隽，把晤灯前，浑疑梦幻，归来欲作数语，辄怔忡而止。十月旬日，灯下独酌，忍酸制此，不复计工拙也。

接着底下又是一阕〔惜春余慢〕，题目也因改正而被纸盖去，原文是：

畹君话旧，作此唁之。

在〔唐多令〕中，高鹗说："女元龙便请同舟，试问鸱夷归也未？好共我，赌风流。"可见两人关系是很深的，否则如何能用范蠡载西施的故事？〔金缕曲〕中又提到"故人亲见"，是则他们相识已久；参看集中〔南乡子〕《戊申秋隽，喜晤故人》中的"同到花前携手拜，孜孜，谢了杨枝谢桂枝"，及〔临江仙〕《饮故人处》中的"烛花影底两迷离”等，他们该是旧恋，才如此大胆地写。同时也可知道畹君性情豪爽，能画。据〔惜春余慢〕一阕，知道她没有丈夫，儿子幼小，母亲又死，是一个痛受歧视和压迫的女子。高鹗中了举人，两遭妻丧，可是与畹君叙旧辰光，在〔金缕曲〕中，却又提到“尊前强自柔情按，道从今新欢有日，旧盟须践”，这完全是把畹君当作一个外室在玩弄，否则，怎么能一面结新欢，一面依然在那里践旧盟呢？如果贾琏会填词，他大可以在纳秋桐时套用这一阕来赠尤二姐。

从《砚香词》里有限的几十首词来看，可以看出高鹗是如何热心科举，炫耀功名（见〔荷叶杯〕），贫贱时则希图富贵，幻想“艳福”（见〔一剪梅〕），这实在是封建士大夫的一种庸俗的人生观。尤其是〔菩萨蛮〕〔声声慢〕〔满庭芳〕〔念奴娇〕等词中，作者处处在卖弄风情，恶劣不堪，充分表现了他对待女性是抱着当时士大夫们一贯的轻浮态度。假若说这种人能根据前八十回《红楼梦》而写出后四十回来，实在是不可想象的。

至于高鹗那一方“红楼外史”的图章，有人也认为是他明白承认自己为《红楼梦》续作者的证据，我以为这四个字完全可以作不同的解释，如果说他因为参加了后四十回残稿的整理补缀工作，自命为曹雪芹的知己，《红楼梦》的功臣，故刻此章以为标榜，也是说得通的。

（六）

程伟元序里已经说明他还没有得到后四十回的时候，他所见的八十卷本上已经有“原目一百二十卷”。现在证之以吴晓铃同志所藏杭州人舒元炜序本《红楼梦》，可知程序说的是真话，并非欺人之谈。舒序作于乾隆五十四年（一七八九），早于程伟元第一次排印本三年，他说：

> 惜乎《红楼梦》之观止八十回也；全册未窥，怅神龙之无尾；阙疑不少，隐斑豹之全身。

又说：

> 漫云用十而得五，业已有二于三分。

又说：

> 从此合丰城之剑，完美无难；岂其采赤水之珠，虚无莫叩。

又说：

> 核全函于斯部，数尚缺夫秦关。

根据这些文字，我们可以体会出他所说的，书虽是八十回，然而他知道有一种回数约当“秦关”一百二十这个数目的书存在，现在虽然“业已有二于三分”，（即八十之于一百二十为三分之二）要把这书配成全帙，并不甚难，可是专力求之，也还是一时无法寻到踪迹。

可见早在乾隆五十四年，这后四十回虽然没有跟前八十回一齐流传着，然而是存在于天壤之间的，并且是众所周知的。

不仅舒元炜如此说，据周春的《阅〈红楼梦〉笔记》载：

> 乾隆庚戌（五十五年，一七九〇）秋，杨畹耕话余云：“雁隅以重价购钞本两部，一为《石头记》八十回，一为《红楼梦》一百二十回。微有不同，爱不忍释手，监临省试，必携带入闱，闱中传为佳话。”时始闻《红楼梦》之名而未得见也。壬子（乾隆五十七年，一七九二）冬，知吴门坊间已开雕矣。兹苕贾以新刻本来，方阅其全。

“乾隆庚戌”是程甲本刊行前一年，就有人读到一百二十回本，则舒元炜在程甲本问世之前三年已有之说当是不诬，也足证明程伟元序里所称“原目一百二十卷”也不是骗人的。周春并且提到八十回本《石头记》与一百二十回本《红楼梦》的前八十回“微有不同”，可见这位雁隅很留心地检阅过。难道早于程伟元第一次排印本的前三年，高鹗就会把后四十回续成并流传在社会上吗？

从以上几个证据，还有裕瑞《枣窗闲笔》中一个更有力的证据（详后），完全可以证明后四十回已经有了相当完整的初稿，所以才会有一百二十回的回目。因为，回目只可能在稿子写出以后才编出来，正如作者自已所说“披阅十载，增删五次，纂成目录，分出章回”，而不可能是相反的情况。

（七）

胡适以前，认为《红楼梦》末后一部分为他人所续的，有几个人。他们说得都有些游移其词。一个是俞樾，他显然是根据袁枚的说法。但袁枚恐怕连《红楼梦》都没看过，只不过耳闻一番，所以竟至把“校书”的名词都错举出来，可见是误以“红楼”当“青楼”了。袁说的来源，也不外张问陶的诗罢。

早于袁、俞，嘉庆十六年（一八一一）潘德舆《金壶浪墨》有《读红楼梦题后》两篇，其第二篇里说：

传闻作是书者，少习华膴，老而落魄，无衣食，寄食亲友家，每晚挑灯作此书，以日历纸背写。书未卒业而弃之。末十数卷，他人续之耳。

这是最早提到续书的，但亦只说“末十数卷”，并没有说是后四十回这样一个相当于前八十回的二分之一的大数目。他在《读红楼梦题后》之后又附《红楼梦题词十二绝》，其第十首云：

痛哭颦卿绝笔时，续貂词笔恨支离。琅琊公子情中死，忍倚兰窗再画眉？（谓续末十数卷者写怡红娶蘅芜以后事）

从诗末自注来看，他所不满的是怡红娶蘅芜以后的笔墨，正符合他所谓“末十数卷”。而所谓“痛哭颦卿绝笔时”，同样在后四十回中，潘德舆并不斥为“续貂”，而且正是以此为根据，来断言宝玉在黛玉死后，决不会如书中所写的又有一段与宝钗的闺房画眉生活。

宝玉受骗与宝钗成婚，又知黛玉已死之后，会不会一面痛念黛玉，日益坚定与世决绝之心，一面又矛盾地与宝钗过一段闺房画眉的生活？这个矛盾是否不合理？这些说来话长，暂不在这里讨论。这里只要指出，后四十回是一起出现的，要说是高鹗的续作，就该一起都是。而潘德舆在那嘉庆十六年（一八一一）的时候，已经为《红楼梦》写了两篇书后，足见他是很注意很爱好这部书的人物。他不会不知道，此书原来是八十回，后来多出了后四十回。如果他的“续貂”之说确有根据，他就应该对这四十回全部否定，而不应该肯定四十回中黛玉死之前的部分，单单否定宝玉与宝钗闺房生活以后的部分。足见他这种否定，不过从他对情节的理解和爱恶出发罢了。

确指后四十回为他人所续者，是裕瑞。他的《枣窗闲笔·程伟元续红楼梦自九十回至一百二十回书后》云：

> 此书由来非世间完物也，而伟元臆见，谓世间当必有全本者在，无处不留心搜求，遂有闻故生心思谋利者，伪续四十回，同原八十回抄成一部，用以给人。伟元遂获赝鼎于鼓担，竟是百二十回全装者。不能鉴别燕石之假，谬称连城之珍，高鹗又从而刻之。……但细审后四十回，断非与前一色笔墨者，其为补著无疑。

细审裕瑞这话，无非是从程伟元自己写的序文中摘出一些来而又增加某一些东西改编的，并无确据。他说程伟元搜购得来的是一部“百二十回全装”本，则又与程序所述搜求经过不同。他说程、高都是受骗者，则又与胡适等说程、高作伪欺人不同。他是从“笔墨”判断为“补著无疑”，这只是一种主观的怀疑。其实，后四十回是曹雪芹未改定的残稿，当然与前八十回定稿不能“一色笔墨”。

这里要特别指出，裕瑞虽如此不相信后四十回的文字，但是，就连他也承认后四十回的回目是曹雪芹的手笔。他说：“诸家所藏抄本八十回书，及八十回书后之目录，率大同小异。”可见，他看过不止一家所藏的《红楼梦》载有“八十回书后之目录”，而且他核对过，认为“大同小异”。他不满意于程伟元的，只是他认为这有目无书的后四十回已经不存在于天壤之间，而程伟元却认为“世间当必有全本者在”而已。这是《红楼梦》回目本来就有一百二十回的铁证。

一九五三年十月得读《砚香词》后写成

略谈《红楼梦》后四十回哪些是曹雪芹原稿

《红楼梦》第一回叙述本书的写作经过：

> 空空道人听如此说，思忖半晌，将这《石头记》再检阅一遍，因见上面大旨不过谈情，亦只是实录其事，绝无伤时诲淫之病，方从头至尾抄写回来，闻世传奇。从此空空道人，因空见色，由色生情，传情入色，自色悟空，遂改名情僧，改《石头记》为《情僧录》，东鲁孔梅溪题曰《风月宝鉴》。后因曹雪芹于悼红轩中，披阅十载，增删五次，纂成目录，分出章回，又题曰《金陵十二钗》。

这段话当然是作者第五次也是最后一次开始增删时写出来的。由此可见，《红楼梦》的第四稿已经基本完成，而在这第五次动笔增删之前，作者又对全书整个故事作了安排，编定了全书的回目，并且把正文按回目分列清楚，以便进行最后的定稿。只要稍微细读上引文字，就知道所谓“书未成，芹为泪尽而逝”（甲戌本第一回脂批），是指第五次增删未成而言（大约就是增删到八十回），并不是说八十回以后根本未曾写出。

那么从这里我们可以相信，不论曹雪芹这一次增删《红楼梦》工作进行到什么程度，前八十回也好，后四十回也好，不论是已经增删定稿还是没有来得及增删定稿，这一百二十回回目，是已经有了的，是曹雪芹自己“纂成”的。

第一个摆印出版《红楼梦》的程伟元，在《红楼梦》序言里也说：

> 原目一百廿卷，今所传只八十卷，殊非全本。……不佞以是书既有百廿卷之目，岂无全璧？爰为竭力搜罗，自藏书家甚至故纸堆中，无不留心。数年以来，仅积有廿余卷。一日偶于鼓担上得十余卷，遂重价购之，欣然翻阅，见其前后起伏，尚属接笋。

可见他看到的八十回本《红楼梦》，是有全书一百二十回的目录的，他不是得自传闻，所以他一则曰“原目”，再则曰“既有百二十卷之目”。并且他数年以来，陆续“积有廿余卷”，又“偶于鼓担上得十余卷”，“欣然翻阅，见其前后起伏，尚属接笋”，然何以知其“接笋”，是必有后四十回目录在，否则又怎么可以知道后四十回与前八十回是怎么相衔接呢？

程伟元的话本来很清楚。但是，他已经被“新红学家”们控告为作伪欺人，因此，他这些话是否可信，后四十回回目是否出于曹雪芹之手，也就成了问题。在这里，我们倒是可以替他找出一位强有力的证人，就是那个也不相信程本后四十回的裕瑞。裕瑞《枣窗闲笔》《程伟元续〈红楼梦〉自九十回至百二十回书后》说：

> 诸家所藏抄本八十回书，及八十回书后之目录，率大同小异。

可见他看过不止一家所藏的《红楼梦》载有“八十回后之目录”，而且曾经核对过，结论是“率大同小异”。但是，他并没有说程本后四十回是程、高二人所伪撰，只说是他人伪撰以欺程伟元，程、高二人是受骗之后，又使谬论流传。那么，这也就间接证明了：程伟元摆印的一百二十回本《红楼梦》的后四十回回目，与裕瑞所看到的“诸家所藏抄本八十回书”所载的后四十回目录，同样是“大同小异”。裕瑞的意思，正是说伪作者按照当时爱好此书的人们所共知的后四十回的回目，伪撰出后四十回来，这才骗得了人，也就骗过了程、高。否则，裕瑞就会指出程本后四十回的回目与他所见的“诸家所藏抄本”都不一样。这个证据之所以强有力，就因为出自根本不信程本后四十回的人之口，他当然不会帮程伟元说假话，也不会轻易放过任何足以否定程本后四十回的证据。

《红楼梦》式的回目，显然是有了正文之后，才编得出来，而不可能先有目，后有文。我们肯定了后四十回回目是曹雪芹拟定了的，也就肯定了后四十回必然已有未定稿，已经经过四次增删，只是第五次增删还没有增删到罢了。所以，程伟元所说数年以来所积的廿余卷与偶于鼓担上得十余卷，很可以相信是真的。从今本后四十回的内容来看，主要故事显然是有曹雪芹的残稿做根据，不是他人续补得出来的，但也有些地方与原作相差太远，应是程、高补缀时所羼入。

第八十一回　占旺相四美钓游鱼　奉严词两番入家塾

俞平伯在《红楼梦研究·后四十回底批评》中，认为四美钓鱼一节是“后四十回中较有精彩，可以仿佛原作的”。这种看法很难令人同意。我深感到写四美钓鱼，完全不能使人明白何所取意，且无“占旺相”的内容，与回目不符，所以这应该是有补笔羼入的残稿。

下面接着是“奉严词两番入家塾”，故事发展突兀，且贾政亦无甚“严词”相责，只不过念头一动，把宝玉找来，分付“明儿一早，传焙茗跟了宝玉去收拾应念的书籍，齐拿过来我看，亲自送他到家学里去”一句谈话，硬把宝玉再行送入家塾完事。

估计第八十一回中，只有曹雪芹少量残稿作根据，另外一些是补缀者添进去的。

第八十二回　老学究讲义警顽心　病潇湘痴魂惊恶梦

贾代儒当然是一位八股腐儒，曹雪芹既然在这里安排他“讲义警顽心”，恐怕未必是简单的借“好德如好色”来卖弄一番八股说教，而且“警顽心”仅仅使“宝玉觉得这一章有些刺心”就完事，这使“顽心”如何能“警”呢？

这里写袭人也不像前八十回的袭人，形象竟类赵姨娘；写送蜜饯荔枝的婆子也不像宝钗所差使的人，因为宝钗是一个“全大体”的人，怎么会差这样一个语言造次之人？

看来这里只有雪芹一些简略的残稿，大部分应是被人加工补成的。

但“惊恶梦”一场，则断然不是任何人能补出来的，“贾母呆着脸儿笑”，这是黛玉梦中所见贾母的形象，也就是平日黛玉深藏内心的对贾母的观感，写得何等深刻！梦中的黛玉，“把宝玉紧紧拉住说：‘好宝玉，我今日才知道你是个无情无义的人了！’宝玉道：‘我怎么无情无义？你既有了人家，咱们各自干各的了’”。这一段何等细密周折！下文黛玉拼命放声大哭，一直到紫鹃叫雪雁叫人去，写黛玉之心，紫鹃之情，凄凉宛转，和前八十回是一致的。

第八十三回　省宫闱贾元妃染恙　闹闺阃薛宝钗吞声

这是八十回以后写得比较整齐的一回，笔致与前八十回连贯成一气，应该是没有什么别人添补的地方，像：

> 那黛玉闭着眼躺了半晌，那里睡得着，觉得园里头平日只见寂寞，如今躺在床上，偏听得风声、虫鸣声、鸟语声，人走的脚步声，又像远远的孩子们啼哭声，一阵一阵的聒噪的烦躁起来……

等等，这一段写病人的心情，真切缠绵，比起第二十三回在梨树院角听唱《牡丹亭》曲子一段，何尝减色？

写到两个内相来宣召贾母、贾政等人入内请安，这一些封建朝廷仪注，自非深为懂得而且见过者写不出来。试想如高鹗这样的人，他既无皇亲，又非国戚，怎么能了解到而写出来呢？

因之可以肯定第八十三回是曹雪芹原稿，这回里没有什么惊人之笔，但也没有什么败笔。

第八十四回　试文字宝玉始提亲　探惊风贾环重结怨

第十七回“大观园试才题对额”，第七十八回“老学士闲征姽婳词”都是贾政考试宝玉文字，写出宝玉是不受封建正统文艺思想束缚的，他有惊人的聪明，他能排斥腐陋的见识，表达出个人不同于一般的想法，但是这第八十四回却大为表现贾政，让他畅谈起八股文章，发挥一套腐论。回目既云“试文字”，内容却是老父说教，也是文不对题。很可能这是补者的手笔。

第八十五回　贾存周报升郎中任　薛文起复惹放流刑

第十四回末、第十五回开始，写宝玉路谒北静王一段，把一个青年王爵写得如何雍容华贵，那种不亢不卑的神情，如非目睹，焉能写出。而这里北静王生日，何等大事，拜寿者却好像只有贾赦、贾政与贾珍等五个人，毫无王府寿诞的气氛，北静王也孤孤零零穿着礼服，迎到殿门廊下。受礼之后，只留宝玉一人，在“一所极小巧精致的院里”“单赏的饭”，这简直是以娈童相待了，写得荒谬可笑，与第十四回、第十五回所写对看，显然这里不是曹雪芹的笔墨。补缀者根本无法想象王府是如何庆寿，王爷又是怎样款待他所欣赏的公府的公子。

贾政升了郎中，一则说宝玉“心中自是甚喜”，再则说“宝玉此时喜的无话可说”，试看第十六回《贾元春才选凤藻宫》，宝玉对于亲姐姐晋封贵妃都是“置若罔闻”，何以这回对于父亲升任一个郎中竟“喜”的如此？不过下文引用诗句为证，乃与第二回之体例相似，写演戏，以《冥升》预示黛玉早夭，以《吃糠》预示宝钗独居，以达摩带徒弟过江预示宝玉出家，这种伏线法是前八十回惯用的，这些当是曹雪芹残稿。

第八十六回　受私贿老官翻案牍　寄闲情淑女解琴书

写薛家行贿翻案，与当日打死冯渊扬长而去的气焰大不相同。总的来说符合“丰年好大雪”已开始走下坡路的趋势，但此时是否就下到这个程度，还可以讨论。至于黛玉论琴一段，颇似迂儒说教，哪里会出自林黛玉的灵心慧口？这里当有为人所补的地方。

第八十七回　感秋声抚琴悲往事　坐禅寂走火入邪魔

前头宝钗致黛玉一函一诗，诗还可以，而那一篇书启，完全是乾、嘉之际《秋水轩尺牍》一流的气味，宝钗何至如此笔墨？函中感情尤非宝钗素日所有。底下接写紫鹃为黛玉预备“一碗火肉白菜汤，加了一点儿虾米儿，配了点青笋紫菜”，另外“还熬了一点江米粥”，还有“南来的五香大头菜拌些麻油、醋”，这一些，岂是黛玉所吃？岂是《红楼梦》饮食？《红楼梦》中只有酸笋鸡皮汤（第八回）或火腿鲜笋汤（第五十八回），不是碧粳粥（第八回）便是燕窝粥，也许就是炒豆芽儿和稀粥（第四十五回），这才是曹雪芹给《红楼梦》中人安排的饮食。以上断非曹雪芹的笔墨。

写黛玉添香一段，着墨无多，而凄清无聊之景，完全写出，可与第二十六回“凤尾森森，龙吟细细”一节笔致媲美。而这里也用诗句为证的体例，是与第二回、第二十六回形式是一样的，可证为曹雪芹原稿。

末后写妙玉听宝玉说“妙公轻易不出禅关，今日何缘下凡一走”一段与第四十四回《喜出望外平儿理妆》笔致是一样的。

第八十八回　博庭欢宝玉赞孤儿　正家法贾珍鞭悍仆

内容与回目相符合，但却无甚意味，“赞孤儿”事或与后文有关，但只对上对子，何至夸赞如此？“鞭悍仆”一段，贾珍自是东府主子，何以忽然“过来料理诸事”？致生“鞭悍仆”之事。这两段疑皆是曹雪芹尚未增删之稿，故有如此情形。

第八十九回　人亡物在公子填词　蛇影杯弓颦卿绝粒

第七十八回上已经说过：

> 秋纹见这条红裤是晴雯针线，因叹道：“真是‘物在人亡’了！”麝月将秋纹拉一把，笑道：“这裤子配着松花色袄儿，石青靴子，越显出靛青的头，雪白的脸来了！”
>
> 因用晴雯素日所喜之冰鲛縠一幅，楷字写成，名曰《芙蓉女儿诔》。

这里何以又重复这故事起来，且变为：

> 袭人道："那么着，你也该把这件衣裳换下来了。那个东西那里禁得住揉搓？"宝玉道："不用换。"袭人道："倒也不但是娇嫩物儿，你瞧瞧那上头的针线，也不该这么糟塌他呀！"

袭人岂是会说这种话的人？

> 宝玉拿了一幅泥金角花的粉红笺出来，口中祝了几句，便提起笔来写……

芙蓉女儿岂要此"泥金角花的粉红笺"者？更不必说那首词的庸俗恶劣了。

这里不单重复，且词中一派轻薄，与前八十回"撮土为香"的精神判若两人，简直是对晴雯的侮辱。从结构来说，前边已写《芙蓉诔》，更无写此词之必要，《红楼梦》中从无如此一而再者，所以这一段似非雪芹原稿，而雪芹原来打算写的"人亡物在公子填词"，不知预备写什么？

"鞫卿绝粒"一大段，当然非别人所能续者。

第九十回　失绵衣贫女耐嗷嘈　送果品小郎惊叵测

这一回有一半是接上回“颦卿绝粒”事，而“失绵衣”，“送果品”只占另一半。可见这是曹雪芹尚未增删之稿，被人称为上回文字过多而此回偏少，因分一半于此之故。

第九十一回　纵淫心宝蟾工设计　布疑阵宝玉妄谈禅

《红楼梦》写平儿，在“探春理家”一段里，显出她是凤姐一个极好的助手；这里写宝蟾，在“送酒”“设计”一段事里，也成为金桂的一个军师。两个人根本不同，但都写出了有其主必有其仆的必然性，都是成功的。

“谈禅”一段，和第二十二回“听曲文宝玉话禅机”遥遥相对，而彼此问答，尤为精彩，借机锋说出各人心事，这只有曹雪芹才能写出，不是别人可以模仿来的。

第九十二回　评女传巧姐慕贤良　玩母珠贾政参聚散

“评女传”一段写得十分迂陋，它绝非曹雪芹笔墨，当是续者依据回目所补，其写巧姐殊欠考虑，在第八十四回说巧姐惊风，还是“奶子抱着，用桃红绫子小绵被儿裹着”。与此相距，时间只数月，已经“跟着李妈认了几年字”，“认了三千多字，念了一本《女孝经》，半个月里又上了《列女传》”，何以忽然如此长大，真不可思议。而宝玉一番腐论，更是荒谬绝伦，一股道学先生气味，完全与《红楼梦》前八十回中之宝玉判若两人。

后半回“玩母珠”一事，十分古怪。它既无前因，又无后果，凭空插进来。有人认为这是高鹗续作拙劣之证。我们认为，恰好相反。任何一个有意伪续欺人的作者，不论其才能高下，总是会谨慎小心，力求踩着原作的步子，一步不多走，以免露出破绽。怎么会无头无尾地忽然插进这么不必要的一段？这一段的存在，正好说明它是曹雪芹的原稿，它与后文必有密切的关系。只是后文已不可知，高鹗已无从臆撰，为了忠于原稿，便照样保存在这里了。故此段虽写作平常，但可以断定非续作手笔。

第九十三回　甄家仆投靠贾家门　水月庵掀翻风月案

包勇前来投靠，按常情，不过见到林之孝之流就行了，最高也不过见到贾琏就行了，岂能轻易见到贾政？而贾政见了包勇，居然攀谈起来。以甄府、贾府的关系，贾政竟不知甄家也有一“宝玉”，尚待向包勇询问。以贾政之道貌岸然，又在包勇面前，居然问出肯否“向上巴结”这样的话。而包勇也竟指手画脚，长篇大论，全无一点“体统”。所有这些，都很荒谬。估计这里是羼入了大量的补作。

第九十四回　宴海棠贾母赏花妖　失宝玉通灵知奇祸

这一回是后四十回里的关键地方，可以说从这里起作者开始为结束《红楼梦》作出安排。

但贾母是不懂诗的，第七十五回中秋夜宴，宝玉、贾环等作诗，贾母还叫贾政为之讲说。可是这里，贾母忽然自己命题作诗，并且亲自评定优劣，与前文不符。大约这是别人所补，而前文又并非给人印象很深的重要情节，所以补作者也忽略了。

下文接写失玉，从此转入另外一番境界，由“失玉”而宝玉生病疯癫，由宝玉生病疯癫而使凤姐“设奇谋”完成“金玉因缘”，这样才能使“苦绛珠魂归离恨天”，所以这里关系到后来二十六回整个安排，如果不是曹雪芹，谁会能想到这样设计？虽然写的不能令人完全满意，但可相信这是未经增删之稿。

第九十五回　因讹成实元妃薨逝　以假混真宝玉疯颠

一部《红楼梦》故事的展开，可以说从“贾元春才选凤藻宫”才开始的。这里，“元妃薨逝”，也就说明故事开始结束了。当然这里没有什么写得出色之处，但那些朝廷仪注，自非亲见亲闻者写不出。高鹗既非皇亲，又非国戚，从哪里有这一番经历？所以可以断定这是曹雪芹的原稿。

紧跟着贾母教把宝玉搬出大观园，正象征着树倒猢狲散，鼎盛的当日已经完全过去了，与“省亲”之后，紧跟着宝玉他（她）们被搬进园去，又是一强烈对照，这也不会是补者所能安排的。

第九十六回　瞒消息凤姐设奇谋　泄机关颦儿迷本性
第九十七回　林黛玉焚稿断痴情　薛宝钗出闺成大礼
第九十八回　苦绛珠魂归离恨天　病神瑛泪洒相思地

《红楼梦》第一回里的诗说到“一把辛酸泪”，而能使读者体会到这一点的，老实说，还是在这后四十回中的第九十六回、九十七回、九十八回，连续三回，构成凄惨苦楚的文章，真的：“欠命的，命已还；欠泪的，泪已尽。”一些否定后四十回的，也不能不同情这三回的故事情节。

中国传统小说中，从来没有写过一个三角恋爱的故事——当然，《红楼梦》的中心重点不是写一个三角恋爱故事——更没有一个传统恋爱故事的结局像《红楼梦》三个主要人物的结局，真的：“说到辛酸处，荒唐愈可悲。”前八十回洋洋数十万言，到这里才达到高潮。

第九十九回　守官箴恶奴同破例　阅邸报老舅自担惊

前八十回中，史湘云是仅次于宝、钗、黛三人的重要人物。而第三十一回“因麒麟伏白首双星”，更以很明白的伏线，预示着她与宝玉似将有密切的关系。而这里却把史湘云如此草草结束了，这是过去一些论者所不满的。但是，前八十回中，从十二钗册子起，关于湘云孀居的预言和伏线，也是再三出现，非常明白。所以，“伏白首双星”到底是什么意思，作者对这人物的命运究竟打算怎样安排，仍然不清楚。今本后四十回这样结局，也很难断言就一定完全违反作者的原意。过程是写得草草，这也可能是原稿残缺过多，补者也只能补上这一点。

这里也开始安排探春的结局，写得也很草草，情形大约与写湘云结局相似。但这一篇书札，必然不是原稿，而为补者手笔。《红楼梦》后四十回有一通病，每一书札函启，都充满了骈俪滥调，这是前八十回所没有的。而且这些书函，在表现人物和结构故事上，都没有什么必要。很可能是补者的自我卖弄，或者雪芹碰到这些地方，都还缺着在那里，不得不由补者来补全。

第一百回　破好事香菱深结恨　悲远嫁宝玉感离情

第一百一回　大观园月夜警幽魂　散花寺神签惊异兆

程甲本第一百回里：

> 无奈紫鹃心里不愿意，虽经贾母、王夫人派了过来，自己没法，却是在宝玉跟前，不是嗳声，就是叹气的。宝玉背地里拉着他，低声下气要问黛玉的话，紫鹃从没好话回答；宝钗倒背地里夸他有忠心，并不嗔怪他。那雪雁虽是宝玉娶亲的那夜出过力的，宝钗见他心地不甚明白，便回了贾母、王夫人将他配了一个小厮，各自过活去了。

程乙本把“宝钗见他心地不甚明白”改成为“宝玉见他心里不甚明白”。这改得很不合理。且不说宝玉一向尊重女儿，不肯干这样的事。而且丫环的指配，当然是由奶奶、太太们管，哪有年轻的爷们管起这种事来？何况此时宝玉也是“心地不甚明白”的时候，又怎么能知道雪雁是“心地不甚明白”呢？

程甲本第一百一回凤姐夜遇秦可卿鬼魂之后：

贾琏已回来了，只是见他脸上神色更变，不似往常。待要问他，又知他素日性格，不敢突然相问，只得睡了。

这三个“他”字都指凤姐，凤姐刚刚遇鬼，故“神色更变”，凤姐“素日性格”刚强好胜，贾琏所深知，故“不敢突然相问”。程乙本却把“只是”二字改成“凤姐”二字，原来指凤姐的三个“他”字，成为指贾琏而言。这就使并未遇鬼的贾琏，莫名其妙地“神色更变”，使深知贾琏“素日性格”、玩贾琏于股掌之上的凤姐，忽然对贾琏如此战战兢兢，改得非常没有道理。

以上两例，都是甲本原文不误，程、高印行乙本时没有理会原文之意，改而反误。如果他们就是后四十回的续作者，自己改自己的文字，怎么能发生这样的纰缪呢？由此可证甲本不是程、高的伪续，而是作者曹雪芹的残稿。

第一百二回　宁国府骨肉病灾祲　大观园符水驱妖孽

这一回也是比较短的。叙探春远嫁，甚为草草，宝钗前去相看，只说：

饭后到了探春那边，自有一番殷勤劝慰之言，不必细说。

试看第五十六回写探春与宝钗对话，何等细致。现在是将久远分别的时候，为什么倒只笼统地用“一番殷勤劝慰之言”八字就抵过去了？大概这是作者准备补充还没来得及补充的，等于一个故事提纲。其所以篇幅较短，正以此故。

第一百三回　施毒计金桂自焚身　昧真禅雨村空遇旧

《红楼梦》后四十回中，夏金桂的故事占了不少篇幅，把一个封建社会大商人的女儿描绘得淋漓尽致。她有本书中王熙凤的身份，也有《金瓶梅》中潘金莲的性格，正是这类家庭出身的人物，当是作者有意安排的。

第一百四回　醉金刚小鳅生大浪　痴公子余痛触前情

从倪二一点小事，引出张华，由过去一些似乎已经完了的事，转而导致将来贾家被抄之由，这样安排，自然非曹雪芹想不出。

第一百五回　锦衣军查抄宁国府　骢马使弹劾平安州

在上回末尾，是这样写的：

那夜宝玉无眠，到了次日，还想这事，只听得外头传进话来说："众亲朋因老爷回家，都要送戏接风。老爷再四推辞，说不必唱戏，竟在家里备了水酒，例请亲朋过来，大家谈谈。于是定了后儿摆酒请人，所以进来告诉。"不知请何人？下回分解。

可是这回开头却这样说：

话说贾政正在那里设宴请酒，急见赖大急忙走上荣禧堂来……

与上回全不衔接，上回还说"不知所请何人"，而这里已经"设宴请酒"，显然中间缺少一段，可见这里原是雪芹残稿，整理的人没发现这里存有漏洞，或认为虽有漏洞也不大，故遗而未补。如果说后四十回全是程、高的续作，那么，甲本发生这样的漏洞，而且乙本仍未修订衔接，情理上是说不通的。

"查抄"一段，大可注意。"籍没"这种事，过去史籍中不知记载了多少，但查抄的具体情况，任何书中都没有记述过。只有《红楼梦》这一回，是唯一留存于记载的可贵史料。描写得这么详细，气氛这么生动真实，自非身经其境者，或经常听身历者反复叙述的人不办。而高鹗既未被查抄过，亦没有去查抄人家的机会，怎么能写得出来呢？此可断定为雪芹原稿。

第一百六回　王熙凤致祸抱羞惭　贾太君祷天消祸患

这一回写到贾琏与凤姐：

> 且说贾琏打听得父兄之事不大妥，无法可施，只得回到家中，平儿守着凤姐哭泣，秋桐在耳房抱怨凤姐。贾琏走到旁边，见凤姐奄奄一息，就有多少怨言，一时也说不出来。平儿哭道："如今已经这样，东西去了，不能复来；奶奶这样，还得再请个大夫瞧瞧才好啊！"贾琏啐道："呸，我的性命还不保，我还管他呢！"

封建统治阶层的这种夫妻关系，完全建筑在金钱势力上，一朝金尽势消，就会拉下脸来，谁也不认得谁。

这里也写出贾母祷天之词：

> 皇天菩萨在上，我贾门史氏，虔诚祷告，求菩萨慈

悲。我贾门数世以来，不敢行凶霸道。我帮夫助子，虽不能为善，也不敢作恶……

上一回中，薛蝌打听到贾府被弹劾的罪状：使平安州虐害百姓；强占良民之妻为妾；包揽词讼，放利盘剥……这些难道不是“行凶霸道”？难道能算“为善”？这一回紧跟在上一回之后，写出贾母这一套呼天抢地的美化自己的言词，这就更显出他们的无耻和伪善。这是贬斥，是揭发，岂是像高鹗之类的人所能写出来的。

第一百七回　散余资贾母明大义　复世职政老沐天恩

有些人认为“复世职”“沐天恩”与贾氏家产无恙，富贵荣华绵绵不绝，都不符合“白茫茫一片大地真干净”的预言，是后四十回最要不得的地方。这种指责当然也不为无理。但我们已知后四十回的回目是曹雪芹手定的，程本未出之前已经全载于八十回本上。那么，这“复世职”“沐天恩”就也是原回目上已经有的了。程、高即使作伪，也不敢在这关键性的回目上作伪，否则何以取信于熟知后四十回回目的读者？按照今本的写法，就是写出了一个封建大家庭在一场外来的冲击之后，家庭内部一些复杂的矛盾集中爆发，每一个家庭成员的面目和他们之间的利害关系被揭露得一清二楚。这样写也是很有意义的。

第一百八回　强欢笑蘅芜庆生辰　死缠绵潇湘闻鬼哭

这是贾母第二次为宝钗做生日，上次是大观园鼎盛时期，今天是贾府抄家之后；那是黛玉生前，这是黛玉死后。在那次作生日演戏，惹了黛玉生气，致宝玉写了一首偈语又填了一首词，那首词是：

> 无我原非你，从他不解伊，肆行无碍凭来去。茫茫著甚悲愁喜？纷纷说甚亲疏密？从前碌碌却因何？到如今，回头试想真无趣。

现在看来，正是为“潇湘鬼哭”的内容作了注脚。这种前后照应，巧妙而又自然，应是曹雪芹的原稿。

第一百九回　候芳魂五儿承错爱　还孽债迎女返真元

俞平伯《红楼梦研究·后四十回底批评》也承认“五儿承错爱”一节是“较有精采，可以仿佛原作的”，而我则直认这是原作。从这回里，我们也可看到高鹗的文笔与原作的文笔是相差多少。甲本这回里说：

> 那五儿自从芳官去后，也无心进来了。后来听说凤姐叫他进来伏侍宝玉，竟比宝玉盼他进来的心还急。不想进来以后，见宝钗、袭人一般尊贵稳重，看着心里实在敬慕；又见宝玉疯疯傻傻，不似先前的丰致；又听见王夫人为女孩子和宝玉玩笑都撵了，所以把这件事搁在心上，倒无一毫儿女私情了。

乙本却把“所以把这件事搁在心上，倒无一毫儿女私情了”两句改为“所以把那女儿的柔情和素日的痴心，一概搁起”。

还有：

> 一则宝玉抱歉，欲安宝钗之心；二则宝钗恐宝玉思郁成疾，不如稍示柔情，使得亲近，以为“移花接木”之计。于是当晚袭人果然挪出去。宝玉因心中愧悔，宝钗欲笼络宝玉之心，自过门至今日，方才如鱼得水，恩爱缠绵。

当然，“宝玉因心中愧悔，宝钗欲笼络宝玉之心，自过门至今日，方才如鱼得水，恩爱缠绵”这几句开始是重复，下来也不甚衔接，程乙本竟改成“这宝玉固然是有意负荆，那宝钗自然也无心拒客，从过门至今日，方才雨腻云香，氤氲调畅”。

程乙本的两处改动，自然是高鹗手笔无疑，把很有含蓄的语言，改得显露过火，使人觉得肉麻可厌。从这里我们也可分辨出哪些是原文、什么是补笔了。

这回里贾母给宝玉汉玉玦一事，毫无意义，此玉又不是什么稀罕物儿，且与故事无干，可有可无，故颇可能是曹雪芹自说要“删”而未及删的一部分？但在程、高整理时，被保存下来。

第一百十回　史太君寿终归地府　王凤姐力诎失人心

秦可卿之丧，比起史太君之丧，当然是小事了，那时凤姐协理宁国府，是怎样的指挥如意，八面威风；今日虽是抄家之后，但仍是一件大事，可是凤姐已经“力诎失人心”，调度不灵了。这回是作者特意的安排，也是准备使凤姐“历劫返金陵”，不是什么人可以续得出来的。

第一百十一回　鸳鸯女殉主登太虚　狗彘奴欺天招伙盗

秦可卿究竟怎么死的？据脂砚斋批，谓《秦可卿淫丧天香楼》一回，由其劝告而作者删去。因之，今本秦氏之死，似乎只是长期卧病所致。但作者又好像有意留下破绽，让细心的读者去思索，就是可卿病重，医生预言危险期在明年春分，而仔细一排算，可卿之死实际上已过了两年，早已过了医生所预言的危险期，可知别有死因，并非因病。到了死讯传出，又特地写贾府上下“无不纳闷”，即以点出这里面有问题。但无论如何，表面上并没有写出她是上吊而亡。偏偏这一百十一回里写出：

> 只见灯光惨淡，隐隐有个女人拿着汗巾子好似要上吊的样子……鸳鸯呆了一呆，退出在炕上坐下，细细一想道：“哦！是了。这是东府里的小蓉大奶奶啊！他早死了的了，怎么到这里来？必是来叫我来了？他怎么又上吊呢？”

不独点明秦氏，并且说明是上吊死的，也说明秦氏之死，鸳鸯确不知其上吊而死，可以说《红楼梦》第十三回写可卿之死，扑朔迷离，打下了一个哑谜，直到这一百十一回，才把谜底揭出来。如果这后四十回是高鹗他们续的，他们哪里敢这样写呢？这又是后四十回确实据有曹雪芹残稿的一个铁证。

第一百十二回　活冤孽妙姑遭大劫　死雠仇赵妾赴冥曹

贾母出殡，贾政等听到家中被劫，都预备回来，大家辞灵之时，赵姨娘中邪所说一番话，程甲本是不通的；到乙本时，把它照字面改顺，而仍然含糊不清。从这里也可证明高鹗不是由着自己的意思在写在改，而是有曹雪芹的残稿在限制着他，他不得不尽量迁就原稿，详见前文，这里不重复了。

第一百十三回　忏宿冤凤姐托村妪　释旧憾情婢感痴郎

我和大家一样，感到这回和下一回写凤姐之死，不符前书"一从二令三人木"的预言。姑无论"一从二令"该作何解，而"人木"为休字，是明明白白的。前书凤姐动辄以"休了我"挟制贾琏，贾琏亦曾背地发怨言，说总有一天他要把凤姐这个醋罐子打个稀烂。这些也是屡见不一的伏线。"哭向金陵事更哀"，也显然是生休之象，非死诀之形。今本却如此结局，实在差得太远了。但是，这说明了什么呢？是否如某些人所说，说明这是高鹗的伪续呢？我以为恰好相反。高鹗如果是伪续欺人正应该踩着前八十回的步子，一步也不敢走错，岂有撇开前书那样明白的预言和伏线，而费力不讨好地另行安排这么一个结局之理。这个结局与前书的预言伏线明显不符，正是有曹雪芹的原稿在，高鹗只好照样保存下来的又一铁证。

第一百十四回　王熙凤历幻返金陵　甄应嘉蒙恩还玉阙

这回篇幅也比较短，显然也是作者预备“增”而没来得及的。

第一百十五回　惑偏私惜春矢素志　证同类宝玉失相知

前面我们已多方论证，后四十回主要是根据曹雪芹原作残稿。但程伟元、高鹗自己也明明说过曾“略为修辑”，那么这“略为”里面，当然就大有出入。例如本回中就有他们“修辑”的痕迹。紫鹃一见甄宝玉，书中写道：

> 内中紫鹃一时痴意发作，因想起黛玉来，心里说道：“可惜林姑娘死了，若不死时，就将那甄宝玉配了他，只怕也是愿意的？”

黛玉一生，除宝玉外，紫鹃可以说是第二个知己。宝黛爱情的基础是什么，为紫鹃所深知。而这里忽作此以貌取人之想，真乃奇想！紫鹃焉能如此？定可相信这是补者“修辑”进来的。

第一百十六回　得通灵幻境悟仙缘　送慈柩故乡全孝道

“悟仙缘”一回，重复了第五回“神游太虚境”故事，用意似是在结束全书之前，回头加以照应。实则太无此必要，盖意境既不新奇，思想亦未能突过前回，大类画蛇添足，似是仿作。

第一百十七回　阻超凡佳人双护玉　欣聚党恶子独承家
第一百十八回　记微嫌舅兄欺弱女　惊谜语妻妾谏痴人

这两回显然是为赶着结束《红楼梦》十二金钗而安排的，虽然仓卒之中，大致是都完结了。

第一百十九回　中乡魁宝玉却尘缘　沐皇恩贾家延世泽

这是否定后四十回的人们着重指摘的一回，他们认为：

> 这明是高鹗先生底见解来了，所以终之以“中乡魁”“延世泽”等等铜臭话头。——俞平伯《红楼梦研究·辨后四十回底回目非原有》

但是我们已经证明后四十回的回目是曹雪芹第五次修订全书

时已经“纂成”的，而“中乡魁”“延世泽”既明见于回目，那么这些也就是曹雪芹的安排，不能说是“高鹗先生底见解”。至于这些是否“铜臭话头”，也还大可商量。回目已经明说，宝玉并非通过“中乡魁”而走上他素所反对的“国贼禄蠹”的道路，相反地，倒是如书中所写，以此为“却尘缘”的一个步骤，向黛玉实践了“你死了，我做和尚去”的誓言。而且，宝玉所舍弃的，并非一个一败涂地的家庭，却是一个“沐皇恩”而又“延世泽”的家庭，这就更见出他的决绝。我们闻不出这里有什么“铜臭”。特别是宝玉辞家那一段，句句沉痛，句句决绝，而以宝玉仰天狂笑说“走了，走了，别胡闹了”来结束，更是惊心动魄，一字千钧，非曹雪芹写不出。

第一百二十回　甄士隐详说太虚情　贾雨村归结红楼梦

这一回里叙到贾政：

> 一日行到毗陵驿地方，那天乍寒，下雪，泊在一个清静去处……自己在船中写家书，先要打发人起早到家。写到宝玉的事，便停笔，抬头忽见船头上微微的雪影里面一个人，光着头，赤着脚，身上披着一领大红猩猩毡

的斗篷，向贾政倒身下拜……

这是贾宝玉最后的形象。他已没有一句话，他的话在狂笑出家门时已经说完了。此时他已是与人世决绝之身，只是离家时未曾辞父，还有这么一点“尘缘”，需要来此一“却”而已。这一“却”之后，他与这个人世就再也没有任何一点关系，留下来的只有贾政面前的“白茫茫一片大地真干净”而已。的确描绘的不同一般，构想清奇，只有曹雪芹才能有这样手笔，绝不是像程、高辈所能想象到而写得出的。

最后用贾雨村碰到甄士隐结尾，照应了前书第一、二回，尤其末后一诗：

说到辛酸处，荒唐愈可悲。由来同一梦，休笑世人痴。

这和这一回：

满纸荒唐言，一把辛酸泪。都云作者痴，谁解其中味。

前后照应周到，诗也淳朴有真情，两首显然同出一手。

这回里薛姨妈指定香菱为薛蟠媳妇，这段俞平伯认为是高续书的一个重要证据。俞平伯认为香菱受夏金桂的压迫折磨而死，在第五回册子上原有“自从两地生孤木，致使芳魂返故乡”这样的明文。续书人不解，以致搞错（《红楼梦随笔·香菱地位的改变》）。

其实，事情恰好相反。“一从两地生孤木，致使芳魂返故乡”这样的明文，高鹗水平再低，也不至于看不懂。如果他真是要伪续欺人，正应该按这个明文预言，写香菱被金桂折磨死或毒死，才合情理。而他没有这样做，却使香菱结局与前面的明文预言大不相符，这是为什么呢？很简单，他所得到的曹雪芹残稿就是这样写的，他没有办法改变，如此而已。由此可知，“芳魂返故乡”是曹雪芹第五次删改《红楼梦》开始时安排的，而香菱最后竟成为薛蟠的媳妇，则是尚未经第五次增删的第四次原稿的情况，怎么能指为“续书人不解，致使搞错”，而强定为高鹗的续书呢？但一百三回回目上又明明说“施毒计金桂自焚身”，可见今本金桂那样的结局，也是雪芹的安排。那么，他打算把香菱的结局改为死于金桂之手时，究竟是打算写成金桂毒死了香菱，同时不慎也毒死了自己呢？还是另有我们想象不到的安排呢？这就无从推断了。

这回里写到袭人嫁玉函一事，的确有点草草收场，没能表达出两个人的思想活动，在结束时有这样一段文字：

> 看官听说：虽然事有前定，无可奈何，但孽子孤臣，义夫节妇，这“不得已”三字，也不是一概推委得的，此袭人所以在“又副册”也。正是前人过那桃花庙的诗上说道：
>
> 千古艰难惟一死，伤心岂独息夫人！

俞平伯在《红楼梦研究·高鹗续书的依据》中曾有这样一段议论，他认为：

> 高氏在第一百二十回，明点“好一个柔顺的孩子”正是照应册子上所谓“枉自温柔和顺，空云似桂如兰”。惟他以袭人不能守节，所以贬在又副册中，实在离奇得很。册子中分“正”“副”“又副”，何尝含有褒贬的意义？高氏在这一点上，却真是“向壁虚造”了。

我认为俞先生的看法未必恰当。我也不回避“向壁虚造”的嫌疑。我觉得写袭人嫁蒋玉函一段，正是雪芹残稿，而这段偏偏可能是脂砚看过的。“看官听说……”一段文字，则是脂砚的批语，混入正文。因为在事后夹注议论，全书实无此例。如果说高鹗有意续书作伪，他也不会违反前书之例，忽然来这么一段，以露破绽。只有看作误入正文的批语，最为合理。至于这正册、副册、又副册原是按身份地位来区分，并无褒贬之意。这也是对的。但脂批的见解本来就不太高明，其中误解原作之处正多得很哩。

除了从故事情节方面可以看出后四十回是曹雪芹的残稿外，我们还可以从一种写作形式，来证明后四十回是根据曹雪芹残稿整理而成的。

这种形式，就是在叙述一段故事之后，接着用“正是”二字，再接着是两句诗语，如第二回：

谁知他命运两济，不承望自到雨村身边，便生一子；又半载，雨村嫡配忽染疾下世，雨村便将他扶作正室夫人。正是：

偶因一回顾，便为人上人。

又第二十六回：

原来黛玉秉绝代之姿容，具稀世之俊美，不期这一哭，那些附近的柳枝花朵上宿鸟栖鸦，一闻此声，俱“忒楞楞”飞起远避，不忍再听。正是：

花魂点点无情绪，鸟梦痴痴何处深。

又第二十八回：

因此，一而二，二而三，反复推求了去，真不知此时此际，如何解这段悲伤！正是：

花影不离身左右，鸟声只在耳东西。

这种形式，在前八十回中是少见的。但中国过去写作小说，这是一种经常使用的形式，像《忠义水浒传》就是这样，相距不远的地方，便使用两句或四句一首的诗语，《三国演义》《西游记》也都采用这种形式。可见曹雪芹写作初稿时，必然也是套用这种形式。而在后来两次、三次、四次、五次修改过程中，他觉得这种写法没有什么必要，便陆续把它们删掉，而只少数保留下来。

但在第八十回之后，我们却发现好多处使用这种形式，如第八十五回写到贾政升任郎中，贾政谢恩、给宗祠磕头、拜客等事，书中这样写：

> 这里接连着亲戚族中的人来来去去，闹闹攘攘，车马填门，貂蝉满坐，真个是：
>
> 花到正开蜂蝶闹，月逢十足海天宽。

又如第八十七回，写黛玉独坐，看到宝玉当日送来的绢子，剪破的旧香囊、扇袋并通灵宝玉上的穗子等物，雪雁送小毛儿衣裳来时，看见黛玉手中却拿着两方帕子，上边写着字迹，在那里对着滴泪呢。

> 正是：
>
> 失意人逢失意事，新啼痕间旧啼痕。

又如第八十九回，写宝玉去看黛玉，

> 但见黛玉身上穿着月白绣花小毛皮袄，加上银鼠坎肩，头上挽着随意云髻，簪上一枝赤金扁簪，别无花朵；

腰下系着杨妃色绣花绵裙，真比如：

亭亭玉树临风立，冉冉香莲带露开。

还有在第八十九回上：

次日，黛玉清早起来，也不叫人，独自一个呆呆的坐着。紫鹃醒来，看见黛玉已起，便惊问道："姑娘怎么这样早？"黛玉道："可不是！睡得早，所以醒得早。"紫鹃连忙起来，叫醒雪雁，伺候梳洗。那黛玉对着镜子，只管呆呆的自看。看了一回，那珠泪儿断断连连，早已湿透了罗帕。

正是：

瘦影正临春水照，卿须怜我我怜卿。

第九十回还是接着第八十九回的故事，也有这样一段：

凤姐因叫紫鹃，问道："姑娘也不至这样，这是怎么说：你这样吓唬人！"紫鹃道："实在头里看着不好，才敢告诉的。回来见姑娘竟好了许多，也就怪了！"贾母笑道："你也别信他，他懂得什么？看见不好就言语，这倒是他明白的地方。小孩子家不嘴懒脚懒就好。”说了一回，贾母等料着无妨，也就去了。

正是：

心病终须心药医，解铃还是系铃人。

从第九十回之后，一直到第一百十九回，重又出现引诗为证的形式，这里写的是宝玉辞家去应试：

独有王夫人和宝钗娘儿两个倒像生离死别的一般，那眼泪也不知从那里来的，直流下来，几乎失声哭出。但见宝玉嘻天哈地，大有疯傻之状，遂从此出门而去。

正是：

走来名利无双地，打出樊笼第一关。

从上面所摘录的一些材料来看，无论是前八十回中的，还是后四十回中的，显然都是中国小说传统写法的因袭，完全不是有什么必要。中国长篇章回小说，起源于话本，而这种“正是”之后引两句诗的形式，正是说书人常用的。曹雪芹的长篇小说，本来已经突破了“话本”的传统。但这个突破，仍是一个过程，是在他“披阅十载，增删五次”，“十年辛苦不寻常”的过程中逐步完成的。可以想象，他最初“纂成目录，分出章回”时，一定大量采用了这种“正是”之后引诗两句的形式。但他后来几次增删，觉得这些是多余的，便逐一删去，只是偶然留下删除未净的几处来。

上面所说，并非主观臆测，而是有列宁格勒《红楼梦》抄本为证。潘重规一九七三年十一月在香港《明报月刊》八卷十一期所发表的《读列宁格勒〈红楼梦〉抄本记》中说：

> 还有，我们知道影印庚辰本原缺第六十四回，是用己卯本的补抄本来填补的。现在苏联抄本的第六十四回，回目《幽淑女悲题〈五美吟〉，浪荡子情遗九龙佩》，……回末作：“正是：只为同枝贪色欲，致教连理起戈矛。”这种……类型，乃是早期《红楼梦》的形象，以后才逐渐删改净尽的。

他的看法和我一样，也把这种引诗为证的形式，定为曹雪芹早期撰写《石头记》的形式，但却不知道正为这种形式，证明了后四十回中保存了大部分曹雪芹的原稿。道理很明白：如果后四十回完全是高鹗的续作，他要么大量地普遍地采用这种形式，要么完全不用，决不会突兀地只在那么几处用出来。现在我们认为，后四十回中这几处“正是”，显然是由于曹雪芹残稿中就有这删除未净的地方，高鹗不过保存原样而已，这就没有什么奇怪，完全可以理解了。

总之，可以肯定后四十回回目是曹雪芹第五次“增删”时“纂成”的，而后四十回文字，主要是曹雪芹原稿，其残损或删而未补的，由程、高补缀了一部分也是有的。至若像《脂观斋重评石头记》的一些批语中涉及的后四十回的情节，如史湘云嫁与卫若兰、凤姐扫雪拾玉、甄宝玉送玉等，今本后四十回中偏偏都没有，这也是论者否定今本后四十回的一条理由。我认为这条理由也不能成立。因为这些批语只能证明曹雪芹曾经写过这些，不能证明他是在哪一次“增删”时写的。如果我们设想，他在第二或第三次修订时，已经删去了这些，所以程、高搜集到的后四十回残稿（即第四次稿）上面都没有，不也是很合情理的么？

程、高劣笔

晴雯被逐，宝玉私探，在华文书屋程、高摆印本上叙述了这样一段事：

一语未完，只见他嫂子笑嬉嬉掀帘进来道："好呀！你两个的话我已都听见了。"又向宝玉道："你一个做主子的，跑到下人房里来做什么！看着我年轻长得俊，你敢只是来调戏我么？"宝玉听见，吓得忙陪笑央及道："好姐姐，快别大声的。他伏侍我一场，我私自来瞧瞧他。"那媳妇儿点着头儿，笑道："怨不得人家都说你有情有义的？"便一手拉了宝玉进里间来，笑道："你要不叫我嚷，这也容易，你只是依我一件事……"说着，便自己坐在炕沿上，把宝玉拉在怀中，紧紧的将两条腿夹住。宝玉那里见过这个，心内早突突的跳起来了，急得满面红胀，身上乱战，又羞又愧，又怕又恼，只说："好姐姐，别闹……"那媳妇乜斜了眼儿笑道："呸！成日家听见你在女孩儿们身上做工夫，怎么今儿个就发起讪来了？"宝玉红了脸，笑道："姐姐撒开手，有话咱们慢慢儿的说。外头有老妈妈听见，什么意思呢？"那媳妇哪肯放，笑道："我早进来了，已经叫那老婆子去到园门口儿等着呢。我等什么似的，今日才等着你了！你要不依我，我就嚷起来，叫里头太太听见了，我看你怎么样！你这么个人，只这么大胆子儿。我刚才进来了好一会子，在窗下细听，屋里只你两个人，我只道有些个体己话儿，这么看起来，你们两个人竟还是各不相扰儿呢！我可不能像他那么傻。"说着就要动手。宝玉急的死往外拽。正闹着，只听窗外有人问道："晴雯姐姐在这里住呢不是？"那媳妇也吓了一跳，连忙放了宝玉。这宝玉已经吓怔了，听不出声音。外边晴雯听见他嫂子缠磨宝玉，又急又躁又气，一阵虚火上攻，早昏晕了过去。（第七十七回，据乙本）

把晴雯的嫂子写成一个荡妇，极为不堪。

但在庚辰本《脂砚斋重评石头记》上却是这样写的：

一语未了，只见他嫂子笑嘻嘻掀帘子进来道：“好呀！你两个的话我也都听见了。”又向宝玉道：“你一个主子的，跑到下人房里作什么？看我年轻又俊，敢是来调戏我么？”宝玉听说，吓的忙陪笑央告道：“好姐姐，快别大声。他扶侍我一场，我私自来瞧瞧他。”灯姑娘便一手拉了宝玉进里面来，笑道：“你不叫嚷也容易，只是依我一件事。”说着，便坐在炕沿上，却紧紧的将宝玉搂入怀中。宝玉如何见过这个，心内早突突的跳起来了，急的满面红涨，又羞又怕，只说：“好姐姐，别闹……”灯姑娘乜睁醉眼笑道：“呸！成日家所见你风月场中惯作工夫的，怎么今日就反讪起来？”宝玉红了脸笑道：“姐姐放手，有话咱们好说。外头有老妈妈听见是什么意思。”灯姑娘笑道：“我早进来了，却叫婆子去园门那里等着去了。我等什么似的，今儿等着了你。虽然闻名不如见面，空长了一个好模样儿，竟是没药性儿的炮仗，只好粧幌子罢了，到比我还发讪怕羞。可知人的嘴一概听不得的：就比如方才我们姑娘下来，我也料定你们素日偷鸡盗狗的；我进来一会，在窗下细听：屋内只你二人，若有偷鸡盗狗的事，岂有不谈及于此。谁知你两个竟还是各不相扰。可知天下委屈事也不少。如今我反后悔错怪了你们。既然如此，你但放心，以后你只管来，我也不罗皂你。”宝玉听说，才放下心来，放起身整衣，央告道：“好姐姐，你千万照看他两天，我如今去了。”说毕起来……

两段故事，前半大致相同，后半程、高摆印本形容颇趋下流；而庚辰本则摇笔突转，写来大似一侠义之女，固非一平常之荡妇。雪芹原稿所塑造的这个特异的形象，被程、高改笔一下子毁掉了。

不仅如此，程、高摆印本中，“淫妇”的形象一再出现，这也是雪芹原稿所没有的。推其原因，也是因为雪芹原稿叙事原有未圆之处。庚辰本《脂砚斋重评石头记》第二十一回是这样写的：

不想荣国府内有一个极不成器破烂酒头厨子，名唤多官。人见他懦弱无能，都唤他作“多浑虫”。因他自小父母替他在外娶了一个媳妇，今年方二十来往年纪，生得有几分人才，见者无不羡爱。他生性轻浮，最喜拈花惹草。多浑虫又不理论，只是有酒有肉有钱，便诸事不管了。所以荣、宁二府之人，都得入手。这个媳妇美貌异常，轻浮无比，家人都呼他作“多姑娘儿”。

这里写的“破烂酒头厨子”并没说明是晴雯的表哥，他的媳妇是“自小父母替他在外娶”的。可是到第七十回上，却说他们是：

这晴雯当日系赖大家用银子买的，那时晴雯才得十岁，尚未留头。因常跟赖嬷嬷进来，贾母见他生得伶俐标致，十分喜爱，故此赖嬷嬷就孝敬了贾母使唤，后来所以到了宝玉房里。这晴雯进来时也不记得家乡父母，只知有个姑舅哥哥，专能庖宰，也沦落在外，故又求了赖家的收买进来吃工食。赖家的见晴雯虽在贾母跟前千伶百俐嘴尖，为人却到还不忘旧，故又将他姑舅哥哥收买进来，家里一个女孩子配了他。成了房后，谁知姑舅哥哥一朝身安泰，就忘却当年流落时，任意吃死酒，家小也不顾。偏又娶了个多情美色之妻，见他不顾身命，不知风月，一味死吃酒，便不免有兼葭倚玉之叹，红颜寂寞之悲。又见他器量宽宏，并无嫉衾妬枕之意，这媳妇遂恣情重欲，满宅内便博揽雄收，两府里上上下下竟一半是他考试过的。若问他夫妻姓甚名谁？便是上回贾琏所接见的多浑虫灯姑娘儿的便是了。

这里多浑虫变成了晴雯的姑舅哥哥，他的媳妇变成赖大家把“家里一个女孩子配了他”的，前后不符，又把多姑娘儿改为“灯姑娘儿”把她写成是一个“博揽雄收，两府里上上下下竟一半是他考试过的”，像柳宗元《河间妇传》里一样的人物。但突然又在宝玉身上显出大类郭解、朱家仙的一个挺身仗义之徒。

程、高摆印本中多浑虫不是晴雯的姑舅哥哥，多浑虫的媳妇是“多姑娘儿”，《红楼梦》（据程乙本）第二十一回云：

> 不想荣国府内有一个极不成材破烂酒头厨子，名叫多官儿，因他懦弱无能，人都叫他作“多浑虫”。二年前，他父亲给他娶了个媳妇，今年才二十岁，也有几分人材，又兼生性轻薄，最喜拈花惹草。多浑虫又不理论，只有酒有肉有钱，就诸事不管了。所以宁荣二府之人，都得入手。因这媳妇妖调异常，轻狂无比，众人都叫他“多姑娘儿”。

到贾二舍偷娶尤二姨时，这多姑娘儿变成了鲍二的老婆，据《红楼梦》第六十四回：

> 忽然想起家人鲍二来，当初因和他女人偷情，被凤姐打闹了一阵，含羞吊死了，贾琏给了一百银子，叫他另娶一个。那鲍二向来却就合厨子多浑虫的媳妇多姑娘有一手儿，后来多浑虫酒痨死了，这多姑娘见鲍二手里从容了，便嫁给了鲍二。

这就是多姑娘儿最后的一见。

意外的是庚辰本《脂砚斋重评石头记》却正缺这一回，不过根据第七十七回所叙，并没有多浑虫酒痨病死再嫁鲍二一事。

这显然是程、高发现第六十五回中提到鲍二家的，而鲍二家的在第四十四回凤姐泼醋时已经死去，这是《石头记》的漏笔，遂移花接木，把多姑娘儿嫁与鲍二，而使多浑虫酒痨病死。

但多浑虫既已酒痨病死，多姑娘儿又已改嫁鲍二，那么晴雯的姑舅哥哥和嫂嫂便落了空，于是添出一个吴贵（乌龟）来，在第七十七回上：

却说这晴雯当日系赖大买的，还有个姑舅哥哥叫做吴贵，人都叫他贵儿。那时晴雯才得十岁，时常赖嬷嬷带进来，贾母见了喜欢，故此赖嬷嬷就孝敬了贾母。过了几年，赖大又给他姑舅哥哥娶了一房媳妇。谁知贵儿一味胆小老实，那媳妇却伶俐，又兼有几分姿色，看着贵儿无能为，便每日家打扮的妖妖调调，两只眼儿水汪汪的，招惹的赖大家人如蝇逐臭，渐渐地也做出些风流勾当来。

于是《红楼梦》里有多姑娘儿、鲍二家的、吴贵媳妇三个淫妇，人物形象既然重复了，把故事也全庸俗化了。

“雪芹旧有《风月宝鉴》之书”

（一）

今天《红楼梦》的读者都知道：贾宝玉的前身，是女娲炼石补天用剩下来的一块顽石。它经过女娲的锻炼，性已通灵，能够各处行走，于是它到了警幻仙子之处，被仙子留在“赤霞宫”，名之为“神瑛侍者”。这位“侍者”又在西方灵河岸上，遇着一棵绛珠仙草，这又是林黛玉的前身……

对于这样一番惝恍迷离的情节，人们因为它是神话，通常都不去深思细想，其实，稍一留意，就有一个教人纳闷的地方。所有关于顽石的神话，从它“无才补天”，到它“幻形入世”，中间包括顽石化为通灵宝玉，通灵宝玉而仍为顽石，以至“木石前盟”与“金玉良缘”的矛盾，等等，所有这些，思想上都是完全可以理解的，艺术形象的塑造和情节的结构上都是完全必要的。可是“神瑛侍者”是怎么一回事呢？凭空岔出一个警幻仙子，给顽石取上这么一个名字，这究竟是什么意思？艺术形象的塑造和情节的结构上有什么必要呢？实在不容易使人想得清楚。

其实，故事原来并不是这样的。试看甲戌本《脂砚斋重评石头记》第一回：

> 那僧笑道：“此事说来好笑，竟是千古未闻的罕事！只因西方灵河岸上、三生石畔有绛珠草一株，时有赤瑕宫神瑛侍者日以甘露灌溉，这株绛珠草便得久延岁月……”

原来这里只有一个神瑛侍者，并没有那块鼎鼎大名的顽石；同时也并没有什么警幻仙子，而那座赤瑕宫，看文义，原来就在西方灵河岸上，并不在什么警幻仙子之处，神瑛侍者当然也就与警幻仙子毫无关系。

到了程伟元第一次摆印本，即所谓程甲本，故事改成这样：

> 那僧道：“此事说来好笑。只因西方灵河岸上、三生石畔有绛珠草一株，那时这个石头因娲皇未用，却也落得

> 逍遥自在，各处去游玩。一日来到警幻仙子处，那仙子知他有些来历，因留他在赤霞宫居住，就名他为‘赤霞宫神瑛侍者’。他却常在灵河岸上行走，看见这株仙草可爱，遂日以甘露灌溉。这绛珠草始得久延岁月……”

娲皇未用的那块顽石出现了，警幻仙子也出现了，赤霞宫从西方灵河岸上搬到警幻仙子之处了，“神瑛侍者”成了警幻仙子赐予那块顽石的名号了。这实在是一个很大的改动。但是，行文脉络仍然突出在西方灵河岸上，似乎这块顽石本来就在灵河岸上，偶然来到警幻仙子之处，虽已被收留，仍然不忘故处，常去行走。

到了程伟元第二次摆印本，即所谓程乙本，又改成这样：

> 那僧道：“此事说来好笑。只因当年这个石头，娲皇未用，自己却也落得逍遥自在，到各处去游玩。一日来到警幻仙子处，那仙子知他有些来历，因留他在赤霞宫中，名他为‘赤霞宫神瑛侍者’。他却常在西方灵河岸上行走，看见那灵河岸上、三生石畔有棵绛珠仙草，十分娇娜可爱，遂日以甘露灌溉，这绛珠草始得久延岁月……”

警幻仙子之处更突出了，而那个西方灵河岸上，只是神瑛侍者（顽石）常去行走之地，不是他的旧游之所了。

为什么这么一段情节，要这样一改再改？为什么一改再改之后，仍有令人纳闷的破绽？

只有一个解释：西方灵河岸上的神瑛侍者和警幻仙子之处的顽石，原是两回事，各不相干，经过勉强捏合像甲戌本那样，实在与前面顽石不相照应，程伟元感到必须加以衔接，于是一改再改。但总有不可掩饰的痕迹，终于便留下了令人细想起来不免纳闷的破绽。

这是不是纯粹凭空的假设呢？不，证据是有的。我们可以证明：《红楼梦》是有几部内容不同，书名不同的初稿。

甲戌本《脂砚斋重评石头记》第一回有这样的一段：

> 遂易名为情僧，改《石头记》为《情僧录》。至吴云峰题曰《红楼梦》，东鲁孔梅溪则题曰《风月宝鉴》。后因曹雪芹于悼红轩中，披阅十载，增删五次，纂成目录，分出章回，则曰《金陵十二钗》。

这里一口气提到三个人名、五个书名，而归结到最后的曹雪芹“披阅十载，增删五次”，我们应该怎样理解呢？《儿女英雄传评话》首回也曾自叙该书有过几个不同的书名，鲁迅先生评云：“多立异名，摇曳见态，亦仍为《红楼梦》家数也。”（《中国小说史略》第二十七篇）可见鲁迅先生对于《红楼梦》之所以要把本书的一些异名都写出来，看作是一种“摇曳见态”的艺术手法。但为什么要这样写出来，达到什么艺术效果，是一件事；所写的是否有事实根据，则是另一件事。鲁迅先生说《儿女英雄传评话》“多立异名”，显然是认为，那些异名，不过是为了达到“摇曳见态”的艺术效果，有意想出来的。至于《红楼梦》是不是相同的情况，鲁迅先生没有说，我们现在不妨加以探讨。

我们认为：《红楼梦》那些异名，并不只是为了“摇曳见态”而有意想出来的，它们事实上是存在过的。《石头记》首回把这些异名都写出来，一方面可以造成“摇曳见态”的艺术效果，一方面也是把实际情况向读者作一个交代。

《石头记》这一书名确实存在过，这是大家都知道的，不用多说了。成问题的是，另外三个书名，《风月宝鉴》《金陵十二钗》《情僧录》，是否确实存在过？以及几种异名之间的相互关系，究竟是怎样的？

我们现在有证据可以证明的，是《风月宝鉴》确有其书。甲戌本《脂砚斋重评石头记》首回历叙本书异名那一段文字上，恰巧有一条朱笔批语：

> 雪芹旧有《风月宝鉴》之书，乃其弟棠村序也。今棠村已逝，余睹新怀旧，故仍因之。

这当然是脂砚斋的批语，这不但证明了《风月宝鉴》的书名确曾存在，而且证明了那是曹雪芹旧时已经写成，并由其弟棠村作了序的另一部稿子。这里最重要之点是：题名《风月宝鉴》的那部成稿，是与今所见的《石头记》（更不说一百二十回的《红楼梦》）不相同的另一部旧稿，《风月宝鉴》并不单纯是《石头记》或《红楼梦》的一个异名。

那么，那部《风月宝鉴》的下落怎样了呢？甲戌本《脂砚斋重评石头记》在书首凡例所载《红楼梦旨义》有云：

> 是书题名极多，《红楼梦》是总其全部之名也。又曰《风月宝鉴》，是戒妄动风月之情。又曰《石头记》，是自譬石头所记之事也。此三者，皆书中曾已点睛矣。如宝玉做梦，梦中有曲名曰《红楼梦》十二支，此则《红楼梦》之点睛；又如贾瑞病，跛道人持一镜来，上面即錾"风月宝鉴"四字，此则《风月宝鉴》之点睛；

又如道人亲眼见石上大书一篇故事，则系石头所记之往来，此则《石头记》之点睛处。然此书又名《金陵十二钗》，审其名，则必系金陵十二女子也，然通部细搜检去，上中下女子，岂止十二人哉！……

把这段《旨义》和曹雪芹前面自述增删五次的书名对看，这里不提《情僧录》，否定了《金陵十二钗》，只保留了三个书名：《红楼梦》《风月宝鉴》《石头记》。这是什么缘故？可能因为《情僧录》就是《石头记》，只是同稿异名，别无其他意义。它提到《金陵十二钗》，但是却持一种否定态度，究竟是说这书名取得不好，还是什么别的意思，现在也无法弄清楚。但有一点是明白的，就是它只承认了《红楼梦》《风月宝鉴》《石头记》三个名称，而且明确叙述了三者之间的关系。

《旨义》把《红楼梦》作为“总其全部之名”，这就是说，它与那另外两个书名，是一个总名与两个分支的关系。《风月宝鉴》是讲“戒妄动风月之情”的，而《石头记》是“自譬石头所记”之事的。《风月宝鉴》固然是另一部旧稿，而这里所谓《石头记》也是指不包括许多“妄动风月之情”的故事、与今所见八十回本《石头记》不同的《石头记》。把这两个故事冶于一炉，就成了总名为《红楼梦》的一部大著作。曹雪芹的旧作《风月宝鉴》的下落，就是与原来那部《石头记》一起，被熔铸吸收在《红楼梦》中了。

现在就很清楚，那警幻仙子之处的顽石，是原来那部《石头记》的开头；而那西方灵河岸上的神瑛侍者，则是《风月宝鉴》的开头。到了《红楼梦》，便把二者捏合为一，而仍留下了那个令人细想起来不免纳闷的痕迹。

不仅如此，勉强捏合的痕迹还有一处。

今本《石头记》也好，《红楼梦》也好，它们的开头都是一样的，都是从娲皇氏用剩的一块顽石开始，由一僧一道作为引线，把这场故事发展开来。接着便转入甄士隐在书房中昼寝，梦见这两个人，从而说到灵河岸上一株绛珠草的原委。

这也是经不起细想的，既然故事是记载在这块顽石上的，又何必翻过来由甄士隐这一梦而重新开始呢？如果是要写甄士隐，则不须先叙石头和这篇议论，或者直接把这石头和这议论融化在甄士隐梦中，也未尝不可。为什么偏要重重叠叠来这样一个反复呢？

我们已经从甲戌本看到，一僧一道所说的故事中，本来只有那西方灵河岸上的神瑛侍者，并没有什么警幻仙子和顽石。既然西方灵河岸上的神瑛侍者原来只是《风月宝鉴》的开头，那么，这一僧一道，连同甄士隐的一梦，原来也只是《风月宝鉴》的开头。前面顽石的故事，才是“自譬石头所记之事”的原来那部《石头记》的开头。后来把两个开头捏合起来，才会出现今天这样已经开头重又开头的现象。

（二）

那么，《红楼梦》中，哪些成分可能是从《风月宝鉴》中吸收来的呢？这就没有直接的证据，只能凭一些线索来推测。第一个线索是，故事内容是“戒妄动风月之情”的。第二个线索是，风格笔致与其他部分不大一样的，也就是多少有些“风月小说”味道的。第三个线索是，故事安排结构有不衔接的痕迹的。

从这三个线索来推测，可能原属《风月宝鉴》的故事，大致有这样一些。

一、凤姐和贾瑞的故事：这里直接出现了那面“风月宝鉴”，正是《红楼梦旨义》明白指出的所谓“点睛”之文，这故事接在凤姐去看可卿的病之后。第十四回张太医谈可卿的病：“今年一冬是不相干的，总是过了春分，就可望痊愈了。”这是一般医生委婉的说法，也就是说这病到明年春分时节是一关口，也许到那时就要死的。作者这里这样写上，正是一个伏笔，显然预备她结束在明年春分时候。可是在增删的时候，又把《风月宝鉴》中贾瑞的一段故事插进来，因之把可卿之死延长了一年，使张太医的预言落了空。

这段里“贾瑞病倒，各种症候不上一年都添全了”句，苕溪渔隐的《痴人说梦》和蝶芗仙史评本《红楼梦》都说“旧钞本‘年’作‘月’”。所谓“旧钞本”不知何指，这样的旧钞本，至今我们也没有见过，恐怕他们都是感觉到凭空多一年的矛盾，便以意校改“一年”为“一月”，冀以弥缝这个漏洞，而托之于“旧钞本”罢了。如果知道贾瑞的故事是增删时从《风月宝鉴》移植过来的，这矛盾也就可以理解了。

二、秦可卿的故事：《红楼梦》曲子第十三支〔好事终〕说秦可卿“擅风情，秉月貌，便是败家的根本”，似乎也是点明“风月”二字的“点睛”之文。她与贾珍的故事，即被删去的“天香楼”一段，虽已无从得知其详，但相信应该是《风月宝鉴》中的故事。至于她与宝玉的故事，却不好说，因为贾宝玉正是在她房中梦见警幻仙子，听到《红楼梦》曲的。不过在《风月宝鉴》里可能有相类的故事，因而某一部分被移植过来。例如写可卿房中铺陈摆设，绝不是一向贾府中有的，那种笔墨也与其他部分不同，有很浓的“风月小说”的味道。

三、贾琏的故事：包括尤二姐、鲍二家的和多姑娘儿的故事。贾琏和多姑娘儿这段故事，借巧姐出痘安排出来，我们把《红楼梦》这段情节仔细排比一下：

正月十五日，元妃省亲。

十六日，元妃见驾谢恩。

次日，袭人病。

次日，史湘云来。

次日，宝玉续《胠箧》篇。

次日，巧姐出痘。

×日，巧姐毒尽斑回。

××日后，巧姐痘痊，送神祭天祀祖。

二十一日，宝钗生日，贾母置酒。

按宝钗生日乃正月二十一日，书有明文，距元妃省亲不过五天。在这短短五天之内，又如何容纳得下巧姐出痘以至痊愈，另外还要加上“十二日后送了娘娘”这样一个全过程呢？

可见原来是宝玉续《胠箧》篇之后，便直接写宝钗生日，日数正符。偏偏作者把《风月宝鉴》多姑娘儿这段事插进来，遂致加长了时间，而发生这样的问题。

话石主人《红楼梦精义》说：“十五省新，失检。按宝钗生日是正月二十一日。生日在大姐儿喜事还愿后，喜事在省亲后。似宜改作元旦，时日方宽，且与元妃送灯谜合。”他看出问题来，但他不知为什么会有这种误差的缘故，遂主张把省亲事移前。殊不知就是这样改法，也容纳不下巧姐出痘这一回事。

四、秦钟的故事：秦钟当然是“情种”的借音。想这类借音如以“英莲”影“应怜”、“霍起”影“祸起”、“冯渊”影“逢冤”一类的写法，大概都是《风月宝鉴》上的。“秦钟”既影“情种”，自必与“风月”有关。而且《红楼梦》里如《茗烟闹书房》之香怜、玉爱，《得趣馒头庵》之智能，无不是“妄动风月之情”的事。

馒头庵即水月庵的故事的安排，还有一个漏洞。试想以铁槛寺的规模，以凤姐的地位与身份，难道布置不出一处为她们居住的地方？而故事偏偏安排她住到水月庵去，固然是为了老尼静虚说人情事，但从回目看，作者明明是预备《王凤姐弄权铁槛寺》的，并没安排在水月庵。那么可以想见其所以移到水月庵的缘故，主要是给“秦鲸卿得趣”而已。所以故事移了地点而回目没有改动，这也许是疏忽了罢？

同时水月庵关系到后来贾芹与一些小尼姑的事，也是属于“风月之情”一类的。

五、薛蟠的故事：薛蟠的故事，从抢香菱、打死冯渊开始，经过香怜、玉爱，“调情遭苦打”，直到酒店里争风打死人命，没有不是关系“妄动风月之情”的事；包括夏金桂、宝蟾和薛蝌的故事，也是道地的“风月故事”。

六、尤氏姊妹的故事：尤氏姊妹二人在《红楼梦》中，占了相当多的篇幅，当然二姐是个可怜人物，但三姐却不一样，有独特的性格，豪爽与机智，是在那封建社会中被压迫而不甘心于被玩弄、想突破樊笼的女性。但是显然她们两个不是《石头记》里的人物，而是一种“妄动风月之情”的人物。并且从三姐来说，她的故事完了，柳湘莲的故事也完了，可见这一组人物不是为《石头记》安排的，可以断定这些事是《风月宝鉴》中的文字。

七、妙玉的故事：这个高洁的女尼，住在大观园里，显出她独特的性格，不与世合，不随俗转，可是《坐禅寂走火入邪魔》，自是“妄动风月之情”所致。

八、傻大姐与司棋的故事：《石头记》中只能在蔷薇架下捡那只金晃晃的麒麟，却偏偏这里傻大姐捡着个花红柳绿的绣香囊，虽然两件是绝不相同的事，可是也是一种重复，应该不是一部书中所有而是归并来的。司棋的事当然也属于“风月之情”的一类。

今本《红楼梦》中可以推想来自《风月宝鉴》的成分，大致有以上这些。这些“风月故事”中的人物，薛蟠兄弟，金桂、宝蟾、香菱都是薛家的，柳湘莲是与薛蟠有关的，尤三姐又是与柳湘莲有关的，再推而广之，贾珍、贾琏是薛蟠的一伙，贾瑞也曾与薛蟠有暧昧关系，这样看来，说不定原来那部《风月宝鉴》竟是以薛家为主线的？如果是这样的话，《风月宝鉴》之所以从甄士隐一梦开头，更可以理解了，因为从甄士隐的女儿英莲，正好引出了薛蟠的故事。

以上这些“风月故事”，无论在《红楼梦》中，还是在今本《石头记》中，毕竟都是占从属的、陪衬的地位。此外就都是“自譬石头所记”的故事，即原来那部《石头记》的故事，则是主要的地位。就也可以理解一个问题，今本《石头记》已经不是原来那部《石头记》，而是原来那部《石头记》和《风月宝鉴》的汇合。为什么它仍以《石头记》为题，而不以《风月宝鉴》为题？这就因为汇编两书初稿时，不是平列的，而是以原来那部《石头记》为主要基础的缘故。

被删去的檀云的故事

晴雯死后，宝玉为她写下凄楚动人的《芙蓉诔》，每一词句，都包含一些事实内容，绝不是毫无根据的。这里有这样两句话：镜分鸾影，愁开麝月之奁；梳化龙飞，哀折檀云之齿。

大梅山民姚燮在这里评曰：以二婢名入文，融化无迹。

可见他是注意到这两个怡红院中的丫头，但是他却没有想到围绕这两句话的一些事实。

这两句话应该是指过去怡红院里发生过的两件事，所谓“镜分鸾影，愁开麝月之奁”当是指第二十回结尾处宝玉为麝月篦头一事：

宝玉道：“咱们两个做什么呢？怪没意思的……也罢了，早起你说头上痒痒，这会子没什么事，我替你篦头罢？”麝月听了道：“使得。”说着将文具镜匣搬来，卸去钗镮，打开头发，宝玉拿了篦子替他篦。只篦了三五下儿，见晴雯忙忙走进来取钱，一见他两个，便冷笑道："哦！交杯盏儿还没吃，就上了头了！"宝玉笑道："你来，我也替你篦篦。"晴雯道："我没这么大造化！"说着，拿了钱，摔了帘子，就出去了。宝玉在麝月身后，麝月对镜，二人在镜内相视而笑。宝玉笑着道："满屋里就只是他磨牙！"麝月听说，忙向镜中摆手儿。宝玉会意。忽听"唿"一声帘子响，晴雯又跑进来问道："我怎么磨牙了？咱们倒得说说！"麝月笑道："你去你的罢，又来拌嘴儿了。"晴雯也笑道："你又护着他了！你们瞒神弄鬼的，打量我都不知道呢！等我捞回本儿来再说。"说着，一径去了。

宝玉这里无意识中说出"满屋里就只是他磨牙"这句话，大概后来很后悔这样对晴雯的评价，所以在《芙蓉诔》里特别提到这件事。

至于檀云，她却是在《红楼梦》里很少被提到的人物，在怡红院一些人物当中，到第二十四回里才露面：

这日晚上，却从北静王府里回来，见过贾母、王夫人

> 等，回至园内，换了衣服，正要洗澡，——袭人被宝钗烦了去打结子去了，秋纹、碧痕两个去催水，檀云又因他母亲病了接出去了，麝月现在家中病着。

从此以后，在第三十四回和第五十二回里（庚辰本有，程本俱删）还陆续见过她，可是记载到她的地方都没什么故事内容，可见她并不是一个重要人物。不过从《芙蓉诔》的两句来看，她的地位应该与麝月是比肩的，既然说到“梳化龙飞，哀折檀云之齿”，必然有一段与晴雯有关而和第二十回所载麝月那事相似的故事。可是现存《红楼梦》却不见有这样记载，各种批注文字里也从未提到，估计在曹雪芹早期增删《石头记》时已经被删除出去。

从“梳化龙飞，哀折檀云之齿”这句话的意思看来，显然有一次晴雯与宝玉生气，飞起梳子，误把檀云牙齿打断，而这次生气必然又是宝玉一种莽撞的语言所惹起。因之宝玉在写《芙蓉诔》时不能不引起悔恨。

由《芙蓉诔》的两句话，我们可以知道《芙蓉诔》这篇文章是早期《石头记》初稿上已经有的，在曹雪芹几次增删《石头记》时都没什么改动，因之保留下已被删除的某些故事的残迹，而檀云故事就是在早期原稿上被删除之一。

《芙蓉诔》上这两句话在《红楼梦》上并不是初见，早在第二十三回宝玉所作《四时即事》诗之二《夏夜即事》诗中也有类似的句子：

窗明麝月开宫镜，室霭檀云品御香。

前一句完全和《芙蓉诔》第一句含意相同，应该就是指第二十回事而言；但第二句却不是“梳化龙飞”的事，这也说明“梳化龙飞”故事是安排在第二十三回之后的。不过这里却生出另一枝节，就是在第二十三回之前，也许还有檀云焚香的故事，也被删除去了。

檀云故事在定本《石头记》中已被删除殆尽，因而已不成为人物，在《脂砚斋重评石头记》中尚有数处保留下名字来，到程、高摆印本《红楼梦》上只剩了第二十四回里的一处了，幸而《芙蓉诔》里留下残迹，《夏日即事》诗里存有遗痕，使我们大略摸索一下雪芹原稿中删除去檀云故事都是些什么！

彩霞、彩云

《红楼梦》中几处说到王夫人两个丫鬟：彩霞、彩云，说得相互错乱，前后颠倒，显然是作者疏忽所致。

第二十五回说：

王夫人正过薛姨妈院里坐着，见贾环下了学，命他去抄《金刚经咒》唪诵。那贾环便来到王夫人炕上坐着，命人点了蜡烛，拿腔做势地抄写。一时又叫彩云倒钟茶来，一时又叫玉钏剪蜡花，又说金钏挡了灯亮儿。众丫环素日厌恶他，都不答理。只有彩霞还合他合得来，倒了茶给他，因命他悄悄的道："你安分些罢，何苦讨人厌！"贾环把眼一瞅道："我也知道，你别哄我。如今你和宝玉好了，不理我，我也看出来了。"彩霞咬着牙，向他头上戳了一指头道："没良心的！'狗咬吕洞宾——不识好歹’。”

这里说和贾环要好的是彩霞，而彩云、玉钏、金钏则都是“厌恶他”的人。这回下文接着写贾环看到彩霞与宝玉相戏，心上按不下这口气，便打翻蜡烛，泼了宝玉一脸蜡油的事。

但在第六十二回失茯苓霜一事里，却这样说：

> 赵姨娘正因彩云私赠了许多东西，被玉钏儿吵出，生恐查询出来，每日捏着一把汗，偷偷地打听信儿。忽见彩云来告诉说：“都是宝玉应了，从此无事。”赵姨娘方把心放下来。谁知贾环听如此说，便起了疑心，将彩云私赠之物，都拿出来了，照彩云脸上摔了去，说：“你这‘两面三刀’的东西，我不希罕！你不和宝玉好，他怎么肯替你应？你既有担当，给了我，应该不叫一个人知道。如今你既告诉了他，我再要这个，也没趣儿！”彩云见如此，急的赌咒起誓，至于哭了。百般解说，贾环执意不信。说：“不看你素日，我索性去告诉二嫂子，就说你偷来给我，我不敢要。你细细想去罢！”说毕，摔手出去了。急的赵姨娘骂：“没有造化的种子，这是怎么说！”气的彩云哭了个泪干肠断。赵姨娘百般的安慰他：“好孩

子，他辜负了你的心，我横竖看的真。我收起来，过两日，他自然回转过来了。”说着，便要收东西。彩云赌气一顿卷起来，趁人不见，回至园中，都撇在河内。顺水沉的沉，漂的漂了。自己在被内暗哭了一夜。

这里说与贾环要好的，不是彩霞，而是彩云。

另外又有一个问题，按第五十九回，贾母、王夫人等送老太妃的葬，书中说：

离送灵日不远，鸳鸯、琥珀、翡翠、玻璃四人都忙着打点贾母之物，玉钏、彩云、彩霞皆打点王夫人之物，……鸳鸯和玉钏皆不随去，只看屋子。

是彩云、彩霞俱已随王夫人给老太妃送灵，王夫人屋中只留下玉钏一人，当失茯苓霜时，送灵尚未回，何以彩云会得出现，岂非怪事？

事实上把彩云、彩霞相互错乱起来还不止这一处，在第七十回：

又有林之孝开了一个人单子来回，共有八个二十五岁的单身小厮，应该娶亲成房的，等里面有该放的丫头，好求指配。凤姐看了，先来问贾母和王夫人。大家商议，虽有几个应该配的，奈各人皆有缘故：第一个是鸳鸯发誓不去。……第二个琥珀，现又有病，这次不能了。彩云因近日和贾环分崩，也染了无医之症。只有凤姐儿和李纨房中粗使的大丫头发出去了。

这里说和贾环闹翻了的也是彩云，与第六十二回所说相符。

从这段文字字面来看，明白是彩云因与贾环分崩得病，并没有发出去。这里也没提彩霞的事。

但第七十二回上却这样说：

且说彩霞因前日出去等父母择人，心中虽与贾环有旧，尚未作准。今日又见旺儿每每来求亲，早闻得旺儿之子酗酒赌博，而且容颜丑陋，不能如意。自此心中越发懊恼，惟恐旺儿仗势作成，终身不遂，未免心中急躁。至晚间，悄命他妹子小霞进二门来找赵姨娘，问个端底。赵姨娘素日深与彩霞好，巴不得给了贾环，方有个膀臂。不承望王夫人又放出去了。每每调唆贾环去讨，一则贾环羞口难开，二则贾环也不在意，不过是个丫头，他去了，将来自然还有好的。遂迁延住不肯说去，意思便丢开了手。

这里又说是彩霞和贾环要好，与第六十二回、第七十七回中说法不符，又说赵姨娘与她相好，而第六十二回中，则说是赵姨娘与彩云相好。第七十回中没有提到彩霞“发出去”的事，而第七十二回却说她被“发出去”“等父母择人”，这些颠倒错乱，显然都是作者没有来得及作最后通盘修订而留下来的。

《寿怡红群芳开夜宴》图说

《红楼梦》第二十三回上半回《寿怡红群芳开夜宴》写的是怡红院中一次盛会，参加这次盛会人们的座次，作者是花了一番心思安排过的。如果不加以排列，就不会清楚作者的这番苦心。

首先要弄清楚参加宴会的宾主一共几个人，然后再研究她们的座次。

书中说：

> 话说宝玉回至房中，因和袭人商议："晚间吃酒，大家取乐，不可拘泥。如今吃什么好？早说给他们预备办去。"袭人笑道："你放心，我和晴雯、麝月、秋纹四个人，每人五钱银子，共是二两；芳官、碧痕、春燕、四儿四个人，每人三钱银子，他们告假的不算，共是三两二钱

银子，早已交给了柳嫂子，预备四十碟果子。我和平儿说了，已经抬了一坛好绍兴酒，藏在那边了。我们八个人，单替你做生日。”

可见发起这场夜宴的，也就是做东道的主人，是怡红院中的袭人、晴雯、秋纹、麝月、芳官、碧痕、春燕、四儿八个人，再加上被宴的宝玉，共为九人。

此外就是被邀的客人了，据同回说：

袭人道：“这个玩意虽好，人少了没趣。”春燕笑道：“依我说，咱们竟悄悄的把宝姑娘、云姑娘、林姑娘请了来，玩一会子，到二更天再睡不迟。”袭人道：“又开门阖户的闹，倘或遇见巡夜的问——”宝玉道：“怕什么！咱们三姑娘也吃酒，再请他一声才好。还有琴姑娘。”众人都道：“琴姑娘罢了，他在大奶奶屋里，叨登的大发了！”宝玉道：“怕什么？你们就快请去。”春燕、四儿都巴不得一声，二人忙命开门，各带小丫头分头去请。晴雯、麝月、袭人三人又说：“他俩人去请，只怕不肯来？须得我们去请，死活拉了来。”于是袭人、晴雯又忙命老婆子打个灯笼，二人又去。果然宝钗说：“夜深了。”黛玉说：“身上不好。”他二人再三央求：“好了！给我们一点体面，略坐坐再来。”众人听了，却也欢喜，因恐不请李纨，倘或被他知道了，倒不好。便命翠墨同春燕也再三的请李纨和宝琴二人，会齐先后都到了怡红院，袭人又死活拉了香菱来。

这可见被邀的是宝钗、湘云、黛玉、宝琴、探春、李纨、香菱，另外还有一个和春燕去接李纨的翠墨，总共应该是八个人。

那么我们知道，这次夜宴，整个是怡红院中的九人，加上被邀来的八人，合为十七人。

从这里我们便要研究这十七人的席位座次。作者在这里写得很巧妙，他从酒令骰子次序中把一些人的位置排开，丝毫不紊，哪一个人和哪一个人连肩接坐，仔细地排了一个次序。我们如果只就文字读过，不去考察座位谁先谁后，自然不会明白作者的用心。

作者在给这些人排座次的时候，首先是给怡红院中的女儿们，也就是给出钱请客的主人们定了位置。他这样写的：

袭人等都端了椅子在炕沿下陪着。

这就说明了怡红院中的袭人等八个人是都坐在“炕沿下”的，而且是坐在“椅子”上的，她们不和宝钗、探春等人混坐在一起，从而说明宝钗、探春等人是以被邀来的客人身份，坐在炕沿上的。至于宝玉，虽是怡红院的主人，但作为被祝寿的主角，也是坐在炕沿上的。

人数已知，座位界线已明，但这些人的位置次序呢，书中是用掷骰子的方法，指出她们的座次的。

作者技巧地不明白点明全席人数，但我们已知这里是一共十七个人，所以当然全席是十七位。掷骰子是由晴雯起首，我们现在即以她为第一位，以便往下推算：她一掷得六点至宝钗，可见由晴雯数至宝钗应该是七个人，晴雯是第一位，而宝钗是第七位。宝钗一掷为十六点，全席共总是十七人，那么一转十六数到她的上家，书中说明是探春，如此可知第一位至第七位的中间的第六位是探春。探春一掷为十九点，书中说明是李纨，则全席十七人再重复数两人是在第七人宝钗的下家，为第八位，是李纨。签上标明“下家掷骰”，而下家却为黛玉，可见黛玉是第九位。黛玉一掷是十八点，又越过自己而到下家，书中说明是湘云，则湘云是第十位。湘云一掷得九点至麝月，以数推之，则逾晴雯而为第二位。根据书中描述，推算至此，均无差误。但书中接写麝月掷得十点“该香菱”，如果照此推算从麝月第二位数十点至香菱则香菱应该是第十二位了。可是香菱一掷为六点“该黛玉”，黛玉在席上为第九位，为第十二位的上首的前三位，那么这里就发生问题了。错误究竟在什么地方呢？现在用倒算的方法推之，从黛玉以六点回至香菱，如黛玉为第九位，则香菱应该是第三位，那么再从香菱反数至麝月，查其点数并非十点，而应该是十八点，那么麝月所掷，显然是“十八点”而非“十点”，书中“十”字下落一“八”字，遂致香菱的位置错乱。黛玉一掷为二十点，也是越过自己到下首的第三位，书中说明是袭人，可见袭人为第十二位。书中说到湘云掣签后说：“恰好黛玉是上家，宝玉是下家。”因之也可知宝玉是第十一位。

根据已得的位次，从晴雯起作为首位，则第二位为麝月，第三位为香菱，第六位为探春，第七位为宝钗，第八位为李纨，第九位为黛玉，第十位为湘云，第十一位为宝玉，第十二位为袭人，而宝琴、翠墨、芳官、秋纹、碧痕、春燕、四儿七人未列名其中，其座次又将如何安排？不过这中间却空着第四、第五两位置，现在已知怡红院中人都是坐在炕沿下椅子上的，那么第四、第五两位置自然是在炕上，这当然是非宝琴、翠墨莫属。以此推之，第五位为上，接近探春，可能是宝琴所坐；第四位略下，接近香菱，可能是翠墨的。书中既云“袭人等端了椅子在炕沿下陪着”，那么也可见炕上的是从第三位香菱数起，至第十一位宝玉共九人，如此则炕上的座次也就了若指掌了。

怡红院中人坐在炕沿下陪着的八人，仅知首位为晴雯，第二位是麝月，第十二位是袭人，其余全未列名，不过可以知道袭人的紧邻是芳官，原因是，书中说：

宝玉先饮了半杯，瞅人不见，递与芳官。

可见芳官所坐，应与第十一位的宝玉甚近，否则宝玉又有什么办法“瞅人不见，递与芳官”呢？但已知紧靠宝玉的第十二位是袭人，那么芳官当是第十三位了。

上述座次，今以图表明之：

炕沿下坐的秋纹、春燕、碧痕、四儿四个人是无法定其座次的，只好以“××”代之。

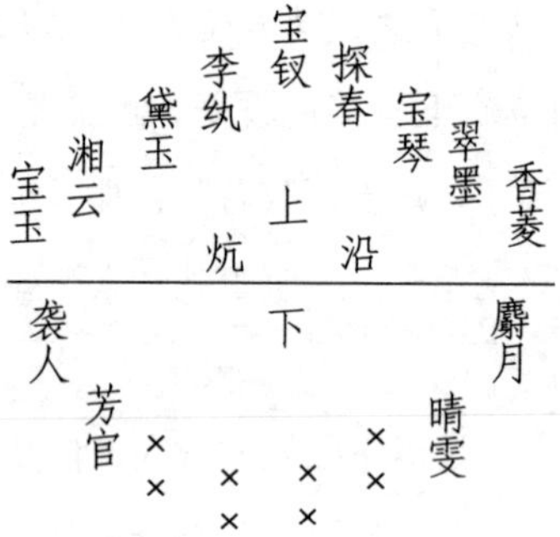

座次既定，附带还有一事需要说明，就是宝玉等所掷的骰子，我们可以断定它是四枚，既不可能是三枚，因为三枚其最多点数为十八点，而此间乃有二十二点之数，故知绝非三枚，但也不是六枚，因为投掷过程中，两次出现“六”这个数目，若是六枚，必须每枚都呈现一点，这是极为少见的，偶一出现则可，不会是一而再地，故可断定必非六枚，那么自然是四枚无疑了。

《红楼梦》后四十回是曹雪芹未经增删过的初稿，它里面也有一段重复《寿怡红群芳开夜宴》的描述，那就是第一百八回《强欢笑蘅芜庆生辰》，时代、人物完全不同了，只有宝玉、宝钗、湘云三个还是当年怡红院中席上的人物，写的故事背景是处在贾府低潮时代，情节又没经过曹雪芹处理加工过，当然比《寿怡红群芳开夜宴》这段差远了，不过却给这里增一说明，就是：

> 鸳鸯说："如今用四个骰子掷去，掷不出名儿来的罚一杯。……"

可见断定他们在这儿掷的正是四个骰子是不错的。

不过这里有一桩不易解的事，就是大观园中的奶奶姑娘们，谁都是有一些丫鬟的，为什么被请来的奶奶姑娘们的贴身丫鬟之中，单单来了一个翠墨，此外一个也没有出场，偶然耶？还是将别有安排而未写出耶？

俞平伯先生也写过一篇《寿怡红群芳开夜宴图说》，他正是把翠墨给漏了，因之考定为十六人，并且他用掷出点数去数人的位置时，不知道是应该除了本人而望前数，却是连本人一并也算一点，如此虽勉强符合了座次，但就《红楼梦》书中所列点数核之，却有两处必须改动。如果按十七人排列座次，则它是完全无误的。

试论“黛玉葬花”

《红楼梦》第二十三回下半回《牡丹亭艳曲警芳心》，说的是“黛玉葬花”这段故事：三月中旬，贾宝玉在大观园里沁芳闸桥边桃花下读《西厢记》，正看到“落红成阵……”处，一阵风过，落的他满身满书都是花片。他恐怕脚步践踏了落花，便兜了花瓣抖向池面，让它们流出闸去。而对地下落花正愁没法处置，那时来了一个肩锄挂囊、手拿花帚的林黛玉，却把花扫了装在囊里，送到畸角上的花冢埋掉。她的理由是：一流出去，外面有人家的地方，什么没有，仍旧把花糟蹋了。不如随土化了来得干净。《红楼梦》的最早评论者脂砚斋很欣赏这幅形象鲜明的葬花图景，在乾隆二十四年（一七五九）曾想倩人画出，但“誓不遇仙笔不写”，过了八年，才遇到善于白描美人的新科进士余集，又没画成。批文中一再表示耿耿于怀：“恨与阿颦结一笔墨缘之难若此！”

第二十七回又有半回《埋香冢飞燕泣残红》：黛玉夜访怡红院，因误会被阻在外，却听得宝钗在屋里与宝玉说笑，黛玉气极生悲之后，次日恰值饯花之期，宝玉兜了花片来到前些日子同葬桃花的地方，听见山坡那边呜咽之声，好不伤感，原来是林黛玉在叹息长吟那首出色的葬花诗，对于这段文字，脂砚斋有两条批语，其一是：

> 开生面，立新场，是书多关，惟此回处（更）生更新。非颦儿断无是佳吟，非石兄断无是情聆。难为了作者了，故留数字以慰之。

另一批语是：

> 余读《葬花吟》至再至三四，其凄楚感慨，令人身世两忘。举笔再四，不能下批。有客曰：“先生身世非宝玉，何能下笔？即字字双圈，批词通仙，料难遂颦儿之意。俟看玉儿之后文再批。”噫唏！阻余者想亦《石头记》来的，故停笔以待。

在下回开头叙宝玉恸倒山坡之下一段，终于批道：

> 不言炼句炼字，词藻工拙，只想景想情，想事想理，反复追求，悲伤感慨，乃玉兄一生天性，真颦儿不（之？）知己，则实无再有者。昨阻余批《葬花吟》之客，嫡（的）是玉兄之化身无疑。余几（作）点金成铁之人。笨甚笨甚！——三段脂批均从甲戌本，庚辰本稍异。

“反复追求，悲伤感慨”，这幅葬花图景终于没有画出来。

但是这一心愿后来终究得到完偿，后世人们陆续绘画的《葬花图》很多，流传下来的也不少。“黛玉葬花”久已成为脍炙人口的故事。从第一部《红楼梦》出版的那年（一七九一）起，就有人谱之管弦，搬上舞台，即以昆曲这个剧种而言，起码有八种，例如吴镐的《红楼梦散套》，特别声明：检取埋香芳冢恨，谱出断肠花拍。刻意渲染了葬花一场。嘉庆年间富华部的朱麒麟、道光年间春台部的吴金凤和集秀部钱双铸等，都曾以擅长表演《葬花》中的黛玉而著名。北京、河南、陕西、江苏、浙江、四川、云南、福建、广东等地的戏剧和曲艺，无不相应地创作了折子和段子。有关的诗、文、词、赋，更不可胜计。道光年间，广东某诗社以《黛玉葬花》为题征咏，交卷的约有万首，诗人张维屏女儿的诗被评为第一。在曹雪芹的同乡中间，男的如嘉庆年间的高廷枢，女的如咸丰年间的扈斯哈里氏等，都写过《葬花》的诗。连一些反对《红楼梦》的顽固派，例如吴云，嘉庆十五年（一八一〇）在《竹心录》题词中，也不得不承认：

二十年来，士夫几于家有《红楼梦》一书，仆心弗善也。惟阅至葬花，叹为深于言情，亦隽亦雅矣。

这段故事是《红楼梦》精粹部分之一，其所以被人们欣赏，绝不是偶然。可是，前人的认识，为条件所限，未必恰当。例如紧接着宝玉听黛玉《葬花词》恸倒之后，《红楼梦》作者在第二十八回中，借宝玉发挥一通议论：

试想林黛玉的花颜月貌，将来亦到无可寻觅之时，宁不心碎肠断！既黛玉终归无可寻觅之时，推之于他人，如宝钗、香菱、袭人等，亦可以到无可寻觅之时矣。宝钗等终归无可寻觅之时，则自己又安在哉？且自身尚不知何在何往，则斯处斯园，斯花斯柳，又不知当属谁姓矣，因此一而二，二而三，反复推求了去，真不知此时此际，欲为何等蠢物，杳无所知，逃大造，出尘网，便可解释这段悲伤！

这一段，作为宝玉心理的描写，无疑是真实的，成功的，但这种思想，当然是消极的。可是脂砚斋却十分赞美这种“反复追求，悲伤感慨”“令人身世两忘”的“天性”，甚至说是“善知识”和“禅语”，大肆宣扬色空观念，我们就不同意了。

乾、嘉之间，有人认为：

千载香魂随劫去，更无人觅葬花锄。

——宋鸣琼：《味雪楼诗草》

又有人认为：

栊翠怡花得几时？葬花心事果能痴。一园画作埋香冢，不独芙蓉竖小碑。

——曾燠：《红楼梦传奇题词》

诸如此类，仅仅慨叹林黛玉等人和落花一般的命运，毕竟是皮相的，没能说到痒处。

林黛玉的悲凉孤独、多愁善感的性格，完全是环境形成的。她出身于衰落的旧家，很早就失去母爱；父亲死后，益发无依无靠；加上身体怯弱，病魔纠缠；一个孤苦伶仃的女孩儿，像浮萍似地寄居在充满着势力黑暗的公府里，迫使她步步留神，时刻警惕着，以保卫自己的真率纯洁，免受玷辱。由于她不愿意去向人们乞怜，因而陷于孤立无援的处境。她对爱情的专一执着，换来的只是没有希望的痴心。封建制度加于这个少女的心灵上的桎梏，逐渐形成她的独特的性格，与其所处的环境剧烈地矛盾和对立着。这种矛盾和对立激扬了宝玉的叛道精神，反过来也支持了她自己的反抗力量。

封建社会中，多少青年女子在丑恶残酷的时代环境中埋葬了自己的幸福，结束了她们的生命。《红楼梦》作者曹雪芹以卓越无比的艺术笔力，对这群善良妇女的特性加以分析、抉择、综合和概括，创造出一个崭新的、完整的典型——林黛玉。这一典型是如此鲜明地与过去文学中的形象不同，她不但具有高尚的品质和真挚的爱情，而且鄙视庸俗的利薮，诅咒虚伪的科举功名，不贪图富贵，不同流合污，在思想深度上，比《西厢记》里的崔莺莺和《牡丹亭》里的杜丽娘胜过不知多少。葬花故事，在铸造黛玉的人物形象方面，真是神来之笔。它不仅是借飘荡无依的落花来譬喻葬花人的身世，暗伤不可知的将来；而且是有着更为丰富的内容：就是对封建的“风刀霜剑”的愤怒控诉，和宁肯葬身黄土也不愿随波逐流、同流合污的挣扎和抗拒。惟有从这个角度去理解，才能探索其更进一步的反封建意义。

当然，作者创造这段故事的时候，是需要继承前人的艺术技巧方面的遗产的。因此，有人说他模仿了明代中叶的唐寅，因为唐寅在他居住的桃花庵前种过不少牡丹：

> 有时大叫痛哭，至花落，遣一小伻一一细拾，盛以锦囊，葬于药栏东畔，作《落花》诗送之。
>
> ——《六如居士外集》卷六

而且黛玉《葬花诗》里的：

> 桃李明年能再发，明年闺中知有谁？

实与唐寅《花下酌酒歌》里的：

> 今日花开又一枝，明日来看知是谁？
> 明年今日花开否？今日明年知是谁？

十分相似。并且从这里再上溯八九百年，初唐的青年作家刘希夷有一首《白头吟》：

洛阳城东桃李花，飞来飞去落谁家？洛阳女儿好颜色，坐见落花长叹息。今年花落颜色改，明年花开复谁在？已见松柏摧为薪，更闻桑田变沧海。古人无复洛城东，今人还对落花风。年年岁岁花相似，岁岁年年人不同。寄言全盛红颜子，应怜半死白头翁。此翁白头真可怜，伊昔红颜美少年。公子王孙芳树下，清歌妙舞落花前。光禄池台开锦绣，将军楼阁画神仙。一朝卧病无相识，三春行乐在谁边？宛转蛾眉能几时？须臾鹤发乱如丝。但看古来歌舞地，惟有黄昏鸟雀悲。

——载《全唐诗》卷八一

我们试看《白头吟》中“飞来飞去落谁家”不就是《葬花诗》里的“花谢花飞飞满天，……落絮轻沾扑绣帘”吗？“今年花落颜色改，明年花开谁复在”，岂不更像“桃李明年能再发，明年闺中知有谁”？其余如“宛转蛾眉能几时”与“明媚鲜妍能几时”，“一时卧病无相识，三春行乐在谁边”

与“一朝飘泊难寻觅，花开易见落难寻”，“惟有黄昏鸟雀悲”与“杜鹃无语正黄昏”等，语意几分近似，也都不妨强相比时。但是，唐寅的葬花，更多的是体现了一种及时行乐的思想和人生“如梦幻泡影，如露亦如电”的宗教情绪。刘希夷所侧重的还只是盛衰兴亡，他对自已的警句“今年花落颜色改，明年花开复谁在”，曾悔为诗谶，深叹死生有命（见刘肃《大唐新语》卷八）。他们这类感伤诗，虽然在客观上多少否定了封建秩序，但也十分软弱无力。生存在封建社会里面的曹雪芹固然不能不受到士大夫中间流行已久的没落的人生观的传染，然而黛玉葬花的主要意义断不在此。正因为《红楼梦》打破了历代因袭的文学传统，它并不是仅仅揣摩、摭拾前人作品的风格和方法。如果寻章摘句，片面追求《葬花诗》与《花下酌酒歌》《白头吟》之间的关合和雷同，夸大后者对前者的影响，说前者有所本，即出于后者云云，那将是不符事实的。

另一方面，从古到今借花喻人的作品是如此之多，例如著名的唐代诗人岑参的《韦员外老树歌》，就有：

今年花似去年好，去年人到今年老。
始知人老不如花，可惜落花君莫扫。

《戎葵花歌》有：

昨日一花开，今日一花开，今日花正好，昨日花已老。始知人老不如花，可惜落花君莫扫。

——一作刘眘虚诗

葬花的故事也不止一家，例如与曹雪芹先人交好的杜濬也写过《花冢铭》，里面说：

余性爱瓶花，不减连林。尝窃有慨世之蓄瓶花者，当其荣盛悦目，珍惜非常，及其衰悴，则举而弃之地，或转入溷渠莫恤焉，不第唐突，良亦负心之一端也。余特矫其失，凡前后聚瓶花枯枝计百有十三枝，为一束，择草堂东偏隙地，穿穴而埋之。

——《变雅堂之集》卷八

见解或有暗合，内容更多深浅之分，可是曹雪芹却未必尽取成作，一一而比较之，然后才构成他自己的艺术作品。

顺便可以谈到，在《红楼梦》这一部结构宏大、事件错综的巨著里，文章是此起彼伏、前呼后应，作者的经营是煞费苦心的。葬花的余波荡漾，不但表现在第三十五回的鹦鹉念诗，而且第六十三回《寿怡红群芳开夜宴》中有一段话，讲到宝玉生日夜宴时，大家不赞成芳官唱上寿的曲子，要她拣极好的唱来，结果芳官却细细唱了一支［赏花时］才罢。曲文是：

> 翠凤翎毛扎帚叉，闲为仙人扫落花。你看那风起玉尘沙，猛可的那一层云下，抵多少门外即天涯。……（己卯、庚辰、戚本均作"闲为仙人扫落花"，可见原稿如此；程本开始作"闲踏天门扫落花"，系据《邯郸记》而改。）

看来曹雪芹很喜爱此曲，赞之曰"极好"，也许是由于他对吹落仙花的"浩劫罡风"深恶痛绝吧！此外，他的先人曹寅自称"西堂扫花行者"，死后幕僚挽诗有：

> 魂游好记西堂路，同觅仙花扫落芬。

等句（见杨钟羲《雪桥诗话续集》卷三），曹寅诗集中也颇多扫花诗句，例如他青年时赠杜岕诗：

蘧然如可待，还写扫花图。

自注云：

些山（杜岕字）集青莲句有“闲为仙人扫落花”，故及之。

——《楝亭诗钞》卷一

曹雪芹对“扫落花”这么感兴趣，可能是受到先人的影响，而在写《红楼梦》时，遂把李白的“闲为仙人扫落花”误混为汤显祖的“闲踏天门扫落花”了。

第六十三回还提到黛玉掣得一根画“芙蓉花”、题“风露清愁”的花名签，上面有一句旧诗是“莫怨东风当自嗟”，语出欧阳修《再和明妃曲》：

明妃去时泪，洒向枝上花。狂风日暮起，飘泊落谁家？红颜胜人多薄命，莫怨春风当自嗟。

——《欧阳文忠公集》卷八

这是一次象征性地给大观园里女孩儿们作“鉴定”的酒

令，曹雪芹写来自有寄托，“莫怨”实即是“怨”，所谓“正言若反”。欧阳修诗中的“春风”（《红楼梦》引作“东风”）和狂风，到了曹雪芹手里，经过大胆加工，成为风刀霜剑，正是他的富于创造性的手法。

这篇《试论“黛玉葬花”》和后面一篇《记“紫雪轩”》都是与朱南铣同志为纪念曹雪芹逝世二百周年合写的两篇小文，现在附刊于此。南铣同志于今逝世也已十年，我们过去合编了《红楼梦书录》《古典文学研究资料汇编〈红楼梦〉卷》，三十年同窗共读情景，犹如目前。检点斯文，殊觉怆然。

一九七九年二月

林四娘故事之缀合与比勘

《红楼梦》第七十八回“老学士闲征姽婳词”中记载了贾政所说的一个故事：

> 当日曾有一位王封曰恒王，出镇青州。这恒王最喜女色，且公余好武，因选了许多美女，日习武事。每公余辄开宴连日，令众美女习战斫攻拔之事。其姬中有姓林行四者，姿色既冠，且武艺更精，皆呼为“林四娘”。恒王最得意，遂超拔林四娘统辖诸姬，又呼为“姽婳将军”。……谁知次年便有黄巾、赤眉一干流贼余党复又乌合，抢掠山左一带。恒王意为犬羊之恶，不足大举，因轻骑前剿。不意贼众颇有诡谲智术，两战不胜，恒王遂为众贼所戮。于是青州城内文武官员各各自谓：“王尚不胜，你我何为！”遂将有献城之举。林四娘得闻凶

报，遂集聚众女将，发令说道："你我皆向蒙王恩，戴天履地，不能报其万一。今王既殒国事，我意亦当殒身于王。尔等有愿随者，即时同我前往；有不愿者，亦早各散。"众女将听他这样，都一齐说愿意。于是林四娘带领众人，连夜出城，直杀至贼营里头。众贼不防，也被斩戮了几员首贼。然后大家见是不过几个女人，料不济事，遂回戈倒兵，奋力一阵，把林四娘等一个不曾留下。倒作成了这林四娘的一片忠义之志。后来报至中都，自天子以至百官，无不惊骇道奇。

故事没有说明事情发生的时代，据所称"恒王"，显然非清代事，因清代并无以王爵而"出镇青州"者，所以可断定为明代藩封。

考明代分藩青州者，前为齐王，明太祖子朱榑，后以反废。其后为衡王朱佑桦，明宪宗子。可见《红楼梦》中之"恒王"，实为"衡王"之伪。

据《明史》卷一一九《诸王列传》：

衡恭王佑楎，宪宗第七子。弘治十二年（公元一四九九年）之藩青州。嘉靖十七年（公元一五三八年）

薨。子庄王厚烁嗣。尝辞禄五千石以赡宗室，宗人德之。隆庆六年（公元一五七二年）薨。子康王载圭嗣，万历七年（公元一五七九年）薨。无子，弟安王载封嗣，十四年（公元一五八六年）薨。子定王翊镬嗣，二十年（公元一五九二年）薨。子常澵嗣。

《古今图书集成·职方典·青州府汇考·封建考》六亦载：

衡藩，衡恭王，讳佑楎，宪宗纯皇帝第五子，母庄懿德妃张氏。生于成化十五年己亥（公元一四七九年），二十三年（公元一四八七年）封衡王。弘治十二年之国青州。嘉靖十七年八月薨。敕葬临朐西三阳山之原，赐谥曰恭。衡庄王，讳厚烁，恭王长子，宪宗纯皇帝孙。嘉靖元年（公元一五二二年）封江华王，十年（公元一五三一年）晋封世子，十九年（公元一五四〇年）封衡王。衡安王，讳载封，庄王次子，宪宗纯皇帝曾孙。以嘉靖二十五年（公元一五四六年）封武定王。至万历七年（公元一五七九年），兄康王薨，无嗣，以王管理府事，乃晋封为衡王。万历十四年（公元一五八六年）十一月初七日以疾薨。谥曰安。衡定王，讳翊镬，安王长子。

以万历十一年（公元一五八三年）五月初九日封为衡世子。万历十七年（公元一五八九年）五月二十日袭封衡王。万历二十年（公元一五九二年）十一月十二日以疾薨，谥曰定。

《明史》记载了衡王世系五代。《古今图书集成》记载了衡王世系四代，显然与林四娘之时代俱不吻合，《明史》所载衡王最后一代是常㴂，据《古今图书集成·方舆汇编·职方典·青州府汇考·古迹考》载：

明衡恭王陵在三阳山。衡庄王陵在尧山西。衡康王陵在马山南。衡定王陵在尧山南。衡宪王陵在炉山之原。

这里的宪王当即常㴂。既有陵寝，又有谥号。可见其死并未逢“黄巾、赤眉”流贼之乱，当亦非林四娘所侍奉之衡王。故事说恒王“超拔林四娘统辖诸姬”的“次年便有黄巾、赤眉一干流贼余党复又乌合，抢掠山左一带”，从时代审之，当在明代崇祯末年。那么这位衡王，自是朱翊镬孙、朱常㴂子为是，可惜史未列名。无从考得之。

明季崇祯末年山东农民起义事，据《明史》卷二十三《庄烈帝记》崇祯十五年（公元一六四一年）春正月：

是月，山东贼陷张秋、东平，劫漕艘。太监王裕民、刘无斌帅禁兵会兖东官军讨平之。二月戊申，振山东就抚乱民。

既然山东贼可以陷张秋、东平，当亦可以扰及青州，因之这位衡王很可能就是死在这次战乱中的。

《聊斋志异》卷二亦载有林四娘事：

青州道陈公宝钥，闽人。夜独坐，有女子搴帏入：视之不识。……公意其鬼，而心好之，捉袂挽坐，谈词风雅。大悦，拥之，不甚抗拒。……公代为之殷勤。女曰："妾年二十，犹处子也。狂将不堪！"……既而枕边私语，自言"林四娘"。公详诘之，……女愀然曰："妾衡府官人也。遭难而死，十七年矣！"……居三年，一夕忽惨然告别。……公固挽之，又坐少时，鸡声忽唱，乃曰："必不可以久留矣。然君每怪妾不肯献丑，今将长别，当率成一章。"索笔构成。

这是记成鬼后十七年的林四娘与陈宝钥相恋的故事，如果与《红楼梦》贾政所说的一段缀合起来，可以把林四娘生前死后连成一个完整的传奇故事。

《聊斋》所述与《红楼梦》有一个重要不同点，就是林四娘之死，这里说是“遭难而死”，很可能是指清兵入山东时被害的。

陈宝钥，《聊斋志异合评》注：

> 陈公字绿崖，康熙二年（公元一六六三年）观察青州。

这说明林、陈相恋是发生在康熙二年，以之与林语“遭难而死，十七年矣”相印证，正是清初顺治一朝之时间，与《聊斋》所记适相符。《红楼梦》与《聊斋》大概都是采自传说，因各记所闻不同。

王士稹《池北偶谈》亦载林四娘事：

> 闽陈宝钥，字绿崖，观察青州。一日，燕坐斋中，忽有小环……搴帘入曰：“林四娘见。”陈惊愕，莫知所以。逡巡间，四娘已至前万福。……曰：“妾，故衡王宫

嫔也。生长金陵。衡王昔以千金聘妾入后宫，宠绝伦辈。不幸早死，殡于宫中。不数年，国破，遂北去。妾魂魄犹恋故墟。……”自是日必一至，……如是年余。一日，黯然有离别之色，告陈曰：“妾尘缘已尽，当往终南。以君情谊厚，一来取别耳。”自后遂绝。有诗一卷，长山李五弦司寇有写本。又程周量会元记其一诗……

故事同《聊斋》所记，但情节又复有异，只云“早死”，且不数年始“国破，遂北去”，是衡王并非战死者。不过《池北偶谈》所记与《聊斋》所记当是同自一个来源，《池北偶谈》文中提及“长山李五弦司寇”，而《聊斋》中《狐联》一条亦云：“长山李司寇言之。”《狐联》条与《林四娘》条中间仅隔有《潍水狐》《红玉》《龙》三条，可能这五条都出自李五弦所说，所以《聊斋》会记于一起。文人笔墨，每多增饰，遂使情节即出一源而不相同。

写林四娘故事并不仅此两书，林云铭亦有《林四娘记》述其事：

晋江陈公宝钥，字绿崖。康熙二年，任山东青州道佥事。夜辄闻传桶中有敲击声，问之则寂无应者。其仆不胜扰，持枪往伺，欲刺之。是夜但闻怒詈声，已而推中门突入，则见有鬼，青面獠牙，赤体挺立，头及屋檐。仆震骇，失枪仆地。陈急出，诃之曰：“此朝廷公署，汝何方妖魑，敢擅至此？”鬼笑曰：“闻尊仆欲见刺，特来受枪耳。”陈怒，思檄兵格之。甫起念，鬼笑曰：“檄兵格我，计何疎也！”陈愈怒。迟明，调标兵二千守门。抵夜，鬼却经墙角出，长仅三尺许；头大如轮，口张如箕，双眸开合有光；蹒跚于地，冷气袭人。兵大呼，发炮矢，炮火不燃。检帐中矢，无一存者。鬼反持弓回射，矢如雨集，俱向众兵头面掠过，亦不之伤。兵惧奔溃。陈又延神巫作法驱遣，夜宿署中，时腊月严寒，陈甫就寝，鬼直诣巫卧所，攫去衾毡衣裤。巫窘急呼救。陈不得已，出为哀祈。鬼笑曰：“闻此神巫乃有法者也，技止此乎？”遂掷还所攫。次日，神巫惭惧，辞去。自后署中飞砖掷瓦，晨昏不宁。或见墙覆栋崩，急避之，仍无他故。陈患焉。嗣余有同年友刘望龄赴都，取道青州，询知其故，谓陈曰：“君自取患耳！天下之理，有阳则有阴。若不急于驱遣，亦未必扰至此。”语未竟，鬼出谢之。刘视其狞恶可畏，劝令改易头面。鬼即辞入暗室中，少顷，复出，则一国色丽人，云翘靓妆，袅袅婷婷而至。其衣皆鲛绡雾縠，亦无缝缀之迹。香气飘扬，莫可名状。自称为林四娘……陈日与欢饮赋诗，亲狎备至，惟不及乱而已。……陈叩其为神始末。答曰："我莆田人也，故明崇祯年间，父为江宁府库官，逋帑下狱。我与表兄某，悉为营救。同卧起半载，实无私情。父出狱而疑不释。我因投缳，以明无他，烈魂不散耳。与君有桑梓之谊而来，非偶然也。"计在署十有八月而别。别后，陈每思慕不置。康熙六年（公元一六六七年），补任江南传驿道，为余述其事，属余记之。

这林四娘故事情节，与《聊斋》《池北偶谈》所记完全不同。她不是衡府宫嫔，也不是"被贼杀害"或"遭难而死"，而是投缳自缢死的。故事来源则是当事人陈宝钥自己提供的。所同者只是一个鬼丽人擅长作诗，这在三本书中都是一样的。

文人笔墨，我们不能用考据家治学方法来推敲它，但是林四娘做鬼的故事在当时必盛传为奇，因之会有很多人记录了她的故事。前两段作嫔衡府，习武统军之事，并不为人所重，所以只从《红楼梦》把她写出。如果清人编写传奇《姽婳封》时能把《红楼梦》中这段与《聊斋》的一则撮合起来，那就奇艳动人了。

《红楼梦》里的肴馔

烹调是一种艺术，肴馔也体现文明。社会越进步，烹调的技术越讲究；生活越提高，肴馔的式样越多样化。时代的背景可以有种种变化，人们的饮食艺术总是往前发展的。

要看一个时代一个民族的生活文明，从一饮一食去观察，多少总可看清一些。

中国是一个文化之邦，烹调技术之精工，在世界上当然是首屈一指。可是在封建的文化观支配之下，读书人总鄙烹调为贱士末技，很少人愿意笔之于书，当然更没有人对此进行认真的研究。这一行业的历史和经验，只有师徒口耳相传，保存下来一部分，还有许多就失传了。

所以过去，生活好的有其大享受，收入微薄的也有其小乐惠（苏州人称自得其乐的意思），但是这些享受都是些什么，却很少有所记载。现在只能从有关生活的书籍里找到一鳞半爪，详细的材料却是极其贫乏的。

《红楼梦》是比较全面反映了十六世纪当时上层社会生活的一部文艺作品，详细地描绘了一个贵族家庭的日常生活，其中就有许多关于肴馔的描写，它写出这个家庭的肴馔，有普通的，有特殊的，普通的就是平常一日三餐：细米白饭，肥鸡大鸭子，另外就是酱萝卜炸儿、炖鸡蛋、素炒蒿子秆、炒面筋、油盐炒豆芽之类（见第六十一回）。这些都显不出什么烹调的技艺。至于那些特殊的，就是烹调艺术的高度体现，不是一般人家轻易办得到的了。

现在我们从《红楼梦》里所描绘的一些特殊肴馔，来看看这一贵族家庭的烹调技术。

莲叶羹

康熙皇帝几次南巡，《红楼梦》的作者曹雪芹的家庭曾经接驾，作者可能了解宴请皇帝的筵席。《红楼梦》里虽然没有皇帝赴宴的情节，但却有元妃省亲这样大事。关于宴请贵妃的筵席，书中只说到“既而来至正殿，降谕受礼归坐，大开筵宴，贾母等在下相陪，尤氏、李纨、凤姐等捧羹把盏”，并没提到肴馔的名称。等到后来宝玉挨打养伤时，要吃莲叶羹，才提到这是省亲时筵宴里的一种。它是用调好的面放在银模子里印成豆子大小的菊花、梅花、莲蓬、菱角等花样，借点新荷叶的清香，仗着好汤做的。凤姐说它是“太磨牙”的东西，可见做起来并不简单，它做出来是备具色、香、味的。这莲叶羹在大观园里的肴馔中应该是第一品。

意大利的Boullion With alphabet noodles可能和这莲叶羹相仿佛，但是显然在制作上赶不上莲叶羹的出色。

茄鲞

第四十一回，贾母教凤姐夹了茄鲞喂刘姥姥，刘姥姥笑问“是个什么法子弄的”？凤姐告诉她：“这也不难，你把才下来的茄子，把皮刨了，只要净肉，切成碎丁子，用鸡油炸了；再用鸡肉脯子合香菌，新笋，蘑菇，五香豆腐干子，各色干果子，都切成丁儿，拿鸡汤煨干了，拿香油一收，外加糟油一拌，盛在瓷罐子里封严了。要吃的时候儿，拿出来，用炒的鸡瓜子一拌就是了。”

“鲞”的意思指的是鱼干，普通只听说有鳗鲞、鳓鲞、白鲞（黄鱼干）等，这些东西是浙江沿海一带的产物，这个名词也只有南方人才使用，在北方绝少知之者。尤其把这“鲞”字转用到鱼类以外，在南方也很少，如牛肉鲞、猪肉鲞，它指的是片状物，今天已经唤作“肉脯”了。至于命之于植物菜蔬，则有“笋鲞”之称，但大多数人也称之为“笋脯”，此外则只有《红楼梦》中的“茄鲞”了。

这菜是极为别致的，尽管凤姐说“这也不难”，实际上它和宝钗所说的药丸“冷香丸”一样难以想象的做出来。

椒油莼虀酱　鸡髓笋

第七十五回载每天各房孝敬贾母的特菜，这天王夫人送来的素菜，名为“椒油莼虀酱”，贾政送来的是“鸡髓笋”。这两个菜名也都是很新奇的。

莼菜是一种极嫩的水生类萍植物，在南方多以之做羹，其味以清香为尚，曾是引起人们和鲈鱼一起向往的佳肴；“虀”字应是碎为小块的意思。不知如何把莼菜碎为小块更调以椒油做成酱？这样菜应该是贾府的名肴。

鸡是平常之物，但骨髓却非易取，以之与笋同烹，这就极为别致。

牛乳蒸羊羔

这是为贾母而做的特菜。

第四十九回，宝玉、探春到贾母处，“宝玉只嚷饿了，连连催饭。好容易等到摆上饭来，头一样菜是牛乳蒸羊羔。贾母就说：‘这是我们有年纪人的药，没见天日的东西，可惜你们小孩子吃不得’。……”。大概老年血气已衰，需要大补，小孩子们却受不了这样的滋补，所以吃不得。

过去“八珍”中有豹胎一品，可见“没见天日的东西”一向是被人们重视的。

酒酿清蒸鸭子

见《红楼梦》第六十二回。

清蒸鸭子本是常见之品，今偏以“酒酿”蒸之，说明贾府的烹调极为考究。因为鸭有异臭，虽极轻，以酒酿除之，颇与用糟有同样的效果。

野鸡瓜子

见《红楼梦》第四十九回。

第四十一回，凤姐话里已经提到“鸡瓜子”，“瓜子”是指脔为小丁的鸡胸肉而和以酱瓜同炒者，过去北方人家喜欢用以下饭，在下饭菜中是一种贵品。“野鸡瓜子”之上当冠以“炒”字，这里是因为口语而省去。

烧野鸡

第二十回，凤姐拉李嬷嬷："……我屋里烧的滚热的野鸡，快跟了我喝酒去罢。"这是一味地道北京风味菜，也是时令菜的上品。

火腿炖肘子

第十六回，凤姐问平儿："早起我说那一碗火腿炖肘子很烂，正好给妈妈吃……"

过去北方人很少以火腿入菜，这说明《红楼梦》中的烹饪多是南方体系的。

"火腿炖肘子"也称"金银肘子"，记得有一故事说，某家做这菜，异香弥漫，隔壁寺庙罗汉嗅之都口角流涎，于是越墙而来。所以也叫"罗汉跳墙"，其美处在越烂越好。

胭脂鹅脯

第八回，薛姨妈招待宝玉吃酒，宝玉夸赞珍大嫂子的好鹅掌，薛姨妈于是赶紧拿出自己糟的来给宝玉吃，可见鹅肉制品是当时一宗常备之品。

"胭脂鹅脯"设非糟鹅即腌鹅，这不用什么烹调技术，名称却颇诱人。

虾丸鸡皮汤

见第六十二回。

第八回里，宝玉在薛姨妈处多吃了几杯酒，薛姨妈曾为他“作了酸笋鸡皮汤，宝玉痛喝了几碗”。薛姨妈做了这汤，主要是为他醒酒的。“酸笋”为南方产物，记得过去曾在广西吃过，并无任何特殊风味，却未曾以鸡皮做汤试之。

这是贾府的鸡皮汤，它不是配以酸笋，而是滕以“虾丸”，这就和薛家的鸡皮汤不一样了。

火腿白菜汤

见第八十七回。

这种汤是南方人家比较普通的一种汤，不过《红楼梦》中说是加了一点儿虾米儿，还配了青笋紫菜，这就未免异样了，难怪俞平伯指摘为续书的劣笔呢。

藕粉桂花糖糕　松瓤鹅油卷　奶油松瓤卷酥　螃蟹小饺　奶油炸各色小面果子

这些都是点心类的食品，从它们的名称来看一定是很精致的。除“奶油松瓤卷酥”一品见第六十二回外，其余四品具见第四十一回。

“藕粉桂花糖糕”应该颇类今日广东点心之粉果，“松瓤鹅油卷”与“奶油松瓤卷酥”大概是近似的东西，不过一种为鹅油所制，一种则奶油所制，第四十一回上说明“松瓤鹅油卷”是一种蒸食，可见与普通花卷还是相近的。

“螃蟹小饺”南方比较常见，书上说是炸的，则尚未前闻。至于奶油炸的各色小面果子，这是北方一向的习食，一般称之为“小杂什”，在糕点店中与蜜供、萨其马同为日常经售之品，不过今天北京糕点店中已少有。这里可贵的是它是新炸的。因其可以储存，所以后日刘姥姥回去，会给她带一些。

《红楼梦》里写到肴馔的花样并不多，大都是从叙事中夹写出来，今天看来，不论它是确有其物，还是曹雪芹设意创造，总之都可以看出讲究烹调技术的背景。如果海内名厨注意及此，把《红楼梦》中的肴馔给以考证落实，使其复见于今日，那将是一种很有意思的事。

《红楼梦》中引古人诗句

《红楼梦》中引用过不少古人诗，看来却可谈谈，如第十八回：

> 时宝玉尚未做完，才做了《潇湘馆》与《蘅芜院》两首，正做《怡红院》一首，起稿内有“绿玉春犹卷”一句。宝钗转眼瞥见，便趁众人不理论，推他道：“贵人因不喜‘红香绿玉’四字才改了‘怡红快绿’你这会子偏又用‘绿玉’二字，岂不是有意和他分驰了？况且蕉叶之典故颇多，再想一个改了罢！”宝玉见宝钗如此说，便拭汗说道：“我这会子总想不起什么典故出处来！”宝钗笑道：“你只把‘绿玉’的‘玉’字改作‘蜡’字就是了。”宝玉道：“‘绿蜡’可有出处？”宝钗悄悄地咂嘴点头笑道：“亏你今夜不过如此，将来金殿对策，你大约

连‘赵钱孙李’都忘了呢！唐朝韩翊咏芭蕉诗头一句‘冷烛无烟绿蜡干’都忘了么？”

这里宝钗把作者弄错了，唐朝并无“韩翊”其人，只有“韩翃”即《章台柳》故事的主人翁，可是这也不是他的作品，而是晚唐诗人钱珝之作，诗题为《未展芭蕉》，全诗见唐韦縠《才调集》卷一：

冷烛无烟绿蜡干，芳心犹卷怯春寒。一缄书札藏何处？会被东风暗拆看。

可见“绿蜡春犹卷”，实际就是用的钱诗第一二句。而书中说宝玉句原作“绿玉”，经宝钗的提醒，方改为“绿蜡”，看来是作者故作伎俩，如果没看到全诗的话，读者是会被他骗过去的。

第二十三回：

贾政便问道：“谁叫袭人？”王夫人道：“是个丫头。”贾政道：“丫头不拘叫个什么罢了，是谁起这样刁钻名字？”王夫人见贾政不喜欢了，便替宝玉掩饰道："是老太太起的。"贾政道："老太太如何晓得这样的话？一定是宝玉。"宝玉见瞒不过，只得起身回道："因素日读诗，曾记古人有句诗云：'花气袭人知昼暖。'因这丫头姓花，便随便起的。"

宝玉替袭人起这个名字，是他得意之举，书中前后三次提到采用这句诗，早在第三回上已说过，但只说旧人诗句有"花气袭人"四字，未引全句，到这第二十三回上才写出全句来，后来第二十八回中又重复过一次。可是这里却偏偏有个错字，原诗见宋陆游《剑南诗稿》卷五十，题为《村居书喜》，全诗是：

红桥梅市晓山横，白塔樊江春水生。花气袭人知骤暖，鹊声穿树喜新晴。坊场酒贱贪犹醉，原野泥深老亦耕。最喜先期官赋足，经年无吏叩柴荆。

原诗实是"骤暖"而非"昼暖"。这是曹雪芹有意用"昼"字，还是笔误？

第二十八回，宝玉、薛蟠在冯紫英家吃酒行令，冯紫英说的酒令引唐人诗句："鸡鸣茅店月。"这诗乃唐人温庭筠《商山早行》诗句，全诗是：

晨起动征铎，客行悲故乡。鸡声茅店月，人迹板桥霜。槲叶落山路，枳花明驿墙。相思杜陵梦，凫雁满回塘。

也把“鸡声”误为“鸡鸣”。

第四十回：

宝玉道：“这些破荷叶可恨，怎么不叫人来拔去？”宝钗笑道：“今天这几日，何曾饶了这园子闲了一闲？天天逛，哪里还有叫人来收拾的工夫呢？”黛玉道：“我最不喜欢李义山的诗，只喜他这一句：‘留得残荷听雨声。’偏你们又不留着残荷了！”

引李商隐这句诗，主要是“残荷”二字，却偏偏错在这两字上。

李诗原题是《宿骆氏亭，寄怀崔雍、崔衮》。全诗是：

竹坞无尘水槛清，相思迢递隔重城。
秋阴不散霜飞晚，留得枯荷听雨声。

原诗实作“枯荷”，不过从摘句的角度来看，“残荷”实在比原来“枯荷”诗意长些。

第四十回：

> 香菱笑道：“我看他《塞上》一首，内一联云：‘大漠孤烟直，长河落日圆。’……”

按王维这诗全题是《使至塞上》，《塞上》盖是简称之。

第六十二回：

> 底下宝玉可巧和宝钗对了点子，宝钗便覆了一个“宝”字。宝玉想了一想，便知是宝钗作戏，指着自己的通灵玉说的，便笑道：“姐姐拿我作雅谑，我却射着了。说出来姐姐别恼。就是姐姐的讳——‘钗’字就是了。”众人道：“怎么解？”宝玉道：“他说‘宝’，底下自然是‘玉’字了；我射‘钗’字，旧诗曾有‘敲断玉钗红烛冷’，岂不射着了。”湘云说道：“这是时事，却使不得，两人都该罚。”香菱道：“不止时事，这也是有出处的。”湘云道：“‘宝玉’二字，并无出处，不

过是春联上或有之？诗书记载上并无。算不得。”香菱道：“前日我读岑嘉州五言律，见有一句说：‘此乡多宝玉。’怎么你倒忘了？后来又读李义山七言绝句，又有一句：‘宝钗无日不生尘。’我还笑说，他两个名字都原来在唐诗上呢！”

“敲断玉钗红烛冷”句，见《千家诗》，作者唐人郑谷，题为《题邸间壁》，全诗是：

酴醾香梦怯春寒，翠掩重门燕子闲。
敲断玉钗红烛冷，计程应说到常山。

这诗不见收于《全唐诗》，不知是什么缘故？《红楼梦》也只说是“旧诗”而不说是“唐诗”，更未指出作者。不过唐诗中说到“玉钗”者不少，而偏偏提到《千家诗》中这首诗，可见《红楼梦》作者是熟习或者手边放着这本书的。

岑参“此乡多宝玉”句在《送杨瑗尉南海》诗中：

不择南州尉，高堂有老亲。楼台重蜃气，邑里杂鲛人。海暗三山雨，花明五岭春。此乡多宝玉，慎莫厌清贫。

这里没有错字，错的是在下面引的一句“宝钗无日不生尘”，为李商隐《残花》诗句，全诗是：

残花啼露莫留春，尖发谁非怨别人。
若但掩关劳独梦，宝钗何日不生尘。

将原诗“何日”误为“无日”。为什么偏偏又是李商隐的诗误了一字呢？

第六十三回邢岫烟语：

他常说：“古人中自汉、晋、五代、唐、宋以来，皆无好诗，只有两句好，说道：‘纵有千年铁门槛，终须一个土馒头。’”

这是宋范成大《重九日行营寿藏之地》诗中句，见《石湖诗集》二十八卷，全诗是：

家山随处可行楸，荷锸携壶似醉刘。纵有千年铁门限，终须一个土馒头。三轮世界犹灰劫，四大形骸强首丘。蝼蚁乌鸢何厚薄？临风拊掌菊花秋。

将“限”字误成“槛”字，并且连“铁槛寺”也是从这错误诗句起的。

读《红》就所知者记之如上，其中陆、范两诗过去俞平伯先生也提过，但这里是专谈《红楼梦》中引诗误字，故不避重复，乃举之以尽其全。

《红楼梦》所记歇后语

灯谜之类，当然是知识分子玩弄的文字游戏。但在一些非知识分子中，也能用他们日常生活中实践的事物编制出相似的玩意儿，这就是“歇后语”。说了上半句，对方即可凭所领会的含意想象出下半句来。他们不懂玩弄文字，但有充分的生活经历与体验，所以编制的歇后语，有时虽属粗俗，但大都是很机警、灵活，含有意义，耐人寻味的。它可算是一种民间文学，而且这种歇后语在中国每个地方都是俯拾皆是，如是要编一部词典，当可成一本数十万言的洋洋巨册。

一般普通而在各地都流行的，如：

外甥打灯笼——照舅（旧）。

看戏淌眼泪——替古人担忧。

猫哭老鼠——假慈悲。

聋子的耳朵——摆设。

乌龟唱曲子——别（鳖）腔别（鳖）调。

痨病鬼开药店——连吃带卖。

顶着石臼跳加官——费力不讨好。

油炸鬼供祖宗——以鬼哄鬼。

肉馒头打狗——有去无回。

老太太上鸡窠——奔（笨）蛋。

瘸子的辫子——悬得很。

实在记不胜记。从它的含意看来，某些创意恐怕与灯谜之类还有不及之处。

《红楼梦》是一部百科全书，它这里对社会上的一切大都写到，当然对社会上流行的歇后语也运用不少在彼此对话里，如：

丈八的灯台——照见人家，照不见自己。（第十九回）

金簪儿掉在井里头——有你的只是有你的。（第二十回）

狗咬吕洞宾——不识好歹。（第二十五回）

耗子尾巴上长疮——多少脓血儿！（第六十八回）

仓老鼠问老鸹去借粮——守着的没有飞着的倒有。（第六十一回）

清水下杂面——你吃我看。（第六十五回）

黄柏木作了磬槌子——外头体面里头苦（第五十三回）。

黄鹰抓住鹞子的脚——都扣环了。（第三十回）

黑母鸡——一窝儿。（第六十五回）

醋汁子老婆——拧出来的。（第八十回）

聋子放炮仗——散了。（第五十四回）

提着影戏人子上场儿——好歹别戳破这层纸儿。（第六十五回）

梅香拜把子——都是奴才。（第六十回）

《红楼梦》里实在也记录下不少来，它还记载有一些融合到语中的，如第二十六回记小红说："到底是谁的？也等不的说完就跑，'谁蒸下馒头等着你——怕冷了不成？'"这也是歇后语，但联系着上面"跑"字，如果单独看本句，是不容易懂的。这又是歇后语的变格。

记录了歇后语比较早而且比较多，这不能不推《红楼梦》

了，从这一点也可看到曹雪芹见闻之广，这些都是当时士大夫阶层所不屑入耳的，偏偏由他保存下来，可惜有些因为时代的关系，我们今天已经不大懂了。不过有些还是活的，流行在人民大众的嘴里。

《红楼梦》中的“西洋机括”建筑

第四十一回写到刘姥姥醉后误入怡红院：

转了两个弯子，只见有个房门，于是进了房门，便见迎面一个女孩儿，满面含笑的迎出来。刘姥姥忙笑道：“姑娘们把我丢下了，叫我碰头碰到这里来了。”说着，只觉那女孩儿不答，刘姥姥便赶来拉他的手，“咕咚”一声，却撞到板壁上，把头碰的生疼。细瞧了一瞧，原来是一幅画儿。刘姥姥自忖道：“怎么画儿有这样凸出来的？”一面想，一面看，一面又用手摸去，却是一色平的。点头叹了两声。一转身，方得了个小门，门上挂着葱绿撒花软帘。刘姥姥掀帘进去，抬头一看，只见四面墙壁，玲珑剔透，琴剑瓶炉，皆贴在墙上；锦笼纱罩，金彩珠光，连地下踏的砖皆是碧绿凿花，竟越发把眼花了。找门出去，那里有门？左一架书，右一架屏。刚从屏后得了一个门，只见一个老婆子也从外面迎着进来，……猛想起："常听见富贵人家有种穿衣镜，这别是我在镜子里头吗？"想毕，又伸手一抹，再想一看，可不是四面雕空的板壁，将这镜子嵌在中间的！不觉也笑了。因说："这可怎么出去呢？"一面用手摸时，只听"咯磴"一声，又吓的不住的展眼儿。原来是西洋机括，可以开合，不意姥姥乱摸之间，其力巧合，便撞开消息，掩过镜子，露出门来。……

书中说明这种建筑带有"西洋机括"，所以"可以开合"，"撞开消息，掩过镜子，露出门来"。实际这种建筑，并不仅贾府才有，当时一些官僚、地主家中也有；而且不仅是在北京，据李斗《扬州画舫录》卷十二载：

绿杨湾门内建厅事，悬御匾"怡性堂"三字，及"结念底须怀烂缦，洗心雅足契清凉"一联。栋宇轩豁，金铺玉锁，前厂后荫。右靠山用又楠雕密箐，上筑仙楼，陈设木榻，刻香檀为飞廉、花槛、瓦木阶砌之类；左靠山仿效西洋人制法，前设栏楯，构深屋，望之如数什百千层，一旋一折，目炫足惧，惟闻钟声，令人依声而转。盖室之中设自鸣钟，屋一折则钟一鸣，关捩与折相应。外画山河海屿，海洋道路。对面设灯影，用玻璃镜取屋内所画影，上开天窗盈尺，令天光云影相摩荡，兼以日月之光射之，晶耀绝伦。……

又同书卷十四载：

静照轩东隅有门，狭束而入，得屋一间，可容二三人。壁间挂梅花道人山水长幅，推之则门也。门中又得屋一间，窗外多风竹声，中有小飞罩，罩中小棹，信手摸之而开，入竹间阁子，一窗翠雨，着须而凝，中置圆几，半嵌壁中。移几而入，虚室渐小，设竹榻，榻旁一架古书，缥缃零乱，近视之，乃西洋画也。由画中入，步步幽邃，扉开月入，纸响风来。中置小座，游人可憩。旁有小书橱，开之则门也。

这两处建筑，不也和《红楼梦》中的怡红院的结构、设计是一样的吗？它的"虚室渐小，设竹榻，榻旁一架古书，缥缃零乱，近视之，乃西洋画也"，这正和怡院墙上画的"一个女孩儿，满面含笑的迎出来……刘姥姥便赶来拉他的手，‘咕咚’一声，却撞到板壁上，……原来是一幅画儿”，它能凸出来，也同样的一幅西洋画。而“中有小飞罩，罩中小棹，信手摸之而开”也正和刘姥姥“一面用手摸时，只听‘咯磴’一声，……其力巧合，便撞开消息，掩过镜子，露出门来”一样。可见这时仿着西洋建筑，且喜欢那种带有“机括”的，在富贵人家，不论南北，都很盛行的。

灯谜

《红楼梦》里有一些灯谜，但有两处没有谜底，这使人们不得不加以猜测，大概曹雪芹是有意的罢？

第五十回：

李纨道："昨日姨妈说：琴妹妹见得世面多，走的道路也多，你正该编谜儿。况且你的诗又好，为什么不编几个我们猜猜？"宝琴听了，点头含笑，自去寻思。宝钗也有一个，念道："镂檀锲梓一层层，岂系良工堆砌成，虽是半天风雨过，何曾听得梵铃声？"众人猜时，宝玉也有个，念道："天上人间两渺茫，琅玕节过谨提防，鸾音鹤信须凝睇，好把唏嘘答上苍。"黛玉也有了一个，念道："騄駬何劳缚紫绳，驰城逐堑势狰狞。主人指示风云动，鳌背三山独立名。"

这三个谜底书中是没交代的。

周春《阅红楼梦随笔》解云：

灯谜儿：宝钗“镂檀锲梓一层层”，余拟谓纸鸢，第三句“虽是半天风雨过”，暗藏高字。宝玉“天上人间两渺茫”，拟猜纸鸢之带风筝者。黛玉“騄駬何劳缚紫绳”，拟猜走马灯。

王希廉解云：

宝钗灯谜似是树上松球；宝玉灯谜似风筝琴，俗名鹞鞭；黛玉灯谜似是走马灯。

妙复轩评《石头记》解云：

宝钗灯谜是松塔；宝玉灯谜是吹火筒；黛玉灯谜是走马灯。

第五十一回：

> 话说众人闻得宝琴将素昔所经过各省内古迹为题，做了十首《怀古》绝句，内隐十物，皆说“这自然新巧”。

这十首《怀古》绝句，题为《赤壁怀古》《交趾怀古》《钟山怀古》《淮阴怀古》《广陵怀古》《桃叶渡怀古》《青冢怀古》《马嵬怀古》《蒲东寺怀古》《梅花观怀古》，虽录出全诗，也未说明谜底，因之所谓“内隐十物”究竟都是些什么，解者亦复不同。

周春《阅红楼梦随笔》解云：

> 薛小妹《怀古》灯谜十首，第一首《赤壁怀古》拟猜走马灯之用战舰水操者，内“徒留名姓载空舟”暗藏曹字。第二《交趾怀古》拟猜喇叭，末句“铁笛无烦说子房”暗藏张字。第三《钟山怀古》拟猜肉。第四《淮阴怀古》拟猜兔。第五《广陵怀古》拟猜箫。第六《桃叶渡怀古》拟猜团扇。第七《青冢怀古》拟猜枇杷。第八《马嵬怀古》拟猜杨妃冠子白芍药。第九《蒲东寺怀古》拟猜骰

子。第十《梅花观怀古》拟猜秋牡丹。新正无事，试为一猜，当日大家所猜，皆不是的；恐我所猜，亦未必是也。安得起诸美人而问之？

王希廉解云：

《交趾怀古》似是马上招军，俗名喇叭。《广陵怀古》似是柳絮。《青冢怀古》似是匠人墨斗。《蒲东寺怀古》似是红天灯。《梅花观怀古》似是纨扇。

余五首王氏未解。妙复轩评《石头记》解云：

《赤壁怀古》是法船。《交趾怀古》是洋琴。《钟山怀古》是耍猴。《淮阴怀古》是打狗棒，《广陵怀古》是雪柳，《桃叶渡怀古》是拨打棍。《青冢怀古》是墨斗。《马嵬怀古》是胰皂。《蒲东寺怀古》是鞋拔。《梅花观怀古》是月光马，即泥塑兔儿爷。

徐凤仪《红楼梦偶得》解云：

《怀古》诗灯谜，《赤壁》猜盂兰会所焚法船。《交趾》似隐喇叭。《钟山》似隐傀儡。《淮阴》似隐马桶。《广陵》似隐柳木牙签。《青冢》似隐墨斗。《梅花观》似隐纨扇。

赵曾望《窕言》下解云：

王雪香评《石头记》，其未经道破之灯谜，皆为释明，惟《怀古》十诗隐俗物十件，未能全释，余代释之。其一《赤壁》，罿子灯也；其二《交趾》，铜喇叭也（雪香同）；其三《钟山》，耍猴儿也；其四《淮阴》，纳宝瓶也（丧家以瓦罂贮饭并铜钱数枚纳诸棺中，俗谓“纳宝瓶”。且谓冥中有恶狗村，持此无恐。语甚诞）；其五《广陵》，剔牙棒也（俗用柳木为之，谓可去风）；其六《桃叶渡》，门神纸也（新年与桃符并换）；其七《青冢》，墨斗也（雪香同）；其八《马嵬》，肥皂也；其九《蒲东寺》，竹帘也；其十《梅花观》，纨扇也（雪香同）。此中惟耍猴儿似非物件类，作者特于前卷先设史湘云一谜，且云“真是俗物”，盖留为明眼人取决地耳。

解者甚众，说法各异，仁者见仁，智者见智，但无法证其谁为是耳。

贾府的钟和表

表和钟都是日常实用的东西，大约在清代乾隆年间，即已盛行。当时朱文治有《西洋表》诗（见《姚江诗录》卷三）：

古来测景立圭表，冬推黄道夏赤道。法参凤管工调阳，用异鸡人司唱卯。西洋雕琢近益精，古月团栾制何巧。浑天仪用具体微，勾股算神专语小。暗罗列宿撑腹肠，分擘覆宇凭指爪。一蚁空盘九曲珠，六鳌轻负三神岛。转轮秘钥失分毫，香篆莲壶各颠倒。乃知万窍引一针，不用满腔装七宝。缠腰客喜斗新奇，到眼时真称大好。偶悬纶阁促趋朝，携入词坛催脱稿。细字排成一览知，寸阴掷去重来少。百年消息得几何，滴沥声中逼人老。

朱文治是乾隆戊申（一七八八）举人，他诗中说是“斗新奇”，可见是一种时髦玩意儿。又当时净香居主人（杨米人）所撰《都门竹枝词》（《清代北京竹枝词》本）也说道：

三针洋表最时兴，手里牛皮臂上鹰。拉手呵腰齐道好，相逢“你老”是通称。

说明当时很多人带有怀表，而且是“三针”的。至于挂钟，李斗《扬州画舫录》卷十二也载有：

左靠山仿效西洋人制法，前设栏盾，构深屋，望之如数什百千层，一旋一折，目炫足惧，惟闻钟声，令人依声而转。盖室之中设自鸣钟，屋一折则钟一鸣。……

这虽写的是扬州富商园亭，但可见自鸣钟这时已普遍得很。又如道光年间杨静亭《都门杂咏》（《清代北京竹枝词》本）市廛之《大栅栏》：

画楼林立望重重，金碧辉煌瑞气浓。
箫管歇余人静后，满街齐响自鸣钟。

道光时代虽然已经比较晚了，但“满街齐响自鸣钟”，则自鸣钟已经不再是什么珍贵的东西。

钟和表既然如此成为生活上的必需品，在《红楼梦》中当然也必反映出来，我们试看贾府的一些。

在第六回上，首先写到荣国府凤姐房里的挂钟，刘姥姥初进大观园，到了凤姐房内，“只听见咯当咯当的响声，很似打罗筛面的一般，不免东瞧西望的。忽见堂屋柱子上挂着一个匣子，底下又坠着一个秤砣似的，却不住的乱晃。刘姥姥心中想着：‘这是什么东西？有煞用处呢？’正发呆时，陡听得‘当’的一声，又若金钟铜磬一般，倒吓得不住的展眼儿”。书中写得很传神，表现出当时一般农民还没有看到过钟，也反映了统治阶层与被统治阶层的生活距离是多么远。

第二处是写连凤姐的侍从也随身带着表，这在第十四回上，凤姐受命管理宁国府，一开始便来个下马威，她对执事人等训话说：“素日跟我的人，随身俱有钟表。”当然我们无法知道这些跟随凤姐的有多少人是随身带有钟表的，也不知道所带钟表是他们的主子凤姐给的还是他们自备的，但无论如何，可见这些随从已将随身所带的钟表作为工作需要的东西，而不是一个装饰品，也可见这时这东西已普遍到被役使人们的身上。

凤姐这段话里不单说到她的随从都随身带有钟表，并且她说到宁国府上房也挂有时辰钟："横竖你们上房里也有时辰钟。"当然《红楼梦》没具体说明宁国府哪几处属于"上房"，但从凤姐话里总可以知道这"上房"是人们都可以经过而看到这时辰钟的地方，它不应该像凤姐的屋里是很少人得以进去的；也应该不仅仅是一处，因为偌大一个宁国府若只有一处上房供人们去你来我往地去看钟，那会是什么样子，由此可知宁国府绝不止一处上房，也不止一个时辰钟。

接着下面第十九回写到宝玉的表："二人正说着，只见秋纹走进来，说：'三更天了，该睡了。方才老太太打发嬷嬷来问，我答应睡了。'宝玉命取表来看时，果然针已指到子初二刻了。"这里写宝玉的表是怀表，并且表面是以子、丑、寅、卯十二时为度盘，像今天航海钟一样，以一昼夜为一转的。

宝玉这个表后来几度出现，第四十五回宝玉在一个晚上去探看黛玉，谈了一回，黛玉教他回去，明天再来："宝玉听了，回手向怀内掏出一个核桃大的金表来，瞧了一瞧，那针已指到戌末亥初之间。"

到第六十三回《寿怡红群芳开夜宴》，吃酒已是深夜，宝玉"要过表来瞧了一瞧，已是子初一刻十分了"。这是宝玉的表在《红楼梦》中第三度出现。

第八十九回又提到这表，宝玉“自己低头看了看表针，已指到酉初二刻了”。

这都是记载宝玉那只表，从四段记载，已知宝玉这只表是比较高贵的，是“核桃大的金表”，表盘不仅有时、有刻，并且有分，是一个精致的表。

宝玉除了自己有表之外，他的怡红院里也跟凤姐或者宁国府的上房一样，也有自鸣钟摆着，如第五十一回记宝玉三更睡梦醒后，和晴雯、麝月在一起，“只听到外间屋里槅上的自鸣钟‘当……当’的两声”。后来第五十二回又提到它：“宝玉见他着急，只得胡乱睡下，仍睡不着，一时只听自鸣钟已敲了四下。”说“‘当……当’的两声”自然是两点，“敲了四下”自然是四点，那么宝玉房中的自鸣钟可知是十二时为一转，昼夜各转一周，如现在普通钟式一样，而不是以子、丑、寅、卯为度盘的。

但第七十八回，宝玉向两个侍女打听晴雯临终情形，一个婢女说出她死的时刻：“我听了这话，竟不大信，及进来到屋里，留神看时辰表，果是未正二刻。”这里说“留神看时辰表”，而且是以子、丑、寅、卯计时，应该不是宝玉屋里那自鸣钟，但也不会是宝玉身上那个“核桃大的金表”，可能是另外一枚。

宝玉屋里除了槅上的挂钟之外，还有台钟。第八十九回“宝玉也不理会，自己坐着，无精打采，猛听架上钟响”，这显然是放在架上的一座台钟。

除了宝玉屋子里面有钟，怡红院的老婆子屋里也有钟。在第六十三回《寿怡红群芳开夜宴》中大家在吃酒，只听有人叫门，老婆子忙出去问时，原来是薛姨妈打发人来接黛玉的。众人因问：“几更了？”人回：“二更以后了，钟打过十一下了。”这些老婆子自然不会在宝玉屋里，如非他们屋里有钟，她们如何知道“打过十一下了”呢？可见怡红院里老婆子屋里比宁国府还高一筹。

凤姐屋里不单有钟，并且她还卖过一只钟。第七十二回上记凤姐说：“我是你们知道的：那一个金自鸣钟，卖了五百六十两银子，没有半个月，大事小事没十件，白填在里头。”这里不仅说贾府有多余的钟可卖，并且说明了当时一只金自鸣钟的价钱。凤姐卖了四五箱大铜锡家伙，才只得三百两银子，而这一只钟就卖了将近一倍的价，可见当时钟的价值是相当的高，绝不是一般人所可购置的。

但这并不是特别贵重的钟，一只最珍贵的钟曾到贾府来过而没有买下，那就是第九十二回冯紫英预备卖的一架。

冯紫英说："这四件东西，价儿也不贵，两万银他就卖，母珠一万，鲛绡帐五千，'汉宫春晓'与自鸣钟五千。"如果以"汉宫春晓"与自鸣钟各一半计算的话，则自鸣钟为二千五百两银子，又高出凤姐所卖的许多了。

这钟贾府没有买下来，当然不在贾府钟表之列，但贾府到底有多少钟表，还是没法计数的，据第一百五回锦衣军查抄宁国府所得的宁府"钟表十八件"，依这个数目，估计荣国府恐还不止此数。

当然，钟、表是西洋玩意儿，它流入中国，大约在明代时候。据明冯时可《蓬窗续录》载：

> 余至京，有外国道人利玛窦赠予倭扇四柄，合之不能一指，甚轻而有风，又坚致。道人……又有自鸣钟，仅如小香盒，精金为之，一日十二时，凡十二次鸣，亦异物也。

冯时可在利玛窦处看到他用的表，固然不能说明当时已经流行，但据明李绍文《云间杂识》卷二载：

> 西僧利玛窦作自鸣钟，以铜为之，一日十二时，凡

十二次，鸣子时一声，丑时二声，至亥则其声十二。余在金陵王太稳处亲见。近上海人仿其式亦能为之。第彼国所制高广不过寸许，上海则大于斗矣。利师同事之人郭仰凤住上海，余亦曾谒之。

是不是真的由利玛窦在中国制造了自鸣钟？这是很难说的，不过从这里可以看到在明代时候，上海已经能制造自鸣钟了（李绍文他不懂得钟与表之分），既然能制造，自然必已流行。

到了清代，制造钟、表的已经多起来，据清俞樾《茶香室三钞》卷二十七：

国朝王澐《漫游纪略》云："漳南孙细娘之自鸣钟，莆中姚朝士之测晷仪器，皆一时绝艺。"按国朝周亮工《闽小记》有龙溪孙儒理一寸许之自鸣钟，余已载之于《续钞》二十二，未知与孙细娘自鸣钟是一是二也。

贾府之钟、表当然不排除是进口货，但也很可能是上海或漳南制造的。但既然上海能制，漳南能制，那么当时中国恐怕不仅这两个地方制造罢？

《红楼梦》里的钟表和我们今天的钟表是一样的，如第五十一回：

> 只听外间房中十锦槅上的自鸣钟当当的两声，外间值宿的老嬷咳嗽了两声，因说道："姑娘们睡罢。……"

又第五十二回：

> 宝玉见他着急，只得胡乱睡下。……一时只听自鸣钟已敲了四下。

这是指的夜间的几点呢？在第六回刘姥姥一进荣国府的一段，它是这样写的：

> 刘姥姥只听咯当咯当的响声，……忽见堂屋中柱子上挂着一个匣子，底下坠着一个秤砣似的，却不住的乱晃。……陡听得"当"的一声，又若金钟铜磬一般，……接着一连又是八九下。

这样的钟今天已经极不经见了，它的摆悬挂在外头，左右摆动着，也许在外国古装电影里偶尔出现一下。过去这种钟称为“梳摆时辰钟”，它不是十二点为一周，而是以十二时（子、丑……）为一周，在钟面上一昼夜才转一圈的。这里说它“‘当’的一声”，又说“接着一连又是八九下”，这报的是什么时间呢？原来这种钟报时打法是与今日一般钟的打法不一样，它的报时打法是这样：

时辰	子	丑	寅	卯	辰	巳	午	未	申	酉	戌	亥
初	九下	八下	七下	六下	五下	四下	九下	八下	七下	六下	五下	四下
正	一下	二下	一下	二下	一下	二下	一下	二下	一下	二下	一下	二下

刘姥姥早晨进城，到周瑞家的催她趁吃饭的空儿进府去看凤姐，这个时候应该午正时分（即上午十二点），所以她听到的钟声打的是一下，接着未初，所以又听到“接着一连又是八九下”。第四十一回上“十锦槅上的自鸣钟当当的两声”应是亥正的钟声，而五十二回“自鸣钟已敲了四下”则是亥初的钟声。

当然，贾府里的钟也有以十二响报时的，如第六十三回《寿怡红群芳开夜宴》，那里的二更钟敲十一下，它正和今日普通钟是一样的。

木樨香露和玫瑰清露

《红楼梦》第三十四回宝玉被责打以后，王夫人曾交给他木樨香露和玫瑰清露各一小瓶，嘱咐吃时一碗水里，只须挑上香露或清露一茶匙。这两个瓶子都贴着鹅黄笺子，据说是进上用的。

这玫瑰露后来在第六十回里再次被提到，芳官想弄一点给柳五儿，这里描绘说：

> 柳家的……见芳官拿了一个五寸来高的小玻璃瓶来，迎亮照着，里面有半瓶胭脂一般的汁子，还当是宝玉吃的西洋葡萄酒。

因而有人觉得玫瑰露被误认为“西洋葡萄酒”，极可能玫瑰露也是西洋货。这完全是错误的，它是地地道道的中国产品。

清顾禄《桐桥倚棹录》卷十载：

花露，以沙甑蒸者为贵，吴市多以锡甑。虎邱仰苏楼、静月轩多释氏制卖，驰名四远。开甑香冽，为当世所艳称。其所卖诸露，治肝胃气则有玫瑰花露，疏肝牙痛早桂花露，痢疾香肌茉莉花露，祛惊豁痰野蔷薇露，宽中噎膈鲜佛手露，气胀心痛木香花露，固精补虚白莲须露，散结消瘿夏枯草露，霍乱辟邪佩兰叶露，悦颜利发芙蓉花露，惊风鼻衄马兰根露，通鼻利窍玉兰花露，补阴凉血侧柏叶露，稀豆解毒绿叶梅花露，耑消诸毒金银花露，清心止血白荷花露，消痰止嗽枇杷叶露，骨蒸内热地骨片露，头眩眼昏杭菊花露，清肝明目霜桑叶露，发散风寒苏薄荷露，搜风透骨豨莶草露，解闷除黄海棠花露，行淤利血益母草露，吐衄烦渴白茅根露，顺气消痰广橘红露，清心降火栀子花露，痰嗽劳热十大功劳露，饱胀散闷香橼露，和中养胃糯谷露，鱼毒膝疮橄榄露，霍乱吐泻藿香露，凉血泻火生地黄露，解湿热鲜生地露，胸闷不舒鲜金柑露，盗肝久疟青蒿露，乳患肺痈橘叶露，祛风头证荷叶露，和脾舒筋木瓜露，生津和胃建兰露，润肺生津麦门冬露。施位《虎邱竹枝词》云：“常苏州后白苏州，饶幸香山占虎邱。四面红窗怀杜阁，一瓶花露仰苏楼。”又郭麟《虎邱五乐府》有《咏花露》［天香］词云：“炊玉成烟，揉风作水，落红满地如扫。百末香浓，三霄夜冷，无数花魂招到。仙人掌上，迸铅水铜盘多少。空惹蜂王惆怅，未输蜜，脾风调。谢娘理妆，趁晓面初匀，粉光融了。试手劈线重盥，蔷薇尤好。欲笑文园病渴，似饮露秋蝉能饱。待斗新茶，听汤未老。”尤维雄和词云：“候火安炉，量沙布甑，蒸成芳液盈盈。凉沁荷蕳，冷淘瑰叶，输与山僧佳制。饼罂分饷，倾一滴便消残醉，欲笑辛勤蜂酿，只供蜜，殊留嗜。试调井华新水，面才匀，扫眉还未。惯共粉奁脂盝，上伊纤指。向晚妆台一饷，又融入，犀梳栊双髻，梦醒余香，绿鬟犹腻。”

这里列举了四十多种花露之名，“玫瑰花露”“早桂花露”都在其中，它们是苏州和尚们做了卖的。可见《红楼梦》上的“木樨香露”“玫瑰清露”就是这些，是地地道道的土产。

证以康熙三十七年十月某日李煦请安折，折后附一贡单，除大批水果、干果、水仙、泉酒外，还有“桂花露”“玫瑰露”“蔷薇露”等，这些“进上用的”，当然“都贴着鹅黄笺子”，也可能是“五寸来高小玻璃瓶”，但可相信它是虎丘仰苏楼或静月轩的制品。

自行人、酒令儿与泥人儿的戏、泥捏小像

第六十七回《见土仪颦卿思故里》中记薛蟠从江南带来两个大箱，其中一箱是给宝钗带的，书中说：

> 母女二人看时，却是些笔、墨、纸、砚，各色笺纸、香袋、香珠、扇子、扇坠、花粉、胭脂等物；外有虎丘带来的自行人、酒令儿、水银灌的打金斗小小子、沙子灯，一出一出的泥人儿的戏，用青纱罩的匣子装着；又有在虎丘山上泥捏的薛蟠的小像，与薛蟠毫无相差。……

有人理解“自行人”与“酒令儿”是两回事，认为酒令儿是饮酒时的一种游戏，这里是指专为行酒令用的牙筹、纸牌之类的玩具（见人民文学出版社本《红楼梦》注）。但俞平伯先生《八十回校本红楼梦》却将“自行人酒令儿”连在一起，意

思是视为一个东西。

按庚辰本《脂砚斋重评石头记》第十七、十八回就在描写刘姥姥误触穿衣镜机括之前，有一段小注说：

> 皆系人意想不到、目所未见之文。若云拟编虚想出来，焉能如此？一段极清极细，后文鸳鸯瓶、紫玛瑙碟、西洋酒令、自行船等文，不必细表。

这里所谓“西洋”似即代书中的“自行人”的，那么“酒令儿”与“自行人”可见是一个东西，而不能分裂为二才是。俞氏主张，似即本此。

清顾禄《桐桥倚櫂录》卷十载：

> 自走洋人，机轴如自鸣钟，不过一发条为关键。其店俱在山塘。腹中铜轴皆附近乡人为之，转售于店者。有寿星骑鹿、三换面、老驼少、僧尼会、昭君出塞、刘海洒金钱、长亭分别、麒麟送子、骑马鞑子之属。其眼舌盘旋时皆能自动。其直走者，祇肖京师之后车辂，一人坐车中，一人跨辕，不过数步即止，不耐久行也。又有童子拜观音、嫦娥游月宫、絮阁、闹海诸戏名。外饰方匣，中

施沙斗，能使艳女击钵，善才折腰，玉兔捣药，工巧绝伦。翟继昌《自走洋人》诗云："盘旋直走一般同，机轴天然制造工。便到中华遵法度，饶伊疾小亦寰中。"

这里所述"自走洋人"盖即《红楼梦》中的"自行人"，从这段记载体会，它说有"寿星骑鹿、三换面、老驼少、僧尼会、昭君出塞、刘海洒金钱、长亭分别、麒麟送子、骑马鞑子"这些名色，虽名为"自走洋人"，却并没有什么"洋人"，可见所谓"洋人"，大概是指"机括"这个概念，由于这些玩意儿都是有"机括"的，于是就给加上"洋人"这个称号。

不过，话又说回来，从脂批来说，以"西洋"代替"洋人"而冠于"酒令"二字之上，是讲得通的，可是如果照《红楼梦》上把"自行人"冠于"酒令儿"三字之上，实在是讲不通，难道它像《桐桥倚棹录》上所说"能使艳女击钵、善才折腰、玉兔捣药"一样玩意儿吗？所以脂批把"自行人酒令儿"说成是"西洋酒令"，是值得怀疑的。

据《桐桥倚棹录》卷十一还有一条：

牙筹，即酒筹也，亦有以骨为之者，可以乱真。

摘《西厢》词句镌于上，有张生访莺莺之戏，又有三藏取经，许宣寻妇等名色。筹置筒中，团作分掣，照筹上所刻仪注而行。乃饮中济胜之具。有以天、地、人、和为筹，长短不齐，俗呼“筹码”，此为博局济胜负之物。竹牌出于北寺骆驼桥，虎丘人加琢磨之功而后售于人，其值遂昂，谓之“水磨牌”。今塘岸山街有十余店，兼售卖各色骨簪、骨牙饰及消息耳挖、骨牙杖、骨牙骰、骨牙牌、竹煤筒之属。蒋赓壥《酒筹》诗云：“谁见《西厢》识面来？取经、访妇更疑猜。酒人灯下团栾坐，笑当花枝斗几回。”朱楡《牌戏》诗云：“角逐文场念已休，群居终日竹林游。用心无所原堪惜，博局消磨到白头。”

原来“酒筹”也是虎丘的特产，所谓“酒筹”，当然也可以叫作“酒令儿”，那么显然“自行人”和“酒令儿”是两件东西。

如果这样，把它们连在一起就不对了，而脂批称之为“西洋酒令”大概中间或有落字的缘故？

《桐桥倚棹录》卷十一还载有一些与《红楼梦》这段有关的资料，可供参考，现在一并录之如下：

虎丘耍货，虽俱为孩童玩物，然纸泥竹木，治之皆成形质。盖手艺之巧，有迁地不能为良者。外省州县，多贩鬻于是。又游人来虎丘者，亦必买之，归悦儿曹，谓之“土宜”，真名其宝矣。头等泥货在山门以内，其法始于宋时袁遇昌，耑作泥美人、泥婴孩及人物故事，以十六出为一堂，高只三方寸，彩画鲜妍，备居人供神攒盆之用，即顾竹峤诗所云“明知不是真脂粉，也费游山荡子钱”是也。他如泥神、泥佛、泥仙、泥鬼、泥花、泥树、泥果、泥禽、泥兽、泥虫、泥鳞、泥介、皮老虎、堆罗汉、荡秋千、游水童，精粗不等。纸货则有蠹不倒、跟斗童子、拖鼓童、纺纱女、倒沙孩儿、坐车孩儿、牧牛童、摸鱼翁、猫捉老鼠、壁猫、痴官撮戏、法猢狲、撮把戏、凤阳婆、化缘和尚、琵琶罨子、三星、钟馗、葫芦酒仙、再来花甲、聚宝盆、象生百果及颠头、马、虎、狮、象、麒麟、豹、鹿、牛、狗之属。出彩则有一本万利、双鱼吉庆、平升三级，皆取吉祥语。竹木之玩则有腰篮、响鱼、花筒、马桶、脚盆，缩至径寸。又有摇䥥鼓、马鞭子、转盘锤、花棒锤、宝塔、木鱼、琵琶、胡琴、洋琴、弦子、笙、笛、皮鼓，诸般兵器，皆具体而微。有以两铜皮制为钹形者，圆如眼镜，大小儿自击为戏，俗呼“津津谷”，盖有声无词也。无名氏《耍货》诗

> 云："红红白白摆玲珑，打鼓孩儿放牧童。拣得几丛思底事，梦回阿妾索熏笼。"又华鼎《泥美人》诗云："绰约何曾解笑颦，一般工饰粉脂匀。若为抟作康成婢，屈膝泥中认后身。"

这里所说"十六出为一堂"，也正是《红楼梦》中所说"一出一出的泥人儿的戏；俗"谓之'土宜'"，也正是颦卿所见引起思故里的"土仪"。

《桐桥倚棹录》这卷里还有：

> 塑真，俗呼捏相。其法创于唐时杨惠之。前明王氏竹林亦工于塑作。今虎丘习此艺者不止一家，而山门内项春江称能手。虎丘有一处泥土最滋润，俗称"滋泥"，凡为上细泥人、大小绢人，塑头必此处之泥，谓之"虎丘头"。塑真尤必用此泥。然工之劣者，亦如传神之拙手，不能颊上添毫也。肢体以香樟木为之，手足皆活动，谓之"落膝骱"。冬夏衣服，可以随时更换。位置之区。谓之"相堂"，多以红木、紫檀，镶嵌玻璃。其中或添设家人婢子，或美婢侍童，其榻椅几杌，以及杯箸陈设，大小悉称。韩葑有《赠捏相项春江》诗云："傅岩访

梦弼，麟阁图勋臣。顾张不可作，阿堵半失真。我本山泽癯，颊角撑嶙峋。几经画工手，动觉非其人。因思绘画事，不敌塑作能。绘祇一面取，塑乃全体亲。百骸与九窍，一一赅而存。顾惟七尺躯，肮脏羞倚门。生前忽作俑，母乃儿曹惊。所宜就收束，无取夸彭亨。何妨竿木场，著此傀儡身。虎丘有项伯，家与生公邻。世传惠之术，巧思等绝伦。熟视若无睹，谈笑忘所管。岂知掌握中，云梦八九吞。取材片填足，妙用两指生。始焉胚胎立，继配骨肉匀。按捺增损间，不使差毫分。秾纤彩色傅，上下须眉承。五官既毕具，最后点其睛。呼之遂欲动，对镜笑不胜。自怜饭颗瘦，忽讶瓜皮青。周旋我与我，何者为神形？乃谋置几榻，且复携儿孙。居然壶公壶，盎如一家春。伟哉造物者，本以大块称。我亦块中块，万物土生成。今以块还块，总不离本根。他年归宿处，仍此藏精魂。固宜相印和，不假炉锤烦。情知唱幻质，撒手鸿毛轻。要念此天授，惟圣乃践形。奈何逐物化，周蜨空纷纭。且宝径寸珠，任转万劫轮。”又《清溪风雨录》载歌妓双姬《虎丘竹枝词》云：“技艺山塘妙莫过，香泥捏像肖偏多。一身自恨同瘤赘，添个愁人做甚么？”

体会诗意，知书中所说“薛蟠的小像，与薛蟠毫无相差”之语，是的确话，就是虎丘的“塑真”，也许还是项春江所做呢。

清袁学澜《虎阜杂事诗》（《适园丛书》本）亦有诗咏及自行人和泥人儿：

> 抟粉娇娥态逼真，洋人自走转铜轮。吴民尽擅偃师巧，无怪东施解效颦。

诗下并有小注云：

> 虎丘市人，专工塑像，泥孩美女，并拟诸生。自走洋人，铜轮暗转，远方之人，咤为奇绝。

又诗：

> 耍货堆床坐粉儿，传神塑像肖容姿。抟人妙手吴姬擅，惯捏香泥不络丝。

诗下亦有小注：

> 虎丘项天成塑真，意态如生，是传神妙手。虎丘人家，专造泥孩纸虎，以供儿童玩具，名“耍货”，即妇女亦擅此技。

《虎丘杂事诗》所载与《桐桥倚櫂录》所载，都可与《红楼梦》相印证，但《虎丘杂事诗》只载有“洋人自走”却没有“酒令儿”，更足证明“自行人”与“酒令儿”不能相连为一事。

沤子小壶儿

《红楼梦》里很多东西，本来是当时某一阶层的日常生活用品，而为当时社会上所习知的，但这些东西如今已经被时代所淘汰，也许为舶来品所挤掉，不单已经绝迹，甚至连名词也不为人所知。如第五十四回：

> 那几个婆子，虽吃酒斗牌，却不住出来打探。见宝玉出来，也都跟上来，到了花厅廊上，只见那两个小丫头，一个捧着个小盆，又一个搭着手巾，又拿着沤子小壶子，在那里久等。

这“沤子”是什么东西呢？现在已经很少人晓得。其实那就是过去上层妇女们使用的一种香蜜，半流质，用冰糖、蜂蜜、粉、油脂、香料合成，主要作用是使皮肤洁白细润。“沤子”者，就是“膏”的意思，与今日所谓“柠檬脂”等极为近似。曾见清代北京著名香粉店“桂林轩、香雪堂各色货物簿”（当时商店自己编的一种商品目录），中列“金花沤”一品，下有诗一首为说明：

> 沤号金花第一家，法由内造定无差。修容细腻颜添润，搽面温柔艳更华。冽口皴皮皆善治，开纹舒绉尽堪夸。只宜冬令随时用，夏卖鹅胰分外嘉。每罐满钱四百八十。

从这首诗里可以看出沤子的效用，从注文里并可知道它的价钱。

至于“壶儿”我们不能以茶壶、酒壶、水壶、喷壶一些壶的概念去想象它，倒可以用三代彝器中的“壶”来作样儿，如鼻烟壶，它实际是一个小瓶，而沤子的“小壶儿”则是一个似罐的小瓶，甚小，上下笔直如桶形，瓷质，口覆一瓷片为盖，以纸封之，盖边留一小缺口，以备“沤子”流出。

“沤子”一般男子少用，只有一些纨绔子弟、公子哥儿才拿它来“沤”手，为的是正如“桂林轩、香雪堂各色货物簿”

所谓“开纹舒绉”，要使手上皮肤白嫩的缘故。所以书中下文说：“宝玉洗了手，那小丫头子拿小壶儿倒了‘沤子’在他手内，宝玉沤了。”正是这个缘故。

天香楼

“天香楼”之名，曾于与曹雪芹友善之张宜泉《春柳堂诗稿》中两度见之，其一为《和欧阳先生会饮天香楼原韵二首》，其二为《九日戏寄郑恒斋被人约饮天香楼》。作诗的时间大约在乾隆二十余年，因之有人怀疑天香庭院也可能称为“天香楼”，也就应该是《红楼梦》中九十九位全真道士在那里打十九日解冤洗业醮的“天香楼”。

实际是不对的。据得硕亭《草珠一串》（《清代北京竹枝词》本）载：

> 地安门外（原注：俗呼曰后门）赏荷时，数里红莲映碧池（原注：南至皇城，西至德胜门，一望数里，皆莲花池也）。好是天香楼上座（原注：楼在莲池北岸），酒阑人醉雨丝丝。

可见“天香楼”是在什刹海附近的一个“酒楼”。虽然《草珠一串》写的时候已是嘉庆年间，可能这酒楼早在乾隆时就已有了。

所以张宜泉两次提到“饮天香楼”，必然是这个酒楼，与天香庭院毫无关系。

记“紫雪轩”

曹寅手书楹联一，楷书绫底，康熙时代原装裱。

寅书法传世不多，大字尤属仅见。联录唐孟郊诗句：

砥行碧山石，结交青松枝。

下署“曹寅”二字，无上款；上联右上角盖有“紫雪轩”迎首印一方。

诗系孟郊《答友人》诗之一联，今见《孟东野诗集》卷七。

所谓“紫雪轩”究作何解？曹寅有无此一别号？抑系一座轩馆，它在什么地方？

紫雪即楝花，古人以绛雪形容蔷薇，以紫雪形容楝花，都是指花瓣飘落时的景色。曹寅本人在康熙三十四年（一六九五）的《楝亭夜话图》上的题诗，开头就说：

紫雪冥濛楝花老。

他是喜欢效诚斋体的，“紫雪”一词即出于南宋杨万里诗中：

只怪南风吹紫雪，不知屋角楝花飞（《诚斋集·江湖集》卷六《浅夏独行奉新县圃》）。

风吹楝花，疑为紫雪，形象相当生动。后来文人们常用这个典故，《楝亭图》第三卷有曹寅友人江苏巡抚宋荦的《寄题子翁曹先生楝亭三首》，其中第三首也说：

楝亭好景白门稀，楝亭新诗不敢挥。只向诚斋乞一句，南风紫雪楝花飞。

当然，这不仅是自然景色而已，还有人事方面的含义。曹寅的父亲曹玺任江南织造，在南京署中栽了一株楝树，盖了个亭子，曹寅少时在那里读书。后来父亲死了，曹寅继任织造，请人绘作《楝亭图》，遍征题咏，此事不待烦言。但曹寅是否有“紫雪轩”这个别号呢？我们一向只知道他的别号有“楝亭”“荔轩”“雪樵”“柳山”“棉花道人”“西堂扫花行者”等，不知有此。不过在《楝亭诗别集》卷三中却有证据。他在康熙三十九年（一七〇〇）年底有一首五古，题作：

> 冬来为夙逋所累，拉髯翁曝日堂前，出扇得画图，思世情不觉失笑，遂题画端，此紫雪庵主得力之偈也，即以奉赠，以为开岁笑柄。

诗是：

> 道贫已不见，身贫众乃惊。我本放诞人，聊复遣此情。左厢蓄声伎，右壁图蓬瀛。中堂泛匏樽，日夕醉还醒。古来贤豪士，怀抱恒不平。贵贱使之然，区区无近名。即此亦之乐，毋为造物轻。

这位身兼织造、盐政两桩阔差使的达官，享受豪华，开支浩繁，到了过年，乃周转不灵，闭门避债，慨叹“世情”，强作禅语以自慰，在幕僚的画扇上题了这首“紫雪庵主得力之偈”。“紫雪庵主”者，自谓也。既是谈禅，不得又称庵，日轩日庵，其实一样，原本不必有此建筑。

在南京城西北，袁枚的随园里倒有一座紫雪轩，《续同人集》文类卷三孙士毅《寄随园前辈书》：

> 抵随园日，拓紫雪轩，四望春色，正复烂然矣。

又说：

> 计月之下旬，可抵秣陵，屏当案牍一二日，即趋诣紫雪轩。

不知与曹寅的紫雪轩有无关系？随园在清初属吴姓，因产文官果，一名文官园。雍正六年（一七二八）归江宁织造隋赫德所有，故名“隋园”。雍正十年（一七三二），隋赫德亏空革职后，改为茶舍酒肆。乾隆十四年（一七四九），袁枚花了三百两银子买下，扩建成随园。雍正六年时隋赫德的奏折称：曹頫家的房屋十三处四百八十三间，“荷蒙皇上浩荡天恩，特加赏赉，宠荣已极”，则隋园的前身，极大可能属于曹家。这与城东北的织造署中的花园固非一处，后者既经康熙驻跸，曹家不见得再住或常住，园林之胜，想另有其地。而隋赫德在短暂的任期内，继承了曹家十三处房屋产业外，恐又一时无法别图。话又得说回来；从情理上推断，尽管随园原址大概就是曹家故园，然而“紫雪轩”者，也许单纯出于偶合，只要附近有楝树之类，都可赐此佳名。何况曹寅所谓“紫雪轩”或“紫雪庵”，未必实有其地，不像南京织造署中的楝亭和苏州织造署中的怀楝堂那样。如果追究下去，那就失之穿凿了。不过尽管没有实际建筑，“紫雪”是被曹寅选为专用名字的，所以会镌之于印章之上。

谈“本衙藏板”

刻本《红楼梦》最早当然是程伟元的摆印本，其次比较重要而且比其他一些版本要早的，当属于“本衙藏板”本。书的扉页有一篇题记：

> 《红楼梦》一书，向来只有抄本，仅八十卷。近因程氏搜集刊印，始成全璧。但原刻系用活字摆成，勘对较难，书中颠倒错落，几不成文。且所印不多，则所行不广。爰细加厘定，订讹正舛，寿诸枣梨。庶几公诸海内，且无鲁鱼亥豕之误，亦阅者之快事也。

从这篇题记含意查之，显然说明它是根据程伟元乾隆五十六年（一七九一）第一次摆印本刊刻的。刻印者感到程氏摆印本有很多“颠倒错落”，因而才“细加厘定，订讹正舛”，重新刊刻。因之这个本子的产生，应该是紧接着程伟元第一次摆印本之后，与程氏第二次乾隆五十七年（一七九二）摆印本同时产生的。

书的题记背面有题识两句：

新镌绣像《红楼梦》，本衙藏板。

因之人们对这个本子通称为“本衙藏板”本。但对刻者何人？“本衙”何所取意？实莫能明，也无从追究，总以为必然与官府有关。当属官刻书之类。

当然，中国过去传统刻书事业大致可分三类，第一类是“官刻本”，它是一些官方刻印的书，包括皇室、内府、官衙，如造办处、六部衙门、钦天监、国子监等，以及地方官署等。其次是私人刻书，著名如宋代相台岳氏、世彩堂廖氏，一直到清代的黎氏（庶昌），近代之吴氏、董氏，这类私人刻书极多，普遍称之为“家刻本”。另外一种是书坊刻印销售的，著名的如建安地方、婺州地方，南京、安徽等地一些书坊，都是极富盛誉的，人称为“坊刻本”（见下图）。

黃九煙先生選評
唐詩快
一驚天集　一泣鬼集
一移人集
本衙藏板

眞定梁棠村先生鑒定
陳迦陵詞全集
彊善堂本衙藏板

从字面体会，“本衙藏板”似当属官刻书籍，但像这类通俗小说，过去官署是绝不会刊刻的，一则有碍官箴，再者一般认为它有关风化，过去人们都不会把通俗书籍视为正道的，因之官署是绝不会沾上这个边的。那么“本衙藏板”又何所取义呢？

实际过去书上扉页题着“本衙藏板”字样者颇多，如清康熙刊本黄周星《唐诗快》，清乾隆十三年（一七四八）刻本《河防一览》，在扉页上都题着“本衙藏板”。清康熙刻本《陈迦陵词全集》则题作“彊善堂本衙藏板”，由此更可见“本衙藏板”与官署无关，尤其可以说明问题的是这部《陈迦陵词全集》题款，它的本衙是“彊善堂”，显然是一私人。因之可以考定，“本衙藏板”的书，都是私人刻的书。

近读三韩曹去晶编的《姑妄言》卷九第九回《邬合苦联势利友 宦蓼契结酒肉盟》，回中载贾文物家宅门首情况：

> 话说邬台到了贾进士门前，只见门楼正中挂着一个门灯，上面“贾衙”两个大字。

又同回载童自大府宅堂上情况：

> 庭东南角上放着一面大镇堂鼓，西边一顶屯绢围子五岳朝天锡顶的大轿，一把大雨伞，两对大慢（幔）灯：一边是“候选州左堂”五字，一边是“童衙”两个大红字。

这里“衙”字实即“府”字、“家”字的意思，为什么贾、童两家偏用“贾衙”“童衙”字样，不用“贾府”“童府”或“贾家”“童家”呢？原因是“府”字与“官府”相连，贾家是有钱而无官职人家，童家虽是“候选州左堂”，也非实缺官员，因之他们都不敢用“府”字。而“家”在当时是专对市民商贾用的，如同仁堂则称“乐家”，海宁查氏是盐商则通称为“查家”，都不是极高尚的称呼，因之习俗上都不愿用“家”字，故用“衙”字代之，实际仍然是“家”的意思，因之现在可以明白，“本衙藏板”实是私刻本书，是“本家藏板”的意思。

以“本衙藏板”字样镌于书上是很多的，兹不列赘。

大观园模型记

《石头记》是由于顽石所记而得名，《红楼梦》则因为警幻仙姑曲演《红楼梦》而得名，实则全书是整个一部大观园故事。顽石所记者大观园也，红楼所梦者大观园也；兴建了大观园而全部故事铺开，大观园颓废了故事也就结束，这所大观园对整个故事是这样的重要。

它是一所富丽堂皇的大花园，是真实的，从曹雪芹在书中所描绘的一些路径，横通直达，无往不通，可见每一院落，每一亭馆，都有它固定地点，绝非向壁虚构。这在书中第十七回借宝玉题对的事把整个园子铺叙了一番，使我们不难想象怡红院、潇湘馆、蘅芜院、稻香村等处所是怎样安排的。

不过它还是有些扑朔迷离的地方，使人无法推寻，所以过去有人很想画一幅《大观园图》，却始终没能准确地把某些馆院安放在适当地方，可见要把大观园彻底搞清楚也还是不容易。光绪年间石印本《红楼梦》为使读者比较明了大观园的布局，也曾画了《大观园图》，只是大体可按，而不能处处确有依据，从想象来的占大多数，更有专门作有《大观园图说》的，更是“间有增益”，否则安排不下，并且“头绪纷如，良多挂漏”（《大观园图说》注）。所以要把这大观园平面铺开，置于眼底，的确是一件不容易的事。

一九六三年“曹雪芹逝世二百周年纪念展览会”曾有一座大观园模型展出。这当然比画《红楼梦图》更难一层了。当时花了不少人力，费了无数功夫，但结果还是没能全符书中所述，也未能尽恰人意，中间不少专家为之出谋划策，也只能到此地步而已。

说到大观园模型，不能不令人想起无锡杨令茀女士，她早在一九一九年，就曾做过一座大观园模型，虽然不能比“红展”所制完备，而以大观园付之模型论，则杨氏之作当为嚆矢。其模型曾于抗战前附展于北京图书馆《样子雷》模型展览，颇受人重视，今已不知去向，据杨氏所作《大观园模型记三》云已“船送美洲博物院”，然耶否耶？不得而知。

杨氏曾作有《大观园模型记》三篇，附录于此，以为中国工艺史资料，也为关心《红楼梦》资料者参考。

附：大观园模型记（杨令茀）

记一

己未（一九一九年）年制大观园，仿禁苑规模，幻空中楼阁。范金为沼，削木为梁，玻璃为瓦，丹粉为墙，万字栏干，千秋院宇。铜山踞承露之台，麋鹿在集灵之囿，曲廊邃室，水榭桥梁。田陇迤弥则远接茅庐，宫殿巍峨则近连梵宇。架有藤萝，池有画舫。叠石为山，用张南垣之法；折枝为树，得郭橐驼之传。黄沙筑地，青苔绕径，林木蓊郁，粉墙蜿蜒。人物有斗草者，弄桨者，逗鹦鹉者，听琴者，醉眠者，扑蝶者，扫花者，课童者，戏秋千者，一一取法画中。雾縠蹁跹，芳兰竟体，山巅水涘，以遨以嬉。池中初置喷水泉，飞珠溅雪，竟日不竭。全园占地十六方尺，并案十四陈之。竹头木屑，并作栋梁；刀锯版筑，百工咸备。《左氏传》敬姜论劳逸曰："沃土之民不材，淫也；瘠土之民，莫不向义，劳也。"余以饱食终日，无所用心，经营之始，盖本此意云。

记二

余制大观园，初未尝一读《红楼》全书。八九年时，好六法，苦无师承，闻人言，学画宜从界划入手。宋之李营邱，明之仇实甫，运笔入化，无非从短镬中来。案头适有《大观园图》，乃取而旦夕摹之。然余好建筑，尤甚于丹青，虽乱离之时，仓皇出走，刀锯绳墨，不去手也。读书之暇，构小屋，孜孜不倦。己未，出历年所制，择其完好者留之，得亭榭五六座，思构之园亭，苦无图样，则仿幼年所摹《大观园图》而取其大略焉。惟时余知大观园之典出《红楼》说部。《红楼》为小说巨擘，既建斯园不能不一考园之出处，乃取《红楼》读之，则大悔曰：《红楼》中人，皆余习见，戚党子弟如贾宝玉者，车载斗量；闺秀之郁绝自苦如林黛玉者，又比比皆是。其余如探春辈，或势利，或忘本。亦有一二高洁如惜春，如李纨，又皆以为碌碌无足轻重。然则此书用意，尚何足取？可取者其用笔耳！余何为经之营之为若辈经营宫室若是其用心哉？余园既误用“大观”之名，人必谓余深于红学而崇拜其书者，故叙其缘起如此。

编者按：此文与曹血侠“大观园模型记”中所引，字句稍有不同，当是定稿。

记三

余将观艺京师，是园遂以扃镝。癸亥（一九二三年）南还，阅五年矣，乃重修大观，去喷水泉，以遵古制。陈而观之，中西士女并至。美国女医士任女士、柏女士等请余捐助医院，舶送美洲博物院中。余慨然曰："人生朝露，百龄俄顷，吾园得与西方古物同寿，复何憾焉？"摄影以留记念，并为之记。

关于曹雪芹的卒年

在曹雪芹卒年问题的争论中，双方所主张的，其实相差不过一年。他死的早一年或者晚一年，都影响不到《红楼梦》作品研究和作家研究的大局。但是自从周汝昌同志在他的《红楼梦新证》里发表了曹雪芹死于“癸未”除夕的新说法之后，俞平伯先生接着发表了《曹雪芹的卒年》一文，仍主曹死于“壬午”的旧说。跟着曾次亮先生又发表《曹雪芹卒年问题的商讨》，各申己见，问题从此展开。但曹雪芹究竟死于哪一年呢？却并没有因为经过讨论而得到比较统一的结论。

这是因为辩论虽已深入，但有关曹雪芹卒年问题的材料，总归是很少的，现存而为大家所依据者仅只三条，首先应推“甲戌批本”《脂砚斋重评石头记》第一回里所批的：

> 能解者方有辛酸之泪，哭成此书。壬午除夕，书未

成，芹为泪尽而逝。余尝哭芹，泪亦待尽。每意觅青埂峰，再问石兄，余不遇癞头和尚何？怅怅！今而后惟愿造化主再出一芹一脂，是书何幸，余二人亦大快遂心于九泉矣！甲午八月泪笔。

这里注明了干支与时间，出于谁的手笔无法考定，或者就是文中“一芹一脂”的脂砚，也可能是“一芹一脂”之外的第三人？总之他是与曹雪芹极其相熟的。否则不会说“余尝哭芹，泪亦待尽”了。

其次则为《四松堂集》中敦诚《挽曹雪芹》七律：

四十年华付杳冥，哀旌一片阿谁铭？孤儿渺漠魂应逐（原注：前数月，伊子殇，因感伤成疾），新妇飘零目岂瞑。牛鬼遗文悲李贺，鹿车荷锸葬刘伶。故人惟有青山泪，絮酒新刍上旧坰。

这首诗并没刊入刻本中，但据付刻底本《四松堂集》，却标明为“甲申”［乾隆二十九年（一七六四）］，这正是《脂砚斋重评石头记》批语中所说“壬午［乾隆二十七年（一七六二）］除夕”的后二年。

另外一个材料是敦诚之兄敦敏《懋斋诗钞》里一首《小诗代柬寄曹雪芹》五律：

东风吹杏雨，又早落花辰。好枉故人驾，来看小院春。诗才忆曹植，酒盏愧陈遵。上巳前三日，相劳醉碧茵。

这诗没有标明写作时间，周汝昌同志认为："按此诗前三首题注'癸未'，同年十月二十日诗自注'先慈自丁丑见弃，迄今七载。'故知为本年所作无疑。"（《红楼梦新证》四三五页，棠棣出版社本）

问题就在这第三个材料上，周汝昌同志考证了《懋斋诗钞》，得出结论，认为敦诚既于癸未之春还有此诗寄曹雪芹，则曹不可能卒于壬午除夕，而是卒于这年癸未［乾隆二十八年（一七六三）］除夕，这是不相信《脂砚斋重评石头记》上批语的年份而只相信它的日期。

俞平伯先生的《曹雪芹的卒年》（一九五四年三月一日《光明日报·文学遗产》）一文重申曹雪芹卒于"壬午"之说，所依据的材料仍只是《脂砚斋重评石头记》上的批语，却没有注意到历史旁证方面。

曾次亮先生的《曹雪芹卒年问题的商讨》（一九五四年四月二日《光明日报》）一文，支持癸未之说，他首先从文字诠释上反驳壬午的说法，更用时宪历来作证明，把这两年春季三个月的历谱开列出来：

乾隆二十七年壬午（是年闰五月）

正月大：初十一日乙巳立春，二十五日己未雨水。

二月小：初十日甲戌惊蛰，二十五日己丑春分。

三月大：十二日乙巳清明，二十七日庚申谷雨。

乾隆二十八年癸未

正月大：初七日乙丑雨水，二十二日庚申惊蛰。

二月小：初七日乙未春分，二十二日庚戌清明。

三月大：初八日乙丑谷雨，二十四日辛巳立夏。

他以敦敏诗中“上巳前三日”一句为依据，认为：

以夏历月份论，癸未年春季的交节比壬午年早十八天。假定敦敏写此诗是在壬午年的二月二十五日，则该日刚交春分。假定是在癸未的二月二十五日，则该日为清明后三日。前者方在春寒料峭，有时冰雪还未尽融化；后者也不一定已到落花时节，但杏花可能已经盛开，赏春是相当适宜的。由此可证敦敏写此诗的年份是癸未而不是壬午。

这种说法注意到旁证的推考，是对研究曹雪芹卒年的一个新解。

两家立论，都有它自己的根据，一种是根据文字上明确记载的干支，一种是根据历法节气的资料，但实际上哪一个更足说明曹雪芹的卒年呢？

过去人的诗文，运用典故，并不是绝对严格的。但在今天史料不足的情况下，利用字面来寻求事实的真相，也还不失是一条道路。曾次亮先生从训诂方面去考定《挽曹雪芹》诗中“旧垧”的含意，但对《小诗代柬寄曹雪芹》一诗中的“上巳前三日”却不用 字面的含意来诠释，而采用一般习惯的以三月初三为上巳的说法，为历法作论的依据，殊不知诗人对于典故的运用，可以活用，也可以实用。

按“上巳”一词，原是指三月里第一个“巳”日，至于后来被人们固定以三月初三为上巳，只是习惯而已，因之把三月初三代上巳固属通例，但也不能排斥诗人会用真的三月第一个“巳”日为上巳的可能。尤其这里，如果不作节日的“上巳”解，而作三月中第一个“巳”日领会，这是一种实用。因为根据时宪历的推算，壬午年三月初一为甲午，癸未年三月初一为戊午，所以这两年的三月里第一个“巳”日都是十二。但壬午年的三月十二恰是清明，是人们上坟扫墓的日子，自然不会约会宴客。由此可见，敦敏邀友赏花，其所以约定在“上巳前三日”，正是指第一“巳”日而不是一般的“上巳”，由于其日适逢清明，才要提前三天“来看小院春”。所以“上巳前三日”必然是壬午年三月初十无疑。如果移置于癸未年三月初十，依时宪历，则谷雨已过，杏花早已零落，无可赏玩，就是真是指三月初三而提前三天，也已经过了清明九天，恐怕“杏花可能已经盛开”的情况早已过去了，所以“上巳前三日”之必然不是癸未，是无须怀疑的。

我们还可以从较新的材料来证明上述论断。前面说过《四松堂集》中《挽曹雪芹》一诗，付刻底本编年是在甲申，现在我们还知道张次溪先生藏有《鷦鷯庵杂记》一册，这是一本比《四松堂集》为早的敦诚诗的结集，分体编排，其中所收没有他在乾隆三十九年以后的作品。可知这是敦诚中年编成的。它里面所载《挽曹雪芹》七律却不是一首而是两首，这两首是：

四十萧然太瘦生，晓风昨日拂铭旌。肠迴故垅孤儿泣（原注：前数月，伊子殇，因感伤成疾），泪迸荒天寡妇声。牛鬼遗文悲李贺，鹿车荷锸葬刘伶。故人欲有生刍吊，何处招魂赋楚蘅？

开箧犹存冰雪文，故交零落散如云。三年下第应怜我，一病无医竟负君。邺下才人应有恨，山阳残笛不堪闻。他时瘦马西州路，宿草寒烟对落曛。

这显然是敦诚的初稿，应该是曹雪芹死去殡后不久写的。它到《鹪鹩庵杂记》结集时并未并为一首，也就是说到乾隆三十九年时尚未改写，仍然保存两首。这里，并没有标明是何年所作，根据这诗的前后排列次序，定为癸未所作，是可能的。至于从两首中选出一首，而且对选出的一首作最后的文字润饰，这一定是较晚的事，即在乾隆三十九年以后，直到乾隆五十六年敦诚逝世这一段时间里。而付刻底本《四松堂集》里“甲申”的编年，很可能是乾隆六十年他的堂弟宜兴在编辑遗集时所代加，当然也可能是敦诚自己所标注，但时间却必甚晚。一个人在几十年之后，对自己早年旧作的时间加以追记，难保其毫无错误。我们还是比较相信乾隆三十九年曹雪芹的亲人明确指出的“壬午除夕”呢，还是相信曹雪芹的好友并未提到的“癸未除夕”呢？合之“上巳前三日”的解释，毋宁依照前说，要来得稳当些。

更就《懋斋诗钞》而论，现据北京图书馆所藏恩华藏本，它是一个稿本，中间曾经剪贴，内容已不完全可靠，已经有诗题与本诗分列两处的地方，所以要确认每一首诗是哪一时期的作品，无疑是困难的。如果只凭它的剪贴，只凭《小诗代柬寄曹雪芹》的前第三首《古寺小憩》下注“癸未”二字，就断定《小诗代柬寄曹雪芹》为癸未作品，则后面第四首《题画》明明是壬午年作品，又何以解说呢？故以此来论证曹雪芹之卒在“癸未除夕”，显然是不够的。

从这样的证明，对各种材料都能讲得通而比较合乎情理，可以认为：曹雪芹死于乾隆二十七年壬午除夕，是比较可信的。

再谈曹雪芹的卒年

《红楼梦》作者曹雪芹的逝世，他究竟是卒于乾隆二十七年壬午除夕（一七六二年二月十二日），抑卒于乾隆二十八年癸未除夕（一七六三年二月一日），迄今并无定论。虽然从一九四七年以来，先后有不少同志发表过文章，应该肯定，这些文章，或多或少地都有助于问题的逐渐明朗化，可是，如果就认为“至此遂可告一结束”（吴恩裕《有关曹雪芹八种》第一一七页），则似乎是不切实际之论。

按理曹雪芹死得早一年或晚一年，这对研究《红楼梦》的关系是不大的，因为对于我们研究这一人物及其作品并无多少影响。可是讨论逐渐展开，这里面反映出若干问题，必须彻底谈谈，如果能进而获得明确，这应该是一件好事，也是有益的。

现在要搞清楚这个问题，起码对于主要的材料应该如实地交代明白，无论有利于这一说或不利于这一说的，都应该一律指出，让大家来判断。同时，古人诗文中的文学，应该怎样解释和作者是否这样解释，二者都应该区别开来。而且，必须分清主从，究竟哪些是关键性的证据，不可不谈；哪些是无关紧要的佐证，谈谈固可，不谈也无妨，问题的解决并不系于平列这些佐证，从数量多寡上来寻求结论。

现在，针对以上问题，我提出个人的看法，因为陈毓罴同志发表了《有关曹雪芹卒年问题的商榷》一文（载一九六二年四月八日《光明日报》），这篇文章的基本论点我完全赞同，所以有许多该说的话，就不再重复了。

如众周知，牵涉曹雪芹卒年的材料一共有三条：

一、刘铨福原藏《脂砚斋重评石头记》（即所谓"甲戌本"）第一回上的一条朱笔眉批，里面提到："壬午除夕，书未成，芹为泪尽而逝。"末署："甲午（一七七四年）八月泪笔。"

二、敦敏《懋斋诗钞》里的一首《小诗代柬寄曹雪芹》。

三、敦诚《四松堂集》里的一首（或二首）《挽曹雪芹》。文字不必再抄，但需要说明一下现存本子的情况。第一条，无论刘铨福原藏本或近来的影印本都一样。第二条，北京图书馆所藏稿本，位置在已经勾去的《古刹小憩》

一首以后，而《古刹小憩》则题下注“癸未”二字。前燕京大学图书馆原藏的清末《八旗丛书》抄本相同。第三条，《四松堂集》，除了嘉庆初年刊本未收此诗外，一共有三种本子：（1）抄本《鷦鷯庵杂记》收有《挽曹雪芹》二首，没有提到著作年份；（2）抄本《四松堂诗钞》收有《挽曹雪芹》一首，题下注“甲申”；（3）付刻底本《四松堂集》收有《挽曹雪芹》一首，题下注“甲申”。

显而易见，问题的关键在于：既然第一条直接而明确地提到曹雪芹卒于壬午除夕，那么，要推翻这个说法，就必须证明第二条一定作于壬午年以后，或者证明第三条作于甲申而且是曹雪芹死后不久的挽诗。

先从《懋斋诗钞》谈起。吴恩裕同志在《曹雪芹的卒年问题》一文中说：“主张癸未说者用《小诗代柬寄曹雪芹》之写于癸未，来证明雪芹不死于壬午除夕，而死于癸未，的确是一个重要的论据。”（载一九六二年三月十日《光明日报》；以下引文，除注明《有关曹雪芹八种》的以外，都引自此文）主张这一点是解决问题的重要论据，这是对的。但他的理由则有：一、“《诗钞》并非旁人的抄本，而是敦敏的手钞本，有敦诚亲笔批语，经过他的圈选。”二、“由《小诗代柬》向上数第三首诗《古刹小憩》题下署‘癸未’，表示该诗是癸未年第一首诗。又自《小诗代柬》向下数至第二十四题《十月二十日谒先慈墓感赋》一诗内自注云：‘先慈自丁丑见弃，迄今七载。’从丁丑到癸未恰是七年，可见《感赋》也是癸未的诗。那么，夹在这三四十首癸未诗中间的《小诗代柬》当然是癸未的诗。”如此等等。一句话，《懋斋诗钞》是作者的稿本，严格编年，“不但有年份，春夏秋冬的次序也很明显”，而且更重要的，“不是后来‘编’的年”，而是“逐年逐月随写随钞的”，“并未经作者或旁人大加编整”，因此“也不容易单单把个壬午年春天所写，相隔三四十首诗的诗，错抄在癸未年春天的诗里”。

第一个理由是站不住脚的。为什么是稿本就一定可信呢？为什么并未经作者或旁人大加编整就一定来得高明呢？按我个人的体会，作者的稿本虽能反映作品的原始状态，但关于某些事实的记叙，经过自己的修改或者同时人的修改，甚至经过后来人的加工整理，反而能够增加其可信的程度。如果不注意到这一点，而强调“断定《诗钞》是原著者的手稿，对于解决……曹雪芹的卒年的问题，是很重要的”（见《有关曹雪芹八种》第五十六页），恐怕是片面的。其流弊是过分夸大了稿本的价值，从而贬低了后人整理工作的意义。

当然，所谓稿本还得具体分析。其中某些记事，我们不能说一定愈早的愈近真，也不能说一定愈晚的愈近真。比方说，作者有几次稿本或抄本，哪些地方该从何者，这其间还有个区别。现存的《懋斋诗钞》有没有这种情况，姑且不论。又比方说，这个稿本经过自己有意或无意的改动错乱，或者后人有意或无意的改动错乱，即使这些记事在初稿中比较可信而我们又无从得见原状，那么，这样的一个稿本，我们必须格外谨慎地使用。《懋斋诗钞》无疑属于这种情况。如果因为它是所谓稿本（即按照版本学上的定义，一般图书馆这样标注是不错的，一般不能要求太高），而一味推崇，那是不恰当的。

第二个理由也是不充分的。即使我们假定作者的初稿严格编年，但也不能断言："这种逐年逐月随写随钞的所谓'编年'，并未经作者或旁人大加编整，其前后次序错误的可能性是极小的。"《懋斋诗钞》的错乱情况相当复杂，其中的剪接、粘补，无论出于作者或后人之手，反正因而致误的例子不少。陈毓罴同志已详言之。现在可以补充的是：《河干集饮题壁兼吊雪芹》一首，过去都定为甲申年初春的作品，这还可以诿之于年份不错，只是春夏秋冬的次序错了。依照这种解释，小序所谓"庚辰"结集，后来增加了一些庚辰年以后的诗，遂粘补改成"癸未"；到了最后，又增加了一些癸未年以后的诗，却没有来得及改动小序。这总算能够自圆其说。但把《河干集饮题壁兼吊雪芹》一首定为甲申所作，并没有科学的根据，乙酉所作同样可能，而且即使真的是甲申所作，至少也反映一个事实，即必须承认《懋斋诗钞》中起码存在着春夏秋冬次序错乱的情况，与吴恩裕同志原来的主张自相矛盾。至于《题画四首》，特别是《小雨访天元上人》，连本年度以内的错乱，也没法讲得通。不是《懋斋诗钞》编年不严格，就是《四松堂集》编年不严格，二者必居其一。既然假定《四松堂集》的编年比较可信，则《小雨访天元上人》，相隔三年之久，百把首的诗，能够错放在所谓“壬午”年的三十六个题、五十二首诗里（包括无题有诗而诗句只在接页处残留少许、错乱得厉害的情况在内），为什么偏偏《小诗代柬寄曹雪芹》一首，就“不容易单单把个壬午年（应该理解作壬午年或壬午年以前。——引者）所写，相隔三四十首诗（？）的诗，错抄在癸未年春天的诗里”呢？也许有人会问，《懋斋诗钞》中的编年，恐怕对的多，错的少，因而《小诗代柬寄曹雪芹》放在癸未年可能不错。要知道，这仅仅是可能而已。我们无法对每一首诗都确定其编年，即便是烦琐的考辩也是无绝对佐证的。然而这里，绝不是一个百分比的问题。既然承认编年有错，则要利用某一首诗来作决定性的依据，就不得不慎重从事。再说在《懋斋诗钞》的全部几百首诗中，只有《清明東郊》题下注“巳下己卯”和《古刹小憩》题下注“癸未”。《古刹小憩》的题下注所贴没的部分，仔细观察之下，倒也是“癸未”二字，故这首诗本身，作者的本意该是系于癸未年的，但此诗已经被勾去，是否牵涉以下各诗的编年，我们不知道。紧接着的一首诗，原先是《桃花》，现在不但有题无诗，而且题目也被贴没了，并改为《过贻谋東轩，同敬亭题壁，分得轩字》，下一页的头三行现在就是这首诗；然后隔了一首《典裘》，才是《小诗代柬寄曹雪芹》。这首《过贻谋東轩，同敬亭题壁，分得轩字》，因而牵连后面的几首，会不会是从别处挪来的呢？无论如何，有了关于直接而明确提到曹雪芹卒于壬午除夕的证据，又有了《懋斋诗钞》的编年错乱严重甚至相差好几年的证据，单单把一首系年不定的《小诗代柬寄曹雪芹》来否定前说，这是不能令人信服的。

顺便谈一谈诗句的解释。曾次亮同志曾比较壬午、癸未二年交节的先后，来研究二年“落花”的早晚，相当细心。不过他的考证并不能使我信服，在我的《关于曹雪芹的卒年》一文中已详论之。至于《小诗代柬寄曹雪芹》的年份也不一定非壬午不可，即使壬午年二月底的落花条件比癸未年二月底来得差，我们也不能因此证明癸未年以前的若干年都比癸未年来得差。作者的原意究竟是指一般的落花现象，还是指骤然起风吹了杏花因而掉落？究竟是指花快要落了而请人来赏春，还是指花已经落了而请人来赏春？俱未明确指出。《小诗代柬寄曹雪芹》这首诗的用意，是请曹雪芹来赏春，如此而已。所谓“东风吹杏雨，又早落花辰”，我看不过是通常伤春的俗调，等于说：你看，东风吹散了杏花片，春天易逝，早已快到落花的日子了。举个例子，敦敏有八首《春忆杂诗》（若按“严格编年”来推算，是壬午年三月初三左右所作），其中第一首说“莺啼花老春渐深，东风作恶吹荒林”，也就是这样的用法，别无深意。诗人不是逻辑家，他不必算准了落花的日子再去会友；一般总要来得敏感一些，春天过了一半多，就想到春深，想到花老，见了刮风就害怕落花的时节早又来临。什么日子赏春最适宜，是一回事；一个古人事实上选择的是什么日子，则是又一回事。我们没法要求他只选清明和谷雨之间的日子，不选清明和春分之间的日子。再者，作家写诗，有的拙劣，有的缜密，也不能一概而论，何况我们还不知道这首诗是不是壬午年作的？总之，对待这些次要的地方，不宜过分认真。

《四松堂集》的编年问题，对于判断《挽曹雪芹》一诗的著作年份而言，是重要的。包括没有收进挽诗的嘉庆初年敦诚的堂兄弟宜兴的刊本在内，现有四种本子。除了付刻底本没有直接见到以外，现在比较了较早的两个抄本和较晚的刊本，觉得吴恩裕同志判断第二个抄本（即首先在该诗题下注明“甲申”的那个抄本）“严格编年”所用的论据：“我们比较抄本诗的次序和刊本诗的次序，发现很少的变动；即使小有变动，也是在本年之内的次序颠倒，并没有跨年变动次序的例子”（见《有关曹雪芹八种》第二十六页），这是不符事实真相的。两者编年之间，的确有跨年变动次序的例子，而且不下十处之多，甚至有一半以上是相差四年的：

一、《怜元圃近况代柬却寄》，第二个抄本（以下简称抄本）在丙子年，刊本在丁丑年。

二、《春雪题壁》，抄本在甲午年，刊本在乙未年。

三、《偶吟》，抄本在乙未年，刊本在甲午年。

四、《和乐天招东邻韵寄贻谋》，抄本在丙申年，刊本在甲午年。

五、《题邱司马绘册，即次原韵》，抄本在庚子年，刊本在甲辰年。

六、《佩斋墓上同人哭酹》，抄本在庚子年，刊本在甲辰年。

七、《同子明兄访虚斋于南溪村居，即次其壁同韵》，抄本在庚子年，刊本在甲辰年。

八、《是夜宿南寺，听雨叠前韵》，抄本在庚子年，刊本在甲辰年。

九、《和云轩悼亡六首》，抄本在庚子年，刊本在甲辰年。

十、《嵩山冬月自种苦菜，以一盘见饷，作此寄谢，并感怀亦园先生》抄本在庚子年，刊本在甲辰年。

单单从第五到第十，共六个诗题、十四首诗，抄本的编年与刊本的编年就相差四年之多。究竟哪一个对？至少《和云轩悼亡六首》，显然是抄本编错了年。该诗有个小序，序里说到云轩悼亡的对象梅君“辛丑五月因病卒”，辛丑五月死了以后的悼亡诗，怎能作于上一年庚子呢？当然，我们不能因此说刊本一定对，反正抄本是一定错了。在这里，我对吴恩裕同志充满自信的一点：“二敦的诗固然也是用干支纪年，但他们的诗都是逐年逐月写了诗随即录入清本的集中的，而且敦诚还明白地声明：‘吾诗聊语编年事’，其错的可能是远比十二年以后再来追忆（指甲午年的脂批。——引者）弄错的可能小得多”，不能不发生极大的怀疑。如果真的逐年逐月写了诗随即录入这个清本的集中，难道是辛丑或辛丑以后写了诗随即录入清本中庚子年预留空白的地方去的吗？或者硬要挤到清本中庚子年未留空白的地方去的吗？善本不必尽善，于此得一明证。

敦敏的稿本也罢，“字迹像敦诚”的抄本也罢，这些虽有一定的参考价值，但我们不是“复古派”，古的绝不是一切都好。至少就上面这个例子来说，毋宁是最晚出的刊本要来得比较可信些，这该归功于后来的加工整理。敦敏的《懋斋诗钞》稿本中的编年，把一个和尚死人当作了活人；“字迹像敦诚”的《四松堂诗钞》抄本中的编年，又把一位如夫人活人当作了死人。如果仅仅依靠这两个善本的话，我们几乎不敢说，曹雪芹在癸未年究竟是已死还是活着。

《四松堂集》编年的错乱情况既如上述，让我们进一步看清《挽曹雪芹》诗题下的干支纪年。第二个抄本在该诗题下注“甲申”二字；第一个抄本全部没有注明干支，刊本又没有收进这首诗，无从比较。依常情而论，一个作者把自己的诗结集时，如按编年排列的话，可以做到大致按照年份次序，但很难做到“严格编年”。像我这样的人，对时间稍远的一些诗，特别是前后并无明显的事迹可供参考的一些诗，就没有把握确定自己的写作年份。当然，比我记忆力强而又细心的人，满可以做到这一点。敦诚是不是这一类人呢？我看未必。他注明的干支大有问题。试举一个例子：他在丁酉年有《什感四绝悼贻谋》，其中第三首下注：“甲申、癸未（刊本作‘癸未、甲申’）两年九月十四日皆在平下牐水阁，与弟饮酒看月。”他的《鷦鷯庵笔麈》中则说："壬午九月十四夜同贻谋在潞河水阁，饮酒看月，野人进只鸡活鲤，极兴而罢；今年此月此夕仍与贻谋醉月此阁，风景不殊，居诸易迈。"一回说是乾隆二十七年和二十八年的九月十四日；一回又说是二十八年和二十九年的九月十四日。大概日子不错，连续两年也不错，但干支一定有错。可见，敦诚所谓"吾诗聊记编年事"一句话得打个折扣，不宜看得太死。古人自己的回忆（包括脂砚斋在内）未必全都可靠。但我们也不是"怀疑派"，对所有的干支一概不相信。平心而论，《四松堂集》终究与《懋斋诗钞》剪接贴补、鲁莽灭裂的情况不同。《挽曹雪芹》一诗题下既注"甲申"，我们不妨暂定其为甲申年所作，如同看到脂批而暂定曹雪芹卒于壬午除夕一样，但理由则是因为它注明了"甲申"，既不是因为《四松堂集》"严格编年"，也不是由于"并没有跨年变动次序的例子"，更与是否稿本、是否"逐月写了诗随即录入清本的集中"无关。

最后要谈到《挽曹雪芹》一诗它是在曹雪芹死后什么时候写作的？它能不能证明"死后立即葬埋"的问题？当然，从"挽"字在一般使用上讲，是没有什么时间性的。《红楼梦》第七十八回提到前朝林四娘，就说"原该大家挽一挽才是"，于是宝玉作了《姽婳词》，可见在"挽"字的使用上，及时悼念和隔了许久的追悼，都是可以用“挽”字的，在时间上并没什么限制。所以从诗题《挽曹雪芹》四字上是无法判断这诗是什么时候写的。至于诗中运用了一些典故，如“絮酒生刍”“鹿车荷锸”等字样，文人们运用这些汉、晋史实，也完全可以灵活处理，就是平日上坟祭奠也未尝不可以用，所以在这些典故的使用上也无法判断诗的写作时间。不过在《挽曹雪芹》诗初稿二首，却有“晓风昨日拂铭旌”一句话，我们可以从这里窥见这诗写作的时间。

“铭旌”在过去是到出殡时候才用到它的。《红楼梦》第十三回写秦氏之丧：“至天明时，一般六十四名青衣请灵，前面铭旌上大书‘诰封一等宁国公冢孙妇防护内廷紫禁道御前侍卫龙禁尉享强寿贾门秦氏宜人之灵柩’。”这就说明“铭旌”只有在出殡时才会出现，当然出殡并不等于“立即葬埋”，并且雪芹先人曹寅死了三年还没有埋葬，曹寅的舅兄李士桢死了四年才埋葬，不过这种情况都有它的特殊原因。如果按照惯例，旗人一般是速葬的，而且曹雪芹穷得“举家食粥”，就在壬午秋天连喝酒也由敦诚押质了佩刀来请他，日常生活都如此艰窘，死后又焉能停而不葬呢？穷到如此地步，就是想停而不葬，恐怕也未必有钱租赁停柩的处所？所以必然迫不及待地在雪芹死后随即埋葬了。敦诚的诗正是雪芹死后连朋友还没来得及通知很快就埋葬了之后听到消息时写的，所以不禁哀叹起“晓风昨日拂铭旌”来，当然“昨日”并不一定确指今日之前一天，它是可以泛指今天以前很多天，但总是已经是出了殡之后才如此说的。因此我们可以推断，《挽曹雪芹》初稿二首不会距曹雪芹之死有多久，而是在雪芹埋葬以后写的。

关于曹雪芹传说的考证

《红楼梦》是一部幸运的书。在“文化大革命”期间，中国古典文学作品被认为是“四旧”，几乎扫地以尽。唯有这部《红楼梦》，不独没遭到厄运，而且被列为应该反复研读的书，于是真个“红”极一时。曹雪芹地下有知，当会感到意外的荣幸：天何独厚于我哉！

在这股浪潮中，鱼龙曼延、鳞介披猖，蔚为奇观。尤其耸人听闻的是什么《废艺斋集稿》《南鹞北鸢考工志》、曹雪芹手迹和“芳卿悼亡诗”，什么《题自画石》和“题壁诗”等之发现，超过了先前的一切“珍秘材料”。得风气之先的学者，立即写了几十万字的论著去考证、去宣扬，说得天花乱坠，好像压轴大戏开场之前的紧锣密鼓。当时台下的观众当中，不少人感到这里面有些邪乎，倒真想看看演的是什么把戏，可惜学者遽归道山，大幕未及揭开，观众也只得一哄而散。

人去台空，不免有几分凄凉。丢下那些“新发现”，横七竖八地躺在尘埃里，原来全是纸糊木削的道具，没有一样真东西。尽管做工过得去，有些还真能淆乱视听，不怪当年有人还舞弄过几下，大有一夕之间，名动九城之意。不过假的终究是假的，是不值得一驳的。

倒是过去的一些老传说，却大有研究的价值。像张次溪所说：据故老相传，曹家在抄没之后，曹雪芹生活潦倒，曾栖身于卧佛寺。他和齐白石曾同至崇文门外花市附近去寻访，结果毫无所获，齐白石为绘《红楼梦断图》云云。这个传说据我看它就有相当的可靠性，只是张次溪、齐白石走错了地方罢了。

按敦诚《四松堂集》卷一《佩刀质酒歌》诗题注：

> 秋晓遇雪芹于槐园，风雨淋涔，朝寒袭袂。时主人未出，雪芹酒渴如狂，余因解佩刀沽酒而饮之。

这是一个“风雨淋涔”的寒秋，曹雪芹已经来至槐园，这时主人没有出来，可见是一个绝早。

所谓槐园，即敦诚之兄敦敏住所，地点在太平湖地方（现在仍然叫太平湖），见《四松堂集》卷一《山月对酒有怀子明先生》诗注：

兄家槐园在太平湖侧。

曹雪芹既然能在绝早冒风雨来访敦敏，可见彼此住所相距必然不远。考北京以有卧佛寺称者凡三：一在花市，寺曰妙音寺，见《日下旧闻考》卷五十《城市》；一在西单牌楼附近旧刑部街迤西，原有地名“卧佛寺街”，有寺名鹫峰寺。据《日下旧闻考》卷五十《城市》：

鹫峰寺一名卧佛寺，以寺有卧佛得名。

一即现存西山永安寺，也以卧佛寺称。三寺之中，曹雪芹栖身之处，当是称鹫峰寺之卧佛寺为是。此寺在抗战期间，曾归北京刻经处使用。解放后，扩建复兴门内大街时，这条卧佛寺街与刑部街一起被拆，不复存在。卧佛寺之地点，相当于现在长途电话局地方，与太平湖相距极近，南行片刻即至，所以曹雪芹能在“风雨淋涔”的早晨过来相访。张次溪、齐白石误认崇文门外花市之卧佛寺为曹雪芹栖身之所，其寻访必然是废然而返。

上述推论，从《红楼梦》中也可找到内证。过去大家再三追踪之花枝胡同，一般都认为是采自德胜门内一条胡同的名称，实际并不如此。这个胡同应即现在辟才胡同附近教育委员会东墙的一个胡同，名花枝巷。曹雪芹栖身卧佛寺，如果他去西四牌楼，入西安门至内务府，必然常穿行这条花枝巷，胡同的名称给他留下印象，遂写进《红楼梦》故事中去。

同时，他住在卧佛寺，可以穿出旧刑部街，西越西单牌楼而南，即抵绒线胡同。右翼宗学所在地即在绒线胡同东口，北与东文昌胡同相连，迄今仍存宗学胡同这一老地名。从卧佛寺至右翼宗学是极为方便的。

根据这些理由，我相信曹雪芹栖身卧佛寺的传说是可信的。

敦诚《四松堂集》卷一《寄怀曹雪芹（霑）》有句云：

> 当时虎门数晨夕，西窗剪烛风雨昏。接篱倒著容君傲，高谈雄辩虱手扪。

“虎门”即指右翼宗学而言，但曹雪芹身非宗室，不可能在宗学入学，当然不会与敦敏、敦诚成为同学，那又如何与敦诚“虎门数晨夕”？敦诚又如何与之“接篱倒著容君傲”？而曹雪芹又以什么资格与敦诚“高谈雄辩虱手扪”呢？这实在是一个需要解决的问题，关系到曹雪芹的身份与地位。因为曹雪芹与敦诚，一个是旗下包衣，一个是宗室贵胄，却能够成为极熟悉的平辈朋友，这种微妙关系是没法解释的。于是有张永海老人谈的一段故事(见吴恩裕《曹雪芹丛考·记张永海关于曹雪芹的传说》)，是这样记载的：

> 他在绒线胡同的右翼宗学当过“瑟夫”，就是教师。哪年当起的，也记不清。他和敦诚、敦敏就是在这里认识的，他们弟兄俩都是宗学学生。宗学教师每月二十米，还有多少两银子，生活不错。

说来煞有介事，几如目睹！不考虑清代官制，不考虑曹雪芹他能以什么资格可以当上教师，硬造出“瑟夫”一词，实在是不足轻信。

我们为了弄清楚曹雪芹在宗学究竟是什么身份，首先要明确宗学隶属于哪一衙门。按宗学的上级机关乃内务府，见《大清会典事例》。宗学的工作人员，必然由内务府委派。曹雪芹的资历是不够任教师的，但又非宗室弟子，也不能是学生，所以在宗学中，必然是一个工作人员，而且由内务府委派来的。据稿本《长白艺文志》集类：

> 《红楼梦》，又名《石头记》，四函四册。曹雪芹名□□编，或云内务府旗人，堂主事。

这条记载当然也是由传说来的，所谓“堂主事”，当指内务府堂主事，其职责为众主事之首，相当于今日之主任科员（科长）之职，这是当时对这一职务的通常称呼。曹雪芹是不是曾任此职，今已无法证明，因为我们还没法找到敦诚在宗学那年的《缙绅录》及其他史籍来证明这一点。当然，曹雪芹即使不是堂主事，他在内务府任职，也是可能的。原因曹雪芹本身是一个旗人，旗人在内务府任职乃顺理成章之事，尤其是上三旗的，只要略通文字，在内务府谋一出身，并不是什么难办的事。

那么，曹雪芹是以什么资格进入内务府的呢？他是抓住一个什么机会进入内务府的呢？

清代仕宦，讲究出身。内务府设有笔帖式一职，专从旗人之知书识字者当中挑选。曹雪芹既非由科举出身，势必只有由挑选笔帖式得入内务府任职。再从内务府派往宗学当差，也是自然的。在宗学当差仍然是笔帖式。它本身既无品级，又非师傅，所以可以与敦诚“共晨夕”，也可以由他随意“高谈雄辩虱手扪”而无所顾忌。

如上所举两件传说，都产生在所谓“红学”未成显学之时，也就是伪造材料无名利可图之时，它们尽管在流传中会有无意的增饰、疏漏、伪误、羼乱……但根本上往往是有所据、有所出的，只要妥慎地加以清理，去伪存真，去芜存菁，可以得出有价值的材料。至于“红学”既是显学之后，种种所谓“新发现”，就要严加检查，是万万不可轻信的。

敦诚《挽曹雪芹》诗新笺

东莞张次溪藏《鷦鷯庵杂记》[1]一册，系敦诚分体诗集，这个本子从其编排来看，大概和铁保编《熙朝雅颂集》所使用的底本是一个系统，所以它的原名应该是《四松堂诗文集》。这里面载有《挽曹雪芹》诗两首，为未改定前原作，其诗为：

四十萧然太瘦生，
晓风昨日拂铭旌。
肠迴故垅孤儿泣（前数月，伊子殇，因伤感成疾），
泪迸荒天寡妇声。
牛鬼遗文悲李贺，

① 原书题《鷦鷯庵杂记》，吴恩裕《有关曹雪芹八种》引作《鷦鷯庵杂诗》，系臆改。此册有诗并文，疑是诗文集之一部分。

鹿车荷锸葬刘伶。
故人欲有生刍吊，
何处招魂赋楚蘅？

开箧犹存冰雪文，
故交零落散如云。
三年下第曾怜我，
一病无医竟负君。
邺下才人应有恨，
山阳残笛不堪闻。
他时瘦马西州路，
宿草寒烟对落曛。

“四十萧然”从字面含意来讲，当然是指四十年的寒素生活，从雍正元年（一七二三）起，曹家已趋势衰，到雍正六年（一七二八）诸织造一并免职追赔，当然更败落下来。至“壬午除夕”［乾隆二十七年（一七六二）］，正是四十年。但后来改诗却换作“四十年华”，那么又是指享年而言了。兴廉《春柳堂诗稿》载《伤芹溪居士》诗原注：“年未五旬而卒。”那么到底是“四十”还是“未五旬”呢？颇难为解。不过当时人是不把准确年岁看得很重要的，我们不妨就曹雪芹自己写的《红楼梦》举一个例子。

《红楼梦》第八回上说：

他父亲秦邦业，现任营缮司郎中，年近七旬，夫人早亡。

秦邦业却于五十三岁上得了秦钟，今年十二岁了。……

这里说明了“年近七旬”，可是下文又说“于五十三岁上得了秦钟，今年十二岁”，那么所谓“年近七旬”不过是五十三岁加十一岁，只六十四岁罢，这与我们一般领会“年近七旬”可能是六十八九岁相距还远呢，怎么可说是“年近七旬”呢。所以说“四十”与兴廉《春柳堂诗稿》的“年未五旬”，只能意味为年过四十，未及五旬，另外是无法推求的。

“太瘦生”事见李白诗，《本事诗》载：

李白才逸气高，戏杜曰：“饭颗山头逢杜甫，头戴笠子日卓午。借问别来‘太瘦生’，总为从前作诗苦。”讥其拘束瘦弱。

其实曹雪芹并不瘦弱，据裕瑞《枣窗闲笔》说他：

曹姓，汉军人，亦不知其隶何旗。闻前辈姻戚有与之交游者。其人身胖，头广而色黑，善谈吐，风雅游戏，触景生春。闻其奇谈娓娓然，令人终日不倦。

形象却是一个黑脸膛胖子。似此则“太瘦生”可知意谓曹是“总为从前作诗苦”了。

杜甫《重题》有句：“江雨铭旌湿，湖风井径秋。”方干《哭秘书姚少监》诗亦有：“寒空此夜落文星，星落文留万古名。入室几人成弟子？为儒是处哭先生。家无谏草逢明代，国有遗编续正声。晓向平原陈葬礼，悲风吹雨湿铭旌。”敦诚诗与之颇有同感。“铭旌”是出丧殡前所列仪仗之一，过去封建官僚地主家庭出丧都用之，彩扎一亭，中悬红绸约丈许，上书死者官阶姓名，并请当时名人题款署名作“×××题旌”，以示荣显。所以后来敦诚改诗云“袁旌一片阿谁铭”，就是指他死后，甚至无法请人来题铭旌的意思。关于这样事，《石头记》里也提到，像秦可卿之丧，在第十四回上：

一夜中灯明火彩灿烂，客送官迎，那百般热闹，自不用说的。至天明，吉时已到，一般六十四名青衣请灵，前面“铭旌”上大书“奉天洪建兆年不易之朝诰封一等宁国公冢孙妇防护内庭紫禁道御前侍值龙禁尉享强寿贾门秦氏恭人之灵位”。（庚辰本）

福格《听雨丛谈》卷十一上也说：

八旗有丧之家，于门外建设丹旐，长及寻丈，贵者用织金朱锦为之，下者亦用朱缯朱帛为之，饰以纁锦（原注：男丧设于左，女丧设于右）。此礼甚古，《檀弓》：“孔子之丧，绸练设旐。”《疏》曰：“绸盛旌旗之竿，以素锦于杠首设去寻之旐，此夏礼也。”又曰：“以彩色为大牙，其状隆然，谓之崇牙。”《世说》亦曰：“白布缠棺竖丹旐。”固知兆旐之制，魏晋之世，犹有行之，不独殷礼也。旐之色，惟列圣大事用黄锦，其余品官皆用朱锦。

从福格所记来看，可知满人丧礼中对“铭旌”是很重视的。说“晓风昨日拂铭旌”，既云“昨日”，则敦诚两首《挽曹雪芹》诗，是在曹雪芹出殡后一天（或是不久）写的。

“垅”就是坟，《方言》：冢，秦、晋之间谓之坟，或谓之“垅”。“故垅”当然指曹家的“祖茔”“老坟”了。诗注说：前数月，伊子殇。那么显然曹雪芹的殇子是葬在曹家祖茔里的。可能后来曹雪芹不止一次到他殇子坟上去看过，所以说他“肠迴故垅”。虽说人已经死了，但还应念念不忘于故垅里所埋葬的孤儿，这里我们也可以得到启发，就是曹雪芹死后，并没葬入祖茔，而与夭死孤儿埋葬一处。

“泪迸”当然是指涕泪交迸，形容伤心痛苦的样子。古人诗：

> 潺缓泪交迸，诘曲思增绕。

“天荒”一般都是作亘古没开化解，《北梦琐言》云：

> 荆州每岁解送举人，多不成名，号曰“天荒”。舍人，以荆州解及第，为破天荒。

体会这里诗意，似不本此，可能是使用一般“地老天荒”典故，当然这典故的含意与《北梦琐言》所载也还是一致的。

“寡妇”一辞，后来敦诚的改作换成“新妇”。上句言子，下句言妻，然后转入哀悼曹雪芹的本事上去。

“牛鬼遗文悲李贺，鹿车荷锸葬刘伶。”这两句诗是敦诚得意之作。他在《鹪鹩庵笔麈》里这样说过：

> 余昔为白香山《琵琶行》传奇一折，诸君题跋不下数十家，曹雪芹诗末云：“白傅诗灵应喜甚，定教蛮素鬼排场。”亦新奇可诵。曹平生为诗大类如此，竟坎坷以终。余挽诗有“牛鬼遗文悲李贺，鹿车荷锸葬刘伶”之句，亦驴鸣吊之意也。

用意很明白。“牛鬼遗文”是用杜牧《李贺诗序》中事：

> 鲸呿鳌掷，牛鬼蛇神，不足为其虚荒幻诞也。

这固然是指曹雪芹诗之新奇，但应该也包括他的《石头记》在内，因为在曹雪芹的遗著中，《石头记》可以说也是一部“虚荒幻诞”的作品。

第二句采用刘伶好酒，常携酒乘车，使人荷锸随之，曰：“死便埋我”的故事。“鹿车”是形容小车，《后汉书·赵喜传》注引《风俗通》：

俗说鹿车窄小，裁容一鹿。

这里含意，除了表明曹雪芹嗜酒外，也说明他的生死观是很通达的，另外也借“鹿车荷锸葬刘伶”反映曹雪芹生前生活之穷乏，死后丧葬之简单，虽然也还有“铭旌”（当然不是什么人题的，只不过标个姓名，应故事而已），但只是一辆小车载着棺柩离开家里。

“生芻”即“生刍”，无疑是用吊墓的熟典，郭林宗遭母忧，徐穉往吊之，置生刍一束于庐（墓旁守丧小屋）前而去。“故人欲有生芻吊”，明说他自己预备往吊雪芹之墓，下句却说“何处招魂赋楚蘅”，“招魂”是祭，如拘于字面则与上句不相应，且“何处”二字亦无意义可言。故此处必须领会这两句蓄意本相通，不容分拆，方符原旨。因之这里“何处招魂赋楚蘅”应解为欲吊墓而无从知其所在，似乎曹雪芹当时并未葬入祖茔，而是暂时权厝于某处。悲欢大概就是从这种缘故发生的。

第二首第一句“冰雪文”是用孟郊诗“一卷冰雪文，避俗常自携”的典故，敦诚自认为“常自携”的“冰雪文”，当是指的他的一些故交手迹、诗文、书翰等，自然也包括曹雪芹所撰《石头记》的稿本在内。

“故交零落散如云”是感叹知交日渐凋零，据《四松堂集》卷三《寄大兄》：

> 每思及故人如立翁、复斋、雪芹、寅圃、贻谋、汝猷、益庵、紫树，不数年间，皆荡为寒烟冷雾，曩日欢笑，那可复得！时移事变，生死异途。

雪芹的死，在敦诚朋友中是比较早的，但已使其有“散如云”之感，可见和敦诚往来的人是不多的。

“三年下第应怜我”，《鹪鹩庵杂记》载有《冬晓书怀》一首，其中有：

> 二毛未上簪，廿九非云老。胡为不自量，磊落负怀抱。三次藐大人，再蹶嗤群小。猿鹤相轻嘲，松竹几枯槁。

所谓“三次藐大人”，所谓“再蹶”，似即这里的“三年下第”。时敦诚二十九岁，为乾隆二十七年（一七六二），正是曹雪芹死的那一年。可能曹雪芹听到敦诚的“下第”曾有慰问之举，所以会说到“应怜我”。

曹雪芹的死，是由丧子伤感成疾的，这里说“一病无医竟负君”，从字面讲是感叹没能得到良医来挽回好友的生命，这是扪心自问对不起朋友的意思；但看来也有病来得很急骤，未及请医生来诊治就死去，即“病不及医”的含意。

敦敏《小诗代柬寄曹雪芹》诗中曾说“诗才忆曹植”，这里《挽曹雪芹》诗中又说“邺下才人”，“曹植”“邺下”云云，主要是就曹姓关合，但这里也可见敦敏、敦诚兄弟对曹雪芹的重视。不过“应有恨”却是指什么呢？“才人”而有恨，当然只有文章事业，这只有《石头记》一稿未曾卒业，是足当得起的，且又正和下句“山阳残笛不甚闻”相呼应。

《四松堂集》卷三《闻笛集自序》：

> 二十年来，交游星散，车笠之盟，半作北邙烟月。每于斜阳策蹇之余，孤樽听雨之夜，未尝不兴山阳愁感。退思平昔，邈若山河。因检箧笥，得故人手迹见寄者，或诗文，或书翰，若干首，录辑成编，览之如共生前插麈。或无诗文书翰，但举其生平一二事与余相交涉者，亦录之，名曰《闻笛集》；每一披阅，为之泫然。

这正是“开箧犹存冰雪文”的意思，也正是“山阳残笛不堪闻”的意思。虽然《闻笛集》的编成在二十七年之后，可见这念头在曹雪芹死后的时候已经存在敦诚意识中了。

方干《题故人废宅二首》之二：“寒莎野树人荒庭，风雨萧萧不掩扃。旧径已知无孟竹，前溪应不浸荀星。精灵消散归寥廓，功业传留在志铭。薄暮停车更凄怆，山阳邻笛若为听！”敦诚此诗，正是一样的感情。

> 羊昙者，太山人，知名士也。为安所爱重。安死后，辍乐弥年，行不由西州路。常因石头大醉，扶路唱乐，不觉至州门，左白曰：“此西州门。”昙悲感不已，以马策扣扉，诵曹子建诗曰：“生存华屋处，零落归山丘。”恸哭而去。（《晋书·谢安传》）

这段故事主要是说谢安生时家居“西州路”上，后死于此，所以羊昙不忍重过，醉后误入西州门，经谢安故居，兴起屋在人亡之感，因诵曹植诗，恸哭而去。曹雪芹故居恰在京西，所以这里借用“西州路”事，这里尤其重要的是“他时”二字，可见此诗写作是在曹雪芹死后不久，敦诚乍闻噩耗，所以感慨提到将来自己“瘦马西州路”时，宿草寒烟于落日之中是怎样的感触。

敦诚最初的两首《挽曹雪芹》诗意可能是这样，至于何以后来要重行改作？大概因为原诗第一首是用“旌”“声”“伶”“蘅”四个韵脚，后来他自己发现了三个是八庚韵，而“伶”字偏偏是九青韵，成为出韵，必然是为纪念曹雪芹的缘故，既不肯删去一首，于是重行改写，并两首为一首，保留了第一首的六句，内中第三联是他得意之笔，所以完全没有改动，并且因为这个缘故，遂把上面两联韵脚全换了，末尾采用第二首末一联的大意，于是遂成了这样的一首：

四十年华付杳冥，
哀旌一片阿谁铭？
孤儿渺漠魂应逐（前数月，伊子殇，因感伤成疾），
新妇飘零目岂瞑。
牛鬼遗文悲李贺，
鹿车荷锸葬刘伶。
故人惟有青山泪，
絮酒生刍上旧坰。

这首诗题下注明“甲申”，是乾隆二十九年（一七六四），可

见隔年之后，敦诚重读旧作，发现了问题，于是重行改写，所以在新编的《四松堂集》付刻底本中，删去了原来的两首，而按写作年代排在甲申年里。

在改写的时候，曹雪芹已经由权厝而成久葬，所以不再是“故人欲有生蒭吊，何处招魂赋楚蘅”，而是“絮酒生刍上旧坰”了，原来涕泪交迸的“寡妇”随后变成“飘零”的“新妇”，孤儿的魂魄只好从“故垅”追逐到曹雪芹埋的地方，而不能聚在一处。

敦诚与曹雪芹的交谊是极深的，所以在多少年后发现出韵还要为他重写。可是到乾隆六十年他的堂弟宜兴在整理《四松堂集》时，却还认为不好，于是终于在刻本上把这一首又行删去。假如敦诚自己定他的集子，是绝不会这样的，从《鷦鷯庵笔麈》所载，偏偏提到这首挽诗，就知道敦诚是极为重视这首诗的。

《〈红楼梦〉研究论集》后记

《红楼梦》这部伟大著作，已经赢得两个世纪人们的喜爱，我相信它将是人们永远所喜爱的。它在世界上是一部被最多的人阅读的文学作品，在过去和现在研究这部书的人为它写过不少专书，发表过很多从各个角度研究它的文章，恐怕这在作品研究方面应该数第一位。杜甫诗是大家喜欢的，俗有“千家注杜”之说，似乎也未必赶得上《红楼梦》罢!

我也是一个《红楼梦》的爱好者，事实上我并不是《红楼梦》专业研究者，由于搞文学史的关系，从而注意到有关《红楼梦》的资料，读书有见，常以笔记记其所得，偶应友人之约为报刊撰稿，仓促之间，辄取平素所积笔记加以拼凑、连缀，汇为一篇以应事，所以这些文字都比较粗糙，内容的发挥、意见的表达也是不够的，曾看到清代大儒顾炎武《日知录序》上说：

> 尝谓今人纂辑之书，正如今人之铸钱。古人采铜于山，今人则买旧钱，名之曰废铜，以充铸而已。所铸之钱既已粗恶，而又将古人传世之宝舂挫碎散不存于后，岂不两失之乎？

我的这些杂凑的东西正是顾炎武所批评的。但是不知为什么却常有人来借阅旧稿，有时自己连留底都没有，颇难应命。现在把它收集起来，汇为一册，这又是一桩灾梨祸枣的行为。

《红楼梦系年》本来意图从这里追踪一下书中的贾宝玉与“自传说”是不是能有所配合，或者从这里发现一点可与曹雪芹联系的痕迹？事实经过摘录，从这里也没找到什么。意外是在事情的排比上，却明白显出曹雪芹增补《红楼梦》的痕迹，原意根据这点深入研究一下写点文章，可是由于懒的缘故，始终没动手。现在保存在这里，也可以与姚燮、周汝昌他们编制的相互参看。

另外像关于讨论曹雪芹卒年问题，这本是一次座谈会上的发言和补充，今日看起来这个问题对于《红楼梦》的研究只是细微末节，他早死一年或晚死一年，毫无增损于《红楼梦》

作品本身的伟大。不过既然社会上还有“壬午”“癸未”之争，所以还是保留下来以表示自己的态度。

对于后四十回我认为它是保存了曹雪芹大部分原稿的。我的意见是曹雪芹所以能完成前八十回增删工作，主要是因为他的写作的前半段是比较仔细地完成了每回故事情节，因之增删比较容易；至于后四十回，则只是一部写作提纲，每一回如果按照前八十回那样描写叙述，在文字上照已经确定的“分出章回”的安排，势非每回字数增加四五倍不可，因之被迫无奈只好放下，所以保存像今天这样。这是我写那两篇讨论后四十回文章的本意。

至于写《“雪芹旧有〈风月宝鉴〉之书”》一文，原来的意图是想解决《红楼梦》两个开头楔子的问题，可以说是一种大胆假设，也只是尝试罢了。

另外都是一些考据与序跋，实无足称，谨请专家与读者指正。

过去我和朱南铣同志交往是密切的，他的学问甚深，见解颇高，对《红楼梦》的研究我们经常在一起切磋，我从他那里得益不少。我们共同编辑了《红楼梦书录》和《古典文学研究资料汇编〈红楼梦〉卷》，这本小册子里也保存了我们合作的两篇文章。现在他不幸逝世已经十一周年，第二次全国《红楼梦》学术讨论会闭幕之日也即他十一年前遭难之日，编成这本小册子，以纪念我们的交谊，谨以献于故友在天之灵。

一九八一年十月九日写于济南

全国第二次《红楼梦》学术讨论会上

国家新闻出版广电总局
首届向全国推荐中华优秀传统文化普及图书

大家小书书目

国学救亡讲演录	章太炎 著 蒙 木 编
门外文谈	鲁 迅 著
经典常谈	朱自清 著
语言与文化	罗常培 著
习坎庸言校正	罗 庸 著 杜志勇 校注
鸭池十讲（增订本）	罗 庸 著 杜志勇 编订
古代汉语常识	王 力 著
国学概论新编	谭正璧 编著
文言尺牍入门	谭正璧 著
日用交谊尺牍	谭正璧 著
敦煌学概论	姜亮夫 著
训诂简论	陆宗达 著
金石丛话	施蛰存 著
常识	周有光 著 叶 芳 编
文言津逮	张中行 著
经学常谈	屈守元 著
国学讲演录	程应镠 著
英语学习	李赋宁 著
中国字典史略	刘叶秋 著
语文修养	刘叶秋 著
笔祸史谈丛	黄 裳 著
古典目录学浅说	来新夏 著
闲谈写对联	白化文 著
汉字知识	郭锡良 著
怎样使用标点符号（增订本）	苏培成 著
汉字构型学讲座	王 宁 著

诗境浅说	俞陛云　著
唐五代词境浅说	俞陛云　著
北宋词境浅说	俞陛云　著
南宋词境浅说	俞陛云　著
人间词话新注	王国维　著　滕咸惠　校注
苏辛词说	顾　随　著　陈　均　校
诗论	朱光潜　著
唐五代两宋词史稿	郑振铎　著
唐诗杂论	闻一多　著
诗词格律概要	王　力　著
唐宋词欣赏	夏承焘　著
槐屋古诗说	俞平伯　著
词学十讲	龙榆生　著
词曲概论	龙榆生　著
唐宋词格律	龙榆生　著
楚辞讲录	姜亮夫　著
读词偶记	詹安泰　著
中国古典诗歌讲稿	浦江清　著 浦汉明　彭书麟　整理
唐人绝句启蒙	李霁野　著
唐宋词启蒙	李霁野　著
唐诗研究	胡云翼　著
风诗心赏	萧涤非　著　萧光乾　萧海川　编
人民诗人杜甫	萧涤非　著　萧光乾　萧海川　编
唐宋词概说	吴世昌　著
宋词赏析	沈祖棻　著
唐人七绝诗浅释	沈祖棻　著
道教徒的诗人李白及其痛苦	李长之　著
英美现代诗谈	王佐良　著　董伯韬　编
闲坐说诗经	金性尧　著
陶渊明批评	萧望卿　著

古典诗文述略	吴小如　著
诗的魅力 ——郑敏谈外国诗歌	郑　敏　著
新诗与传统	郑　敏　著
一诗一世界	邵燕祥　著
舒芜说诗	舒　芜　著
名篇词例选说	叶嘉莹　著
汉魏六朝诗简说	王运熙　著　董伯韬　编
唐诗纵横谈	周勋初　著
楚辞讲座	汤炳正　著 汤序波　汤文瑞　整理
好诗不厌百回读	袁行霈　著
山水有清音 ——古代山水田园诗鉴要	葛晓音　著
红楼梦考证	胡　适　著
《水浒传》考证	胡　适　著
《水浒传》与中国社会	萨孟武　著
《西游记》与中国古代政治	萨孟武　著
《红楼梦》与中国旧家庭	萨孟武　著
《金瓶梅》人物	孟　超　著　张光宇　绘
水泊梁山英雄谱	孟　超　著　张光宇　绘
水浒五论	聂绀弩　著
《三国演义》试论	董每戡　著
《红楼梦》的艺术生命	吴组缃　著　刘勇强　编
《红楼梦》探源	吴世昌　著
《西游记》漫话	林　庚　著
史诗《红楼梦》	何其芳　著 王叔晖　图　蒙　木　编
细说红楼	周绍良　著
红楼小讲	周汝昌　著　周伦玲　整理

曹雪芹的故事	周汝昌 著 周伦玲 整理
古典小说漫稿	吴小如 著
三生石上旧精魂——中国古代小说与宗教	白化文 著
《金瓶梅》十二讲	宁宗一 著
中国古典小说十五讲	宁宗一 著
古体小说论要	程毅中 著
近体小说论要	程毅中 著
《聊斋志异》面面观	马振方 著
《儒林外史》简说	何满子 著

我的杂学	周作人 著 张丽华 编
写作常谈	叶圣陶 著
中国骈文概论	瞿兑之 著
谈修养	朱光潜 著
给青年的十二封信	朱光潜 著
论雅俗共赏	朱自清 著
文学概论讲义	老 舍 著
中国文学史导论	罗 庸 著 杜志勇 辑校
给少男少女	李霁野 著
古典文学略述	王季思 著 王兆凯 编
古典戏曲略说	王季思 著 王兆凯 编
鲁迅批判	李长之 著
唐代进士行卷与文学	程千帆 著
说八股	启 功 张中行 金克木 著
译余偶拾	杨宪益 著
文学漫识	杨宪益 著
三国谈心录	金性尧 著
夜阑话韩柳	金性尧 著
漫谈西方文学	李赋宁 著
历代笔记概述	刘叶秋 著

周作人概观	舒　芜　著
古代文学入门	王运熙　著　董伯韬　编
有琴一张	资中筠　著
中国文化与世界文化	乐黛云　著
新文学小讲	严家炎　著
回归，还是出发	高尔泰　著
文学的阅读	洪子诚　著
中国文学1949—1989	洪子诚　著
鲁迅作品细读	钱理群　著
中国戏曲	么书仪　著
元曲十题	么书仪　著
唐宋八大家——古代散文的典范	葛晓音　选译

辛亥革命亲历记	吴玉章　著
中国历史讲话	熊十力　著
中国史学入门	顾颉刚　著　何启君　整理
秦汉的方士与儒生	顾颉刚　著
三国史话	吕思勉　著
史学要论	李大钊　著
中国近代史	蒋廷黻　著
民族与古代中国史	傅斯年　著
五谷史话	万国鼎　著　徐定懿　编
民族文话	郑振铎　著
史料与史学	翦伯赞　著
秦汉史九讲	翦伯赞　著
唐代社会概略	黄现璠　著
清史简述	郑天挺　著
两汉社会生活概述	谢国桢　著
中国文化与中国的兵	雷海宗　著
元史讲座	韩儒林　著

魏晋南北朝史稿　　贺昌群　著
汉唐精神　　贺昌群　著
海上丝路与文化交流　　常任侠　著
中国史纲　　张荫麟　著
两宋史纲　　张荫麟　著
北宋政治改革家王安石　　邓广铭　著
从紫禁城到故宫
——营建、艺术、史事　　单士元　著
春秋史　　童书业　著
明史简述　　吴　晗　著
朱元璋传　　吴　晗　著
明朝开国史　　吴　晗　著
旧史新谈　　吴　晗　著　习　之　编
史学遗产六讲　　白寿彝　著
先秦思想讲话　　杨向奎　著
司马迁之人格与风格　　李长之　著
历史人物　　郭沫若　著
屈原研究（增订本）　　郭沫若　著
考古寻根记　　苏秉琦　著
舆地勾稽六十年　　谭其骧　著
魏晋南北朝隋唐史　　唐长孺　著
秦汉史略　　何兹全　著
魏晋南北朝史略　　何兹全　著
司马迁　　季镇淮　著
唐王朝的崛起与兴盛　　汪　篯　著
南北朝史话　　程应镠　著
二千年间　　胡　绳　著
论三国人物　　方诗铭　著
辽代史话　　陈　述　著
考古发现与中西文化交流　　宿　白　著
清史三百年　　戴　逸　著

清史寻踪	戴　逸　著
走出中国近代史	章开沅　著
中国古代政治文明讲略	张传玺　著
艺术、神话与祭祀	张光直　著
	刘　静　乌鲁木加甫　译
中国古代衣食住行	许嘉璐　著
辽夏金元小史	邱树森　著
中国古代史学十讲	瞿林东　著
历代官制概述	瞿宣颖　著
宾虹论画	黄宾虹　著
中国绘画史	陈师曾　著
和青年朋友谈书法	沈尹默　著
中国画法研究	吕凤子　著
桥梁史话	茅以升　著
中国戏剧史讲座	周贻白　著
中国戏剧简史	董每戡　著
西洋戏剧简史	董每戡　著
俞平伯说昆曲	俞平伯　著　陈　均　编
新建筑与流派	童　寯　著
论园	童　寯　著
拙匠随笔	梁思成　著　林　洙　编
中国建筑艺术	梁思成　著　林　洙　编
沈从文讲文物	沈从文　著　王　风　编
中国画的艺术	徐悲鸿　著　马小起　编
中国绘画史纲	傅抱石　著
龙坡谈艺	台静农　著
中国舞蹈史话	常任侠　著
中国美术史谈	常任侠　著
说书与戏曲	金受申　著
世界美术名作二十讲	傅　雷　著

中国画论体系及其批评	李长之　著
金石书画漫谈	启　功　著　赵仁珪　编
吞山怀谷 ——中国山水园林艺术	汪菊渊　著
故宫探微	朱家溍　著
中国古代音乐与舞蹈	阴法鲁　著　刘玉才　编
梓翁说园	陈从周　著
旧戏新谈	黄　裳　著
民间年画十讲	王树村　著　姜彦文　编
民间美术与民俗	王树村　著　姜彦文　编
长城史话	罗哲文　著
天工人巧 ——中国古园林六讲	罗哲文　著
现代建筑奠基人	罗小未　著
世界桥梁趣谈	唐寰澄　著
如何欣赏一座桥	唐寰澄　著
桥梁的故事	唐寰澄　著
园林的意境	周维权　著
万方安和 ——皇家园林的故事	周维权　著
乡土漫谈	陈志华　著
现代建筑的故事	吴焕加　著
中国古代建筑概说	傅熹年　著
简易哲学纲要	蔡元培　著
大学教育	蔡元培　著 北大元培学院　编
老子、孔子、墨子及其学派	梁启超　著
春秋战国思想史话	嵇文甫　著
晚明思想史论	嵇文甫　著
新人生论	冯友兰　著

中国哲学与未来世界哲学　冯友兰　著
谈美　朱光潜　著
谈美书简　朱光潜　著
中国古代心理学思想　潘　菽　著
新人生观　罗家伦　著
佛教基本知识　周叔迦　著
儒学述要　罗　庸　著　杜志勇　辑校
老子其人其书及其学派　詹剑峰　著
周易简要　李镜池　著　李铭建　编
希腊漫话　罗念生　著
佛教常识答问　赵朴初　著
维也纳学派哲学　洪　谦　著
大一统与儒家思想　杨向奎　著
孔子的故事　李长之　著
西洋哲学史　李长之　著
哲学讲话　艾思奇　著
中国文化六讲　何兹全　著
墨子与墨家　任继愈　著
中华慧命续千年　萧萐父　著
儒学十讲　汤一介　著
汉化佛教与佛寺　白化文　著
传统文化六讲　金开诚　著　金舒年　徐令缘　编
美是自由的象征　高尔泰　著
艺术的觉醒　高尔泰　著
中华文化片论　冯天瑜　著
儒者的智慧　郭齐勇　著

中国政治思想史　吕思勉　著
市政制度　张慰慈　著
政治学大纲　张慰慈　著
民俗与迷信　江绍原　著　陈泳超　整理

政治的学问	钱端升　著　钱元强　编
从古典经济学派到马克思	陈岱孙　著
乡土中国	费孝通　著
社会调查自白	费孝通　著
怎样做好律师	张思之　著　孙国栋　编
中西之交	陈乐民　著
律师与法治	江　平　著　孙国栋　编
中华法文化史镜鉴	张晋藩　著
新闻艺术（增订本）	徐铸成　著
经济学常识	吴敬琏　著　马国川　编
中国化学史稿	张子高　编著
中国机械工程发明史	刘仙洲　著
天道与人文	竺可桢　著　施爱东　编
中国医学史略	范行准　著
优选法与统筹法平话	华罗庚　著
数学知识竞赛五讲	华罗庚　著
中国历史上的科学发明（插图本）	钱伟长　著

出版说明

“大家小书”多是一代大家的经典著作，在还属于手抄的著述年代里，每个字都是经过作者精琢细磨之后所拣选的。为尊重作者写作习惯和遣词风格、尊重语言文字自身发展流变的规律，为读者提供一个可靠的版本，“大家小书”对于已经经典化的作品不进行现代汉语的规范化处理。

提请读者特别注意。

北京出版社